高校サッカーボーイズ U-17

はらだみずき

角川文庫
21664

風の声が聞こえるか

目次

主な登場人物

青嵐高校《せいらんこうこう》サッカー部

Aチーム県1部リーグ、Bチーム県3部リーグ所属。
全国大会(インターハイ)出場1回。ユニフォーム　正　青/青/青　副　白/白/白。

監　督　**鶴見《つるみ》**
顧　問　**小泉《こいずみ》**
コーチ　**鰐渕《わにぶち》**(Bチーム監督)
三嶋《みしま》(一年生チーム担当)

※ポジション/身長㎝/体重kg/前所属
FW=フォワード　MF=ミッドフィルダー　DF=ディフェンダー　GK=ゴールキーパー

二年生

武井遼介《たけいりょうすけ》　MF/171/62/桜ヶ丘中《さくらがおかちゅう》
主人公。全国大会出場を目標とするサッカー部に入り、レギュラーを目指す。

上崎《かみざき》響《ひびき》　MF／175／65／J下部組織　元キッカーズ。ユースに昇格できず入部。なぜかBチームに所属。

伊吹《いぶき》遥翔《はると》　MF／165／55／県外中学校　U－14元日本代表。左利きのドリブラー。早くもAチームに定着。

小野《おの》昴《すばる》　MF／156／51／県内中学校　チーム一小柄。サッカー戦術に詳しい秀才。

青山《あおやま》巧《たくみ》　DF／171／63／桜ヶ丘中　元キッカーズ。遼介とは小六からチームメイト。

藪崎《やぶさき》健二《けんじ》　FW／181／71／県内中学校　中学時代、遼介と同じ市トレセン所属。

三宅《みやけ》恵司《けいじ》　FW／172／67／県内クラブ　応援のコールリーダーとして存在感を放つ。

照井《てるい》邦彦《くにひこ》　DF／182／69／県内中学校　通称〝テリー〟。身長はあるが足もとの技術に不安あり。

常盤《ときわ》真一郎《しんいちろう》　DF／178／66／県内中学校　真面目な性格のまとめ役。

麦田《むぎた》優《まさる》　GK／173／63／県内中学校　GKとしては小柄だと自認している。

庄司《しょうじ》航《わたる》　MF／172／63／県内中学校　同じポジションの遼介を敵対視している。

野本《のもと》翔平《しょうへい》　MF／169／59／県内中学校　庄司と同じ中学校出身。指笛がうまい。

真鍋《まなべ》淳也《じゅんや》　FW／168／58／県内中学校　華奢《きゃしゃ》でもうひとつ決定力に欠けている。

和田《わだ》和己《かずみ》　DF／172／64／県内中学校　守備では安定感のあるサイドバック。

米谷《よねたに》栄司《えいじ》　MF／173／65／県内クラブ　敵のチャンスの芽を摘む中盤の〝闘犬〟。

速水《はやみ》俊太《しゅんた》　FW／169／62／県内クラブ　チーム一の俊足フォワード。口数が少ない。

宮澤《みやざわ》光男《みつお》　DF／181／72／県内クラブ　元キッカーズ。小中時代に遼介と対戦。

奥田《おくだ》要《かなめ》　MF／174／70／県内クラブ　次期キャプテン候補のボランチ。

大牟田《おおむた》剛《ごう》　GK／185／78／県内クラブ　ハイボールに強いチームの守護神。

阿蘇《あそう》快《かい》　FW／168／60／県内クラブ　ゴール前での冷静さが光るストライカー。

月本《つきもと》大樹《だいき》　DF／182／74／県内クラブ　高さが武器のセンターバック。

西《にし》悠人《ゆうと》　GK／180／73／県内クラブ　コーチングに長《た》けたゴールキーパー。

三年生

鈴木《すずき》宏大《こうだい》　MF／174／71／県内クラブ　Aチームキャプテン。問題発言が多い人物。

泉堂《せんどう》誠《まこと》　DF／178／74／県内中学校　Bチームキャプテン。ストイックなセンターバック。

堀越《ほりこし》　MF／169／57／県内中学校　Bチーム所属。スカウティング班マイク担当。

五十嵐《いがらし》　FW／178／65／県内中学校　Bチーム所属。スカウティング班カメラ担当。

他校ライバル二年生

星川良《ほしかわりょう》　MF／169／60／桜ヶ丘中　古豪・山吹《やまぶき》高校サッカー部。遼介とは小・中とチームメイト。

鮫島琢磨《さめじまたくま》　FW／184／73／桜ヶ丘中　新鋭・勁草《けいそう》学園サッカー部。
小二まで遼介と一緒にボールを蹴り合った幼なじみ。

哲也《てつや》／和樹《かずき》／オッサ／シゲ／尾崎《おざき》
高校でもサッカーを続けている元桜ヶ丘FCチームメイト。

樽井賢一《たるいけんいち》　震災後、連絡が途絶えた元桜ヶ丘FCチームメイト。

矢野美咲《やのみさき》　遼介の中学時代の同級生。遼介と同じ高校への進学を望んでいたが叶わず。

神崎葉子《かんざきようこ》　遼介の中学・高校の同級生。美咲の親友。

成瀬瞳《なるせひとみ》　青嵐高校サッカー部マネージャー。

Bチーム

風は、もう冷たくはなかった。

強い南風に乗った花びらが宙を舞い、あるいは地面を転がるように足もとまで飛んでくる。薄紅色が地面をまだらに染めている。でも、だれも関心など示さない。気づいてさえいないかもしれない。なぜなら彼らが立っているこの場所は、戦うためのピッチであり、今まさに試合のまっ最中なのだから。

「フリー！」

右サイドを駆け上がりながら、右手を差し出し、ボールを要求する。

だが、パスは来ない。

苛立《いらだ》ちまぎれに、「フリー！」ともう一度強く、自分が自由であることを主張する。

ドリブルを続けた味方の20番はこちらを見ることなく、あっけなく敵にボールを奪われてしまう。20番が脱力して立ち止まったとき、初めて目が合った。

にらみつけ、「追えよ！」と叫ぶ。

不甲斐《ふがい》ない味方を追い越し、ボールを奪った敵の10番を追いかける。気配を感じたのか、10番はボールを後ろにもどす選択をした。それでもスピードを落とさず、そのパスの先にいるセンターバックに向かう。

敵の最終ラインがいったん支配したボールは、がむしゃらに一人の選手が追ったところで奪うことはむずかしい。ほとんどが徒労に終わる。守備は連動してこそ機能する。そんなことはわかっている。それでも追わずにはいられなかった。

中学時代、サッカー部ではキャプテンとしてチームのことを優先してきた。個人としては、希望するポジションに立つことが許されず、中三からは市のトレセンにも呼ばれなくなった。膝《ひざ》にケガを負ったが、総体敗退後の八月に復帰してサッカーを続け、高校では全国を狙えるサッカー部を選んだ。でも、予想以上に厳しい競争が待っていた。

這《は》い上がるためには、自分自身が変わるしかない。高二になった今、自分を抑えるのではなく、解き放ち、表に出していこうと決めた。

そんな自分を疎ましげに見る者もいる。敵だけでなく、味方にも。ムキになるなと笑う声や、咎《とが》める言葉も耳にした。それでもかまわない。

――おれは、おれなんだ。

敵のセンターバックから左サイドバックへのパスが微妙にずれる。その敵の6番との間合いを詰め、前を向かせない。6番は、縦と横へのパスをあきらめ、小さなフェイクを入れたあと、ゴールにからだを向けた。

ゴールキーパーへのバックパス。スパイクをのばすが、あと少しで届かない。バランスを崩しながら、方向転換。すぐにボールを追う。プレッシャーをかけたキーパーのキックミスを誘い、追い続けた白い球体はタッチラインを割った。

――やったぞ、マイボールだ。

「リョウ、サンキュー」

ベンチから声が聞こえた。

その声がわずかな救いとなる。

ボールが弾んだタッチラインの先に、花びらを散らす桜並木が見えた。

関東地方は来週にも満開を迎える。朝のワイドショーの気象予報士がそう伝えていた。震災から一年、出口の見えない放射能汚染に悩まされる福島の桜も咲き始めているらしい。でも今日の風で、せっかく咲いた花の多くは飛ばされてしまうだろう。

――散るなら、散ればいい。

誤って口のなかに吸い込んだひとひらを、武井遼介《たけいりようすけ》は地面にプッと吐き出した。淡い色の花びらは、思いがけず苦い味がした。

そのとき試合終了の笛が、この世の終わりを告げるように、悲しげにグラウンドに響いた。

「なんでおれらが、中学生の相手をしなくちゃなんねーんだよ」

試合前、不満げに口をとがらせたのは、遼介にパスを寄こさず、まんまとその中学生にボールを奪われた20番の庄司《しょうじ》だ。このところ自由参加の朝練には出てこない。夕練にも身が入っていない。庄司だけでなく、何人かいる。そんな連中でもこうして同じピッチに立っている。そのことが苛立たしくもあった。

　自分が奪われたボールを、自分で取り返そうともしない。練習のミニゲームのときもそうだ。練習でできないことが、試合でできるはずがない。当然の話だ。

　今日の対戦相手はこの近辺にあるクラブチームを対象としたU－15地域トレセン。つまりは中学三年生。地域選抜とはいえ、年下相手に0対0。後半途中から出場した遼介自身、自分の力を出し切れなかった。たしかに風が強く、やりにくかった。けれど、結果がすべてだ。

「なんでおまえらが、中学生と試合してんのか、わかるか？」

　試合後のミーティング、青嵐《せいらん》高校サッカー部Bチームを預かる鰐渕《わにぶち》が、選手たちに問いかけた。まるで試合結果を予想していたような口振りだ。

　遼介と同じホリゾンブルーの練習着を身につけた一団は、肩を落とし押し黙っている。

　遼介は自分なりの答えを持っていたが、口にするつもりはなかった。なにより選手同士で求め合う姿勢に欠けた、熱量の乏しい試合に嫌気が差していた。

「それはな、おまえらに相応《ふさわ》しいからだ」

　両腕を前で組んだ鰐渕はエラの張った顎《あご》を突き出し、挑発するようににらんだ。「おまえらが、いつまで経っても中学生のサッカーやってるからなんだよ」

去年の夏、全国高校サッカー選手権大会県二次予選前、チーム内での紅白戦、先輩の堀越《ほりこし》から頼まれ、一年生だった遼介はいつものように副審を受け持った。試合が進み、ラスト一本になってもピッチサイドに立ち続けたゲームの途中、空中戦での競り合いでＢチームの選手がグラウンドに倒れ込んだ。救護に入ったトレーナーから、すぐに×のサインが出た。しかしＢチームはケガ人が多く、交代要員を使い果たしていた。

そのとき、フラッグを手にした遼介を呼ぶ声がした。ベンチから声をかけてきたのは、青嵐サッカー部総監督であり、Ａチームを率いる鶴見《つるみ》。それまで直接言葉を交わしたことはなく、遼介にとって遠い存在だった。「これをつけろ」と渡されたのは、Ｂチームのオレンジ色のビブス。遼介にとって、思いがけないチャンスが巡ってきた。「流れを変えろ」そう送り出してくれたのは、Ｂチーム監督の鰐渕。なぜか遼介の名前を知っていた。

プレー時間は10分足らず。そのわずかな時間のなかで、なにができたのかわからない。ポジションは自分の望む中盤のセンター。願ってもないチャンスだ。

しかし、ピッチで味わったのは、これまでに経験のないスピードの世界。パス、ドリブル、相手へのチェック、攻守の切り替え、判断、あらゆるものが早まわしのように動いていく。視野が狭くなり、気分がわるくなりそうだった。なにもかもが中学時代とはスピードがちがった。

それでも全力でボールを追いかけ続けた。なかなかボールにさわれない。味方からのパスは来ない。一度だけ、Aチームでプレーする同学年の奥田《おくだ》からボールを奪いかけた。だが、取り切ることはできなかった。

言ってみれば、あっという間の出来事だった。

その夜、部活から帰った遼介は頭痛がした。熱があるわけでも、風邪を引いたわけでもない。理由があるとすれば、やはり紅白戦だ。短い時間だったが、スピードに追いつくために、集中して頭をフル回転させた。そのせいとしか思えなかった。

全国高校サッカー選手権大会県予選敗退後、三年生が引退。翌日には新チームのメンバー発表。部室に掲示されたホワイトボードには、AチームとBチームの線引きがあり、部員ひとりひとりの名前の付いた円い磁石が、二つの枠のなかに分かれて並んでいた。赤い磁石は二年生。青い磁石は一年生。

Aチームの枠のなかにある青い磁石。そのなかに、遼介の名前はなかった。

Bチームの枠のなかには、遼介のほか、一年生チームの白組、言ってみれば一年生Bチームだった選手がそのまま入っていた。敵情視察を行うスカウティングの際、世話になった二年生の堀越と五十嵐《いがらし》もBチーム。意外だったのは、中学時代はJリーグの下部組織に所属し、一年生ながらインターハイの県予選に出場した上崎響《かみざきひびき》の名前があったことだ。

悔しさをこらえ見つめたAチームには、同じ学年の赤組、Aチームと認めざるを得なかったメンバー、奥田ら八人の名前があった。

三年生が引退しても遼介はAチームに入れない。紅白戦でのせっかくのチャンスも生かせなかった。そのことが歯痒《はがゆ》く、やり場のない怒りがわいた。

十一月から始まった新人戦には、Aチームの選手のみメンバー登録された。Bチームは選手権と同じく、ピッチサイドでの応援にまわった。県大会二回戦、青嵐サッカー部は格下と見ていたチームにあっけなく敗れてしまう。試合後、ベンチ入りを果たせなかった二年生を中心に、試合内容が不甲斐《ふがい》ないとの声が上がった。しかしその批判に対して、試合に出場した〝ある選手〟が、「青嵐は応援の声からして負けていた」と発言した。

――応援の声が小さかったから、負けた。

そう受けとった、応援にまわったBチームの選手の一部が強く反発し、その言動をめぐって双方の対立が起こり、部内は険悪な雰囲気となった。

「そんな理由、あり得ん話だろ」

Aチーム入りを果たせなかった米谷《よねたに》も、一年生ながら強く憤っていた。

後日、敗戦のけじめとして、サッカー部員は頭を丸めよう、とだれかが言いだし、日増しにそれに従う者が増えた。鶴見を始め、コーチスタッフまでもが髪を短くした。さすがにそれを見て、遼介も髪を切った。ただひとり、長髪の上崎だけは完全にそれを無視した。

新人戦の結果を受け、冬場は走り込みの日が続いた。朝練で10キロ。夕練の最後に12分間走。だれかひとりでも、その日の設定距離に届かなければ、もう一度全員が走らされた。遅れる者はいつも決まってきた。

体育の授業でも持久走の日があり、一日にいったい何キロ走っているのかさえ、わからなくなった。

「まちがいなく、おれらは陸上部より走ってる」

フォワードの三宅《みやけ》は、白い息を吐きながら顔をしかめた。

週末の練習試合はAチームとBチームでは別行動。多くの場合、Aチームは強豪校との遠征試合へ。Bチームは学校に残って、強豪校のBチーム、あるいはBチーム相当の相手と対戦。Aチームのヘッドコーチを兼ねる鰐渕は、Aチームの遠征に同行する場合もあり、Bチームのベンチには三嶋《みしま》コーチが座ることもあった。来春の入部希望者の練習会では、いつもBチームが中学生の相手をさせられた。

そんな日の目を見ない日々に嫌気が差したのか、数名のBチーム部員が退部していった。同学年からも退部者が出た。夕練の最後に行う12分間走でいつも後れをとっていた一年生だ。これ以上、チームメイトに迷惑をかけたくないと思ったのかもしれない。

二〇一一年十二月三十日。全国高校サッカー選手権大会開幕。あの忌まわしい「3・11」から約十ヶ月後、被災地からも夢の国立競技場にチームが集った。岩手県代表・盛岡商業、宮城県代表・聖和《せいわ》学園、福島県代表・尚志《しょうし》、茨城県代表・鹿島《かしま》学園。なかでも苦難を乗り越えてきた尚志は、福島県勢としては大会史上初のベスト4進出を果たした。

決勝は、名門校同士の対戦となった。1点リードを許した大会優勝候補の千葉県代表・市立船橋《ふなばし》が終盤に猛攻を仕掛け、ロスタイムに追いつき、延長後半5分、チームのエース・和泉竜司《いずみりゅうじ》が決勝ゴールを決め、五度目の選手権制覇を成し遂げた。

大会優秀選手には、浅野《あさの》拓磨《たくま》、鈴木《すずき》武蔵《むさし》、和泉竜司ら将来を見込まれた選手たちが選ばれた。

同じ高校生の大会、しかしそれは、テレビのなかの出来事でもあった。

決勝戦を録画で見たあと、感情を高ぶらせた遼介はランニングに出かけた。中学時代から走り慣れた富士見《ふじみ》川沿いを海へと向かう。夕間暮れの舗道を走る頰を、冷たい風が刺す。その風に抗《あらが》いながら、少しでも彼らに近づきたいと走り続けた。

遼介は、今置かれている現実を受け入れ、自分なりの目標を立てることにした。少年のように夢を語る日々は通り過ぎた。まずは、青嵐Bチームでレギュラーをとること。そしてAチームへのなるべく早い昇格。

その後も何度かAチームとBチームの選手の入れ替えが発表された。そのたびに部室に掲示されたホワイトボードを見に行ったが、遼介の磁石はBチームの枠のなか、同じ場所に留《とど》まっていた。

二年生に進級し、新入部員が入ってきた今も、その状況は変わっていない。

クラブチームのU-15地域トレセンと引き分けに終わった試合後、Bチーム監督、鰐渕の話はいつもより長くなった。

複数の高校やクラブチームで指導実績を積み上げた鰐渕は、Jリーガーを育てた経験もある、いわば雇われコーチだ。四十代半ば、鶴見と同じく、日本サッカー協会公認A級コーチ・ライセンスを取得している。長年指揮を執る鶴見の右腕として、青嵐サッカー部に関わって三年が経っている。

「今日の試合、ピッチに立ったどれだけの者が全力を尽くした？　まさかおまえら、中学生相手だからって、手を抜いたわけじゃないよな。もし、そういう者がひとりでもいるなら、このチームは遅かれ早かれ足を掬《すく》われるだろう。

知っての通り、来週から県リーグが始まる。青嵐Aチームは県1部リーグ、おまえらBチームは下から二番目の県3部リーグが主戦場となる。十チームでのリーグ戦は秋までの長期戦。その間に、全国を目指す夏のインターハイ、冬の選手権予選が入ってくる。

しかしそのピッチに立てるのは、基本的にはAチームの選手だ。また、県リーグでは、複数のチームがエントリーする場合、つまりウチがそれに該当するわけだが、同一校のAチーム、Bチーム間の選手の入れ替えはシーズンを通して禁止というルールがある。

どういうことか、わかるよな。

ここにいる三年生は、今年が最後。いつまでチームに残るのかは、自分の考え方次第だ。やめたい、と言う者を、おれは引き留めたりしない。やめたほうがいい、と親切に勧めることもない。そこは自分で判断してくれ。

　二年生、一年生は来期もある。だがもし、来期は3部より上のリーグのピッチに立ちたいなら、自分で力を示しAチームに呼ばれるか、このチームで今期、3部リーグ優勝を果たし、Bチームを2部リーグに昇格させるかしか手はない。

　試合の登録メンバーについては、基本的にはキャプテンを中心に、Bチーム全員で話し合って決めてもらう。口出しはなるべくしない。要するにチームメイトに認められなければ、ベンチには入れないということだ。たとえ三年生であろうとな。上から単に押しつけられるのではなく、自分たちでチームを作っていく。この方針は、基本的にはAチームと同じだ」

　鰐渕が言葉を切ると、「はい」とひとかたまりの声が上がった。

「最後に、Bチームのキャプテンについてだが、これまでは三年生の泉堂《せんどう》が務めてきた。これから新しいシーズンが始まるにあたって、そこはもう一度話し合ってくれ。その上で開幕戦を迎えよう。

　――以上」

　鰐渕は一同を見まわしてから話を終えた。

　練習終了の全体挨拶《あいさつ》のあと、厳しい現実をあらためて突きつけられたBチームの部員たちは口数が少なかった。とくにAチーム入りを逃した三年生の表情は暗い。チームのためにスカウティングに精を出してきた堀越と五十嵐は、マネージャーとしてAチームに残る道を示されたが辞退し、あくまで選手であり続けることにしたらしい。だからといって、Bチームでのレギュラーを保証されたわけではない。

「こんなことなら、別の高校に行くんだったかな」

庄司が恨めしげな顔をした。

「どういうこと？」

小野《おの》君が小声で尋ねた。

「県リーグ3部で一年間ずっとプレーするんだぜ。それなら、なにもわざわざ青嵐を選ぶ必要なんてないだろ」

「それ、言えてるかもな」

最近出番の減ったセンターバック、長身の照井《てるい》がため息をついた。「中学時代、おれのいたサッカー部でレギュラーと補欠のあいだをさまよってたやつが、県リーグ2部に所属してるサッカー部のベンチに入ってるって、こないだ聞いた。もちろん1部は特別だけど、2部と3部も大きくちがうと思うよ」

「でもそんなこと言ったら、上崎君なんて、中学時代は関東リーグだよ。そんな選手が県3部のメンバーなんだから」と小野君。

「あいつはよくわからん。だいたい今日はなんで休みなの。中学生相手だから？　それとも風が強いからか。それでも来週の公式戦には来て試合に出んだろ」

「まあ、彼は別格だからね」

庄司がなぜか庇《かば》おうとする。

「ところで、キャプテンの話、どうします？」

小野君が話を修正した。

「そのことだけど」

泉堂が注目を集め、自分からキャプテンを降りるとチームメイトに告げた。泉堂だけでなく、堀越ら三年生たちは、インターハイ後の身の振り方が気になるところだ。

「Bチームのキャプテンは、先のことを考えると、二年生から選ぶべきじゃないかな」

泉堂の言葉がキャプテン決めの方向付けをした。

立候補者はいなかった。入部当初は一年生の赤組に君臨していた米谷の手も挙がらない。どうやら上に立つのは懲りたようだ。Aチーム昇格を個人の目標として優先させたい遼介も、その意思はない。

最終的には、泉堂とセンターバックでコンビを組んでいる、常盤《ときわ》が選ばれた。常盤は、一年生白組のキャプテンを務めていた時期もあり、順当な人選とも言うことができた。

「けど、上崎がいないのに、今日決めちゃっていいのかな」

常盤は気にしたが、「どうせあいつはやらないよ」と照井が言い、話はまとまった。

二年生になってからようやく使えるようになった部室に、小野君と二人で残っているとき、再び上崎が話題に上った。中学時代ナショナルトレセンにまで呼ばれていた、J

リーグ下部組織から来た選手が、なぜ高校ではBチームに甘んじているのか。

「じっさい不思議だよな」と遼介は口にした。

「こないだ、英語の例文にこんな格言があった」

小野君が諳《そら》んじる。「When a thing is funny, search it carefully for a hidden truth」

「えーと、『なにかがおかしいとき、真実が隠されていないか注意しろ』」

遼介は和訳してみせた。

「That's right」

「だれの言葉?」

「バーナード・ショー。アイルランドの劇作家」

「へー、プレミアリーグの監督かと思ったよ」

遼介は笑ってみせた。

小野君とはこの春から同じクラスになった。勉強は総じてよくできる。かなりの読書家でもあるようだ。

「あくまで推測なんだけどさ」

今では青嵐サッカー部スカウティング班のリーダー的存在となった小野君は、前置きしてから続けた。「上崎君は、なにか問題を抱えてるんじゃないかな」

「問題?」

「ほら、上崎君がBチームに落ちてきたのって、夏に参加したルーキーズ杯の直後だったよね。あの大会の決勝トーナメント一回戦、彼は1点リードされていた試合終了間際に同点に追いつく貴重なPKを獲得した」

　小野君は部活のとき以外はかけているメガネの奥の目を細めた。

「ああ、覚えてるよ」

「あのときのシーンなんだけどさ、リョウがオーバーラップして右サイドから敵陣深く崩していったよね。そこから、ゴール前を横切るクロスを入れて、走り込んできた上崎君にぴたりと合わせた。そのあと、なにが起きたか覚えてる?」

「え?」

　遼介は少し考えてから答えた。「上崎がダイレクトでシュートするかと思ったけど、打たなかった。トラップしたあと、ドリブルでさらにゴールに迫った。そのあとは、見えなかったけど」

「そうか、リョウの位置からだと見えなかったか……」

「上崎はファウルを受けたんだろ?」

「たしかに主審はペナルティーマークを指さした。その問題のシーン、何度も見直したんだよ、麦田《むぎた》が撮影してくれたビデオを再生してね」

「ビデオ?　なんのために?」

「バッチリ映ってるんだ。たぶん鶴見監督もそのシーンを見たはずだ」

「どういうこと?」

「ビデオで見る限り、上崎君の足に、敵の選手の足は触れていない。というより、からだのどの部分も接触していないんだ。それでも上崎君は倒れた。不思議なことにね。音声には、彼が倒れたあと、米谷がすかさずPKをアピールする声が入っている。その声に重なるように、敵の選手がファウルは『ないよ！』と、きっぱり否定している」

「でもあいつ、踵《かかと》を削られたって。足がしびれてるから、PKは蹴《け》れないって」

「そう言ってたよね。それは僕もピッチで聞いた。でもさ、カメラは捉《とら》えてるんだよ。その決定的瞬間を」

「じゃあ、おれが蹴ったPKは……」

「じつはね、中学時代の上崎君には、とても不名誉な呼び名が付いていたらしいんだ」

「呼び名？」

「そう、〝ダイバー上崎〟」

小野君は声を低くした。

「ダイバー？」

「ダイバーっていうのは、ふつうは海なんかに潜る人のことだよね。でもって、ダイビングは、海なんかに潜ることを楽しむ行為をさす。でも、サッカーにおいてはちがう。ダイビングは、プレーヤーとして最も恥ずべき行為だ。ダイビングとは、相手にファウルを受けたように自分から転んで見せ、審判を欺くこと。ダイバーとは、その常習者である、反スポーツ的プレーヤーの蔑称《べっしょう》さ」

「まさか、信じられない」

「初めは僕もそう思った。上崎君ほどの選手が、そんな卑怯《ひきょう》な真似をするのかって。でもね、中学時代の彼は、どうやらファウルをもらう回数がかなり多かったようだ。そのファウルによってPKを得るケースもね。でもファウルではなく、ダイビングと見なされて主審からイエローカードを提示されたケースもあったらしい。『上崎はすぐ倒れる』。『ダイバー上崎に気をつけろ』。ネットには、そんな書き込みもあった」

「じゃあ、そのことが原因でAチームから落とされたっていうのか？」

問題のシーンのビデオを見ていない遼介には、にわかには信じられなかった。

「わからない」

小野君は弱々しく首を横に振る。「原因はそれだけじゃないかもしれない。遥翔《はると》の話では、Aチームのなかでもいろいろあったらしい。元日本代表の遥翔もそうだけど、上崎君はボールを持つ傾向にあるだろ。そういうプレーを嫌う先輩もけっこういる。もっとシンプルにやれって、しつこく求められるようだよ。そんなことが続いて、上崎君は急にプレーをやめてしまうことがあったって」

「シンプルに、か……」

その言葉はプレー中に遼介もよく耳にする。直訳すれば「簡単に」という意味だが、「ボールを持つな」というふうにも受け取れる。場合によっては、ドリブルを否定するような言葉にも聞こえ、遼介は言われるのは好きじゃない。

「それに彼って、見た目がチャラチャラしてるだろ。みんなが髪を切ったときも、従わなかった。協調性に欠けるとか、生意気だって声もある」

「だけどさ」

遼介は語気を強めた。「あのとき上崎は、PKを自分で蹴らなかったんだぜ」

「そうだね、リョウが蹴ったもんね」

「そこまでしてとったPKなら、自分で蹴るもんじゃないか?」

「それはどうかな」

小野君が首をかしげた。「ダイビングをする選手は、メンタルに問題がある。だから、最後まで勝負せず、自分から倒れ込んでしまう。そうは考えられないかな?」

「上崎が、弱い?」

小野君はうなずいた。「あの場面、だれもPKを蹴ろうとはしなかった。強気な米谷ですらね。なぜなら絶対に外せない場面だったから。でも、リョウは自分が蹴ると申し出た。あのとき、おかしな雰囲気だった。僕は単純にすげえやつだなって感心した。キッカーが決まって、たぶん少なからずみんなホッとしたんだ」

「おれはただ、チャンスがほしかっただけだよ」

「チャンス? 外したら、戦犯にされるリスクだってあったろ」

「それは、そうかもしれないけど」

「やっぱ、すごいよ」

小野君はうなずいた。「今日は黙ってたけど、リョウのような選手が、僕はキャプテンに相応《ふさわ》しいと思うよ。君はやりたくないのかもしれないけど」

遼介は黙っていた。

もしもあの場面、上崎がダイブしたというのなら、あのＰＫは不当に得たものであり、試合の結果も変わっていた可能性がある。上崎は主審だけでなく、ピッチに立っていたすべての者を欺いたことになる。だとすれば、その罪は軽くない。そして知らなかったとはいえ、あのＰＫを蹴ってゴールを決めた自分も、その罪に荷担したひとりになりかねない。初めに小野君が口にしたように、あくまで推測に過ぎないが。

だが、たしかに、サッカーエリートである上崎が、今も自分と同じＢチームで燻《くすぶ》っているのは不自然だ。

自分たち以外だれもいないがらんとした部室。リノリウムの床に視線を落とすと、桜の花びらがいくつも落ちていた。窓は閉め切られ、風も吹き込んではいない。部員のからだに付いて紛れ込んだにしては、その数が異様に多すぎる。

ふと、小野君が口にした英語の格言を思い出した。

「When a thing is funny, search it carefully for a hidden truth」

なにかがおかしいとき、真実が隠されていないか注意しろ。

途中出場

県3部リーグ開幕戦、天候は曇り。朝から風が強く、春にありがちな不安定な空模様。午前七時半、青嵐高校サッカー部Bチームは、対戦相手である椿台《つばきだい》高校に集合した。アウェーのピッチは、当然のごとく芝生ではなく、砂ぼこり舞う土のグラウンドだ。

「ギャラリー少ねえな」

後ろに流した髪の毛をワックスで固めた照井がつぶやく。

「あたりまえじゃんテリー、3部リーグなんだぜ」

口をとがらせた庄司の言葉に、何人かが苦笑してみせた。

昨日の夕練後、三年生五名、二年生二十名のBチーム部員の話し合いによって、開幕戦ベンチ入りメンバーが選ばれた。登録上限人数は二十名。三年生は全員、二年生は十五名がメンバー入りした。新キャプテンの常盤が読み上げたその二十名のなかに、遼介も入っていた。

一年生ながらBチーム入りしている新入部員二人については、時期尚早として今回の登録対象から外された。

登録メンバー二十名には、鰐渕から直々に公式戦ユニフォームが手渡された。今年の春、代々続く父母会からの援助もあり、青嵐サッカー部では公式戦用ユニフォームが新調された。基調であるホリゾンブルーの色は変わらないが、シャツには同系色の縦縞《たてじま》模様が入った。もっとも、県3部リーグを戦うBチームの選手が受け取ったのは、それとは異なるバージョン。去年までAチームが使っていた、いわば使い古しのユニフォームだ。

練習用ユニフォームでは背番号32番の遼介に与えられたのは、19番。番号はかなり若くなった。背番号にはメッセージを込めたと鰐渕は言ったが、喜んでなどいられない。あくまでBチームでの背番号、そしてこの試合だけのナンバーに過ぎない。

数年前から、青嵐サッカー部では、コーチが試合の登録メンバーを決めるのではなく、選手たちが話し合って選ぶようになった。サッカー部総監督の鶴見の意向らしい。部員が選んだ選手について、最終的には鶴見のチェックが入る。サッカー部での活動だけでなく、定期テストの成績や生活態度を加味し、登録メンバーに相応しいか判断される。「文武両道」、「自立した個人の育成」を教育方針に掲げる青嵐高校ならではのやり方かもしれない。

「どんなにサッカーがうまくても、それだけではピッチに立つ資格はない」

全部員を前に鶴見は言い渡した。

ちなみに、部室の壁には、「文武両道」ではなく、「文蹴両道」という鶴見直筆の書が飾られている。

スターティングメンバー、ポジションは、選ばれた登録メンバーを中心にさらに話し合い、詰めていく。Bチームも同じ流れでピッチに立つ者が決まった。

県3部リーグ開幕戦、第一節、椿台高校戦のスタメンに選ばれた青嵐Bチーム十一人。シャツ・パンツ・ストッキングの色が、青・青・青のユニフォームの青嵐B、赤・黒・赤の椿台の選手が本部席前に整列し、スパイクのチェックを受けている。そのなかに、遼介は立つことができなかった。

登録メンバーである三年生五人の内四名、二年生十五人の内七名がスタメンに名を連ねた。遼介が希望するポジション、中盤のセンター二枚には、タイプの異なるセンターハーフ、上崎響と米谷栄司《えいじ》が選ばれていた。

Bチーム二十七名の内、ベンチに入れる登録メンバーは二十名。その二十名の内、スタメンとしてピッチに立てるのは十一名。Bチームといえども、当然競争は存在する。とくにミッドフィルダーを希望する選手は多く、中盤のセンターにはゲームメイクに優れている上崎がいる。その上崎から〝闘犬〟と名付けられたハードマーカー米谷は、守備力を買われての選出だ。

「対戦相手の椿台は、去年から3部に昇格したチーム。ウチは去年二位で2部昇格を逃したけど、むこうは最後まで残留争いをしたって話ですよ」

同じくスタメンを外れた小野君が隣で解説してくれた。ビデオの試合撮影はベンチ外となった部員に任せたが、対戦相手のスカウティングに抜かりはなさそうだ。小野君の発する言葉からは、2部昇格を目指す青嵐Bにとって、椿台は好スタートを切るための恰好《かっこう》の相手に思えた。

「しかし風が強いね」

小野君が頭を押さえ、上空に低い鼻先を向けた。

選手の登録用紙だろうか、本部席から紙が風に飛ばされ、関係者があわてて追いかける一幕があった。

「試合時間、90分だよね」

試合前のアップでかいた顔の汗をユニフォームの衿《えり》で拭《ぬぐ》いながら、遼介が尋ねた。

「いや、それがさ、大会の競技規則によると、80分なんだよね」

「え、高校生は大人と同じで、公式戦はハーフで45分じゃないの」

「たしかに、1部、2部リーグは90分。だけど、なぜか3部以下は10分短いらしい」

「そんなのおかしいでしょ」

遼介の口調が強くなる。「同じ高校生だよ、同じサッカーなのに」

10分短くなれば、それだけ選手の出番も少なくなる。3部以下は軽く見られているとしか思えない。

「まあ、そうだよね……」

小野君はそれ以上その件に触れようとしなかった。代わりに、試合開始前に提出した登録メンバーの交代要員から、五名まで交代することができることを教えてくれた。

「――五人か」

遼介はつぶやいた。

パイプ椅子が並べられただけのベンチには、自分を含め九人の交代要員が座っている。フルに交代を行うとすれば、出場できる確率は九分の五。60パーセントを切る確率だ。そこには是が非でも入りたい。しかもできるだけ早くピッチに立ちたい。

「選手の交代って、どうすんだろ。まさか、それもおれらで決めんのか」

左側から庄司の声が聞こえたが、だれも答えない。

センターライン寄り、青嵐ベンチの右端には黒のキャップにサングラスをかけた鰐渕、三嶋コーチの姿が見える。

試合前のセレモニーの際、ピッチサイドからまばらな拍手が聞こえてきた。両チームはそれぞれのサイドに分かれ、ポジションにつき、主審の笛により試合が始まった。

幸い空には晴れ間がのぞいたが、リーグ開幕の華やかさはどこにも見当たらず、いつもの練習試合のようですらあった。

それでもキックオフの瞬間、遼介の胸は高鳴った。

――いよいよはじまる。

あの震災から一年が過ぎた。未だ被災地では多くの人が不自由な暮らしを強いられている。元チームメイトである樽井《たるい》の消息は依然わかっていない。

　そんななか、Bチームとはいえ公式戦のユニフォームを着てベンチに入り、こうして試合を迎えられた。もちろん今の立場に満足はしていない。でも今、サッカーができる。そのことは素直にうれしく、だれにというわけではないが、感謝の気持ちがわいた。

　今のところ自分が出場できる公式戦は、この県リーグの試合だけ。3部とはいえ、リーグ戦こそが、自分に与えられた唯一のチャンスなのだ。


　試合は、小野君の予想通りの展開となった。

　前半、風下で試合開始を迎えた青嵐Bは、なるべく地面から浮かせないグラウンダーのパスをつなぎ、序盤からボールを支配し、ディフェンスラインを高く押し上げた。その守備陣の裏に、ときおり敵のクリアボールが蹴《け》り込まれるが、泉堂と常盤のセンターバック・コンビが危なげなく対処していく。

　三年生の泉堂は、左腕からキャプテンマークを外しても、変わらず声を出し、リーダーシップを発揮している。以前はAチームに属していた泉堂は、同じポジションの二年生の台頭により、Bチームでのプレーを余儀なくされている。そんな泉堂の声に応《こた》えているのは、遼介や小野君が「コシさん」と慕う、右ハーフに入った堀越。逆サイドの左ハーフ、ふだんは寡黙な先輩の森《もり》からも、ときおり短く指示の声が飛ぶ。

　青嵐Bが先制点を奪うのは時間の問題のようにも思われた。そのチャンスのほとんどが、背番号10、上崎響を起点としている。上崎はセンターサークル付近からほぼ動かず、攻撃のタクトを振っている。右足、左足から同じように正確に繰り出されるパス。その一本一本にはメッセージが込められている。上崎のような選手を、本当の意味で舵取り《ボラン》役《チ》と呼ぶのだろう。目で追いながら、遼介は思った。

開始7分、後方からのチャージにより、上崎が倒された。

上崎に関する小野君から聞いた話が、ずっと頭の片隅にあった。だが、ピッチの10番を見る限り、彼が〝ダイバー〟であるとの噂は、ネットなどでよくある、心ない中傷に過ぎない気がした。上崎はほとんどファウルをしない。圧倒的にファウルを受ける側にいる。けれどファウルを受けても過度な反応を示さない。

「わるくない感じだよね」

左隣に座った控えキーパー、この一年で身長がかなりのびた麦田の言葉に、遼介はうなずいた。

早い時間帯で先制点を奪い、さらに追加点を重ねることができれば、試合運びは断然楽になる。そうなれば選手起用の幅も広がり、遼介ら交代要員にもチャンスがまわってくる可能性が高くなる。

意表を突いた上崎からの浮き球のパスが前線に入った。フォワードの三宅が体勢を崩しながら強引にフィニッシュに持っていこうとするが、右足インステップで捉《とら》えきれず、シュートをふかしてしまう。

「ウィーッ」

ベンチの照井がおかしな声を上げ、頭を抱えてみせた。

たしかにパスは回っている。チャンスもある。しかし、なかなかゴールが決まってくれない。

このチームの最大の課題、それは決定力不足にある。そのことはこれまでの練習試合でも明らかだ。鰐渕からも再三指摘されてきた。ある意味では一年生の白組時代から変わっていない。

ツートップのもうひとりは、身長180センチ近い三年生フォワードの五十嵐。スカウティングの際は堀越とコンビを組み、脚立に上り、ビデオカメラを回していた。身長はあるもののからだの線は細く、ポストプレーはそれなりにこなすが、全体的にプレーに力強さが足りない。性格もおっとりしていて、フォワード向きとは正直映らなかった。

前半途中、五十嵐のミドルシュートが向かい風に押しもどされてしまう。すかさず鰐渕がベンチを立ち、「五十嵐、朝メシ食ってきたのか！」と叫び、数少ない観戦者の笑いを誘った。

試合は両チーム共にミスが目立ち始めた。風が強いせいもあるだろう。その風をどちらが味方につけ、試合を有利に運ぶことができるのか。今日の試合の鍵《かぎ》となるのは、もしかしたら風かもしれない。そして先制点にある、と遼介は感じていた。

風上に立った椿台は、ロングボールを多用してくる。県リーグには単独チームで登録しているため、主力は三年生だ。声をかけ合い、無理をせず、はっきりしたプレーを心がけている。目立つ選手は少ないが、センターバックの2番はボール奪取力に優れ、何度かインターセプトを見せた。奪ってからは迷わずディフェンスラインの裏へ、長いボールを蹴ってくる。身長は170センチ足らず、センターバックとしては小柄だが、そのロングキックの質は高い。3部といえども、こういう選手がプレーしているのだと気づかされる。

その後、青嵐Bのシュートチャンスは、敵の数をはるかに上まわった。小野君が書きつけているノートによれば、ここまでシュートは六本。ツートップの五十嵐と三宅が三本ずつ打っている。しかしその六本のシュートの内、枠を捉えたのはわずかに二本。シュートコースはいずれもキーパーの正面、力も足りなかった。三本あったコーナーキックからも決定的なシーンは生まれなかった。

前半の残り時間が少なくなった頃、三年生のディフェンダー、河野《こうの》がベンチを立ってウォーミングアップを始めた。鰐渕に指示されたわけではなく、自主的な判断のようだ。遼介もパイプ椅子から腰を上げ、アップの列に加わった。

——得点を奪えずに迎えたハーフタイム。

給水を終えた選手に、鰐渕がまず口にしたのは、「相手に合わせるな」という言葉。たしかに青嵐Bは、いつも通りのサッカーができていない。攻め急ぐ場面も目立った。

「おまえら、開幕戦で緊張してんのか？」

鰐渕はキャップのツバを上げ、日に焼けた顔に浮かんだ白いぎょろりとした目を選手たちに向けた。「敵のディフェンスの枚数、わかってんだろうな」

「五枚です」

三年生の手が挙がり、指名された泉堂が答えた。

「なぜだかわかるか？」

鰐渕の問いかけに、今度はさっきより手が挙がる。後ろに立った遼介も挙手した。

「得点を与えたくないからです」

答えた五十嵐は顔を火照らせている。

「それは青嵐も同じ。それでもウチは四枚で守ってる。なぜ敵は一枚多い五枚にしてる。そのことを問題にしてるんだ」

前半あまり目立つ機会のなかった米谷の手が挙がった。

鰐渕が顎《あご》をしゃくるようにして指す。

「ウチらの攻めを警戒しての戦術です」

「そうだよな。あいつらは、おれたちが手強いと感じてる。言ってみれば自分たちのほうが弱いと認めてる。だから守りを厚くしてきた。じゃあ、そんな敵が考える試合プランはどうだ？」

「まず前半をしっかり守りきること」

「その通り。で、前半、おまえらは無得点に終わった。ということは、自分たちより弱い相手の思惑通りになったってことにならないか。そういうの、なんて言うんだ？」

小野君だけが手を挙げて答えた。「相手の思うツボとなる。または、相手に一杯食わされる」

緊張感の漂うなか、照井が笑いをこらえ、ぷるぷると肩を震わせた。

「可笑《おか》しくない」

鰐渕はにらんで続けた。「その通りだ。相手の思うツボにはまった。まんまと一杯食わされたわけだ。椿台は開幕戦、ホームで無様な試合だけはしたくない。だから守りを固めてきてる。あわよくば勝ち点を上げたい。その勝ち点は、3ではなくて1でいい。そういうサッカーに、おれには見えた。それに対して、おまえらが望むものはなんだ？」

「1ではなく、勝ち点3です」

オレンジ色のキャプテンマークを左腕に巻いた常盤が答えた。

「この試合に勝つ、ということだな」

「そうです」

「では、そのために後半なにをすればいい？」

その問いかけに、選手から活発に意見が出た。ミドルシュートを積極的に狙う。サイドチェンジで敵を揺さぶる。攻め急がない。サイドから攻略する。それらはサッカーにおけるセオリーと言えた。

多くの選手が発言するなか、攻撃の主軸であるはずの上崎だけは終始無言、一度も挙手することはなかった。上崎は試合中も声を出すことはなかった。枝毛でも探すように、前髪を抓《つま》んで気にしている。そんな不遜《ふそん》な態度を見咎《とが》めるように鰐渕が声をかけた。

「上崎、おまえの意見を聞かしてくれないか」

「え？」

とぼけ顔が上を向いた。

「おれの話、聞いてくれてたよな」

ベンチ前が静かになる。監督、コーチ、選手の目が上崎に集まる。

「ええと、敵に一杯食わされない方法でしたよね」

照井がプッと噴きだし、顔だけ後ろにねじり、ワナワナと震えている。どうやら、笑いのツボに入ってしまったらしい。

「やっぱ、こういうときは、セットプレーですかね」

上崎は、今度は真面目な顔をつくった。「あとは、効果的な選手交代」

「照井、ハーフタイムに笑ってるようじゃ、出番はないぞ」

「あ、ハイ」と照井は答え、うつむいた。

遼介を含めた交代要員は、上崎の言葉を歓迎したはずだ。

試合再開前、上崎が遼介に近づき、「やりにくいわ」と顔をしかめた。前半の中盤センターは、上崎が攻撃、米谷が守備を主に担っていた。二人の役割は、かなりはっきりしていたはずだ。その言葉がなにを指すのかは、上崎は説明しなかった。

黙っている遼介に、「まるでだんごサッカーだよ」と上崎はため息交じりに、懐かしい言葉を使った。

サッカーを始めた頃、コーチから「だんごになるな」とよく叱られた。周りを見ることができず、どうしてもボールに密集してしまうサッカーを、だんごサッカーと呼んでいた。どうやら上崎は、ゲームのレベルが低すぎると言いたいらしい。


両チーム共に、後半頭からの選手交代はなかった。

風上に立ち、前半以上にボール支配率を高める青嵐Bは、積極的に遠目からシュートを放った。ワイドに開いた両サイドバックを高い位置に上げ、前線の二人のフォワード、五十嵐と三宅を目がけてクロスを上げていく。だが、風が強いこともあり、ミドルシュートやクロスは精度を欠き、ゴールを奪うことができない。

「三宅、今のシュートか、それともクリアか」

鰐渕がベンチ前に立って皮肉を叫ぶ。

今期も3部残留が目標であるかのように、椿台はフォワードを一枚に減らし、早くも自陣に守備のブロックを敷いてきている。コーナーキックの際は、その一枚さえ、ゴール前の守備にもどってくる。カウンターを狙う気配は感じられない。

ベンチに座った遼介は、自分の出番を今か今かと待ちわびながら、いつの間にか、膝《ひざ》を揺すっていた。

後半10分、鰐渕《じゅんや》が交代要員たちに顔を向けて声をかけた。名前を呼ばれたのは、三年の河野と二年の淳也。二枚のカードが同時に切られた。残り使えるのは三枚。

なぜ、おれを使わない。思わず、鰐渕の横顔をにらんだ。

「あいつら、どん引きだぜ」

シュートを決めきれなかった三宅がベンチに下がってきた。

左サイドバックでプレーした斉藤《さいとう》は、なにも口にしない。汗がポタポタと顎から垂れている。

遼介は再びパイプ椅子から腰を上げ、アップを始めた。もちろん、ピッチに立ちたいというアピールを兼ねている。この際、ポジションはどこでもよかった。サイドハーフでも、フォワードだっていい。おれを使え、おれを使え、と念じながら、並べられたマーカーを使ってステップを刻んでいく。

後半20分、敵が選手交代。ワントップに代わって、出てきた赤いユニフォームの選手は前線に入らなかった。どうやら、さらなる守備固めらしい。

残り試合時間15分を切った直後、再び鰐渕が動く。

「武井、いくぞ」

その声に、遼介は動きを止めた。アップで上げすぎて、すでに顔にも汗の粒を光らせている。返事はせずに、急いでオレンジ色のビブスを脱いだ。

鰐渕から短い言葉をかけられたあと、三嶋から選手交代用紙を受け取る。「OUT」の欄に米谷の名前と背番号8が、「IN」に自分の名前と背番号19があった。

第四審判に交代用紙を渡し、スパイクのチェックを受ける。固定式のスパイクの小指の付け根にはすでに小さな穴が開き、底の突起もかなり擦り切れていた。でも、新しいスパイクがほしいとは言い出せなかった。

震災後に転職した父、耕介《こうすけ》は、その会社も辞めてしまった。収入も貯蓄も減り、一時はローンの残っているマンションを手放す話まで出たようだ。今は木工機械関連の営業代行に個人として従事している。その仕事がようやく軌道に乗り始めたのか、家に居ることは少なくなった。

最近、母の綾子《あやこ》の表情もいくぶん穏やかになったような気がする。家族は、サッカーを続ける遼介を今も応援してくれている。だからこそ、ピッチでの良いニュースを夕食のテーブルに届けたかった。

高ぶる気持ちを静めながら、遼介はタッチライン際でステップを踏んだ。途中出場でピッチに入る前に心がけたのは、二つ。まずは守備に重きを置く米谷とは違う色を出してチームに貢献すること。それは言うまでもなく攻撃、ゴールに絡むプレーだ。そしてもうひとつは、〝静〟の上崎に対して、運動量で凌駕《りょうが》すること。それが小学生時代からの自分の持ち味でもあった。

ボールがタッチを割り、ゲームが途切れる。副審がフラッグを水平に構え、主審に選手交代の合図を送る。だが、背中を向けた主審は気づいていない。このままではプレーが再開されてしまう。

「レフェリー！」

思わず遼介は自分で叫んだ。「交代お願いします」

1秒たりとも無駄にしたくなかった。

ピッチをあとにする米谷はすれ違いざまに、不満そうな表情ながらも「頼んだぞ」と声をかけてきた。

遼介はうなずき、ピッチに飛び出した。

中盤の中央で組む上崎と目配せをした遼介は、自ら高い位置をとった。鰐渕からは具体的な指示はなく、あの日と同じように「流れを変えろ」と言われた。攻めてはいる。しかし、今の流れではダメということだ。鰐渕が守備能力の高い米谷に代えて自分を選んだのは、攻撃的な選手に入れ替え、なんとしても決勝点を奪いにいく、というメッセージが込められている気がした。

前半を失点0に抑えた椿台は、残り時間を我慢し、ホーム開幕戦でなんとしても勝ち点1を上げたいのだろう。ゴールキックの際、敵のキーパーが露骨にも映る時間稼ぎまで始めた。

遼介はなんとか敵の守備を崩し、決定的なチャンスを作りたかった。しかし上崎のパフォーマンスは、後半途中から目に見えて落ちてきている。交代を言い渡されたとき、上崎との交代かと思ったほどだ。

3部リーグのピッチで上崎が精彩を欠くのは、モチベーションの問題かもしれない。たしかにゲームの質は高い水準とは言えない。上崎がボールをセンターサークル付近で持つと、敵の選手は自分のマークをあっさり捨てて食いついてくる。上崎が中学時代、Jリーグの下部組織で過ごしてきたプレーヤーであることを、おそらく敵のだれも知らない。そのせいか、上崎に対するリスペクトなど存在しない。荒っぽい敵の寄せ、上崎がだんごサッカーと評した守備の餌食《えじき》となる場面もあった。

チーム力を見分けるには、その組織に規律が行き届いているかに着目すればいい。ピッチ内における戦術的な規律は、強いチームの条件のひとつと言える。椿台はその約束事の統制にばらつきが見え、逆になにをしてくるのかわからない怖さがある。

個人については敵のセンターバックの2番以外、抜きんでた選手はいない。しかしそのことが、予期せぬ混乱を生じさせる場合がある。ハーフタイムに鰐渕が指摘したように、往々にしてサッカーの試合では、相手のペースに巻き込まれる現象が起こる。レベルの低いチームは、高いチームに合わせることはむずかしい。よって多くの場合、レベルの高いチームが、低いチームのペースに合わせてしまうのは、むしろ自然な流れとも考えられる。

試合中、上崎はからだの向きや、視線によるフェイントを何度か見せた。しかし相手は思うように引っかかってはくれない。それらのいわば高等技術は、ある一定のレベルに達しているプレーヤーにしか通用しない。上崎のテクニックは、いわば宝の持ち腐れとなってしまった。上崎の口にしたやりにくさとは、そういった類《たぐい》のことかもしれなかった。

徹底的にマークされた味方フォワードが結果を出せない。そんな状況でも上崎は自ら上がろうとはしない。ならばと、遼介が前線へ飛び出すが、この日の上崎とは呼吸が合わない。ほしいところで得意のノールックパスを使わず、ボールをこねてしまう。

ベンチの鍔渕は、続けざまに疲れの見えた選手を下げ、フレッシュな選手をピッチに送り込んだ。後半30分、右サイドバック和田《わだ》に代えて、青山巧《あおやまたくみ》。35分、左ハーフ森を下げ、小野君出場。後半にすべての交代カードを使いきった。

残り時間5分を切ると、椿台は完全に引きこもってしまった。赤のユニフォームの十一人がゴール前に守備ブロックを敷いている。目的を一つにし、必死にからだを張って守るチームは、なかなかにしぶとく、ゴールを割ることができない。敵のなかには脚が攣《つ》り、倒れ込む選手も出てきた。

試合終了が迫るなか、あの日のゲームに似ているな、とふと遼介は思った。一年の夏のルーキーズ杯決勝トーナメント一回戦、1点リードされた試合終了間際に上崎がファウルを受け、同点に追いつくPKを獲得した試合。ビデオで見た小野君が、上崎のダイブを指摘した、疑惑のPKで勝ったゲームだ。

両手を腰にあてた上崎は、前半以上に運動量が減ってしまった。風に煽《あお》られ視界を遮る髪をうっとうしそうに掻《か》き上げながらプレーしている。遼介がパサー役になろうにも、上崎が動き出さないため、パスの出しようがない。上崎が足もとでボールを受けるたびに攻撃が停滞し、相手に守りやすくしてしまっている印象さえ受けた。

そんな10番《エース》に対して、だれもなにも求めようとしない。キャプテンマークを巻いた常盤は、相変わらず上崎にパスを集め続けている。

遼介は、上崎との打開を半ばあきらめかけた。今日の上崎とは、ピッチ上での未来を共有できそうもない。それがなぜなのかはわからない。たぶんそれは、上崎が口にした、やりにくさにあるのかもしれなかった。

足の止まってしまった五十嵐に代わって、遼介が前線でしつこくボールを追う。敵のミスを誘うが、そのボールを奪ってくれる味方が近くにいない。

十一人で守るのは、こちらの力を警戒しているためだ。3部リーグでは、こんな試合が増えるのかと思うと、憂鬱《ゆううつ》にもなる。

守ることだけに集中した敵からゴールを奪うには、攻めの戦術に工夫が必要なのはもちろんのこと、やはり個の力が不可欠な気がした。敵の数的優位を打ち負かす、絶対的な個の力が……。

「最後だぞ、仕留めろ！」

ベンチから鰐渕の声が響く。

試合終了間際、沈黙していた上崎が、突然目覚めたかのようにドリブルを始めた。

遼介は攻撃に絡めればと、上崎の視界に入っていく。

しかし、ボールは出てこない。

まるで遼介が見えていないかのようだ。

上崎は夢遊病者のようにドリブルを続け、敵を引き寄せ、左サイドへ向かう。小野君の前を通過した上崎には二人のマークが付いている。その二人を誘うようにゆっくり動く。マークが三人に増え、上崎は敵の鳥カゴに自ら入ってしまった。しかしどうやら、それは上崎の仕掛けた罠《わな》だったようだ。口元に冷笑を浮かべている。

囚われた上崎は敵の5番の足にわざとボールを軽くぶつけ、その跳ね返りをすぐにトラップし、ぶつけた5番に突っかけていく。あわてた5番は後ろに下がろうとして尻《しり》もちをついてしまう。

残りのマークは二人。上崎はペナルティーエリアへ斜めに迫っていく。上崎がふいに動きを止めると、マークの二人のあいだに隙間《ギャップ》ができる。次の瞬間、左側の敵の股間《こかん》にボールを通し、二人のあいだを割って抜け出そうとした上崎のからだが一瞬宙に浮く。そして派手に倒れ、両手を広げた。

すかさず主審の笛が鳴る。

マークに付いていた二人は顔を見合わせている。

遼介の目には、明らかにファウルを誘ったプレーに映った。

上崎は頬を右手で押さえ、ジェスチャーで肘《ひじ》が入ったと主審にアピールした。進路妨害の反則であれば、間接フリーキック。直接ゴールを狙うことはできない。主審は上崎の主張を認め、危険な打撃行為《ストライキング》があったとして直接フリーキックが与えられた。試合終了間際に大きなチャンスが訪れた。ハーフタイム、上崎が敵に一杯食わされないためのポイントに挙げたセットプレー。ポイントは、ゴールを正面に見て左斜め20メートルの絶好の位置。

左サイドに視線を移すと、小野君と目が合った。訝《いぶか》しげな小野君の背後のピッチサイドには、ビデオカメラを回す青嵐部員の姿があった。

ベンチ外

「じゃあなにか、リョウは、おれのプレーに文句でもつけたいわけ？」

上崎は口元をゆるめながらも、目には不満の色を浮かべていた。

試合終了間際、強引とも言える上崎の突破によって得たゴール前でのフリーキックのチャンス。上崎は自分で蹴《け》ろうとはせず、キッカーを先輩の泉堂に譲ってしまった。泉堂は直接ゴールを狙うがシュートはゴールのバーを越え、チャンスをふいにしてしまう。

その直後、主審のホイッスルが長く鳴り、試合はスコアレスのまま、引き分けに終わった。最後まで守備を固め、勝ち点1を手にした椿台高校の選手たちは、リーグ残留を決めたかのように喜び合っていた。

「――そうじゃない」

まだユニフォームを着たままの遼介は、少し間を置いて答えた。「知りたいんだ。あれは敵のファウルを誘ったのか」

「だとしたら？」

「イエスかノーで答えられない？」

「もちろん、イエスだ」

上崎は右手で髪を掻き上げ、細い黒のヘアバンドを外しながら鼻で笑った。「まんまと引っかかった。それがなにか問題でもある?」

「いや」と遼介は首を横に振る。

「なんなんだよ。言いたいことがあんだろ?」

「ファウルを誘うプレーは、おれもやったことがある」

「だよな。サッカーやってりゃあ、それぐらいのずるがしこさは覚える」

上崎は両手を上げるポーズをとった。「そりゃあ、そうだろ。たとえばスローインのとき、その場から投げるサイドバックがいるか? 大抵は1メートル、いや、2メートルは場所をごまかして投げるもんさ。フリーキックのときだって、そう。審判が見てない隙に、ボールを50センチ前に置き直す。小学生だってやってるだろ」

上崎の言う通りかもしれない。テレビのサッカー放送のなかで、そういう場面を幾度となく遼介は見てきた。プロ、と呼ばれる選手たちのプレーとして。

「そういうの、サッカーでは〝マリーシア〟って言うんじゃないの。なにを今さら言ってんだ。チームが勝つためには、必要な行為でもあるだろ」

——チームが勝つため?

遼介は心のなかでくり返した。

着替えをすませた小野君が心配そうに二人のやりとりをうかがっている。攻め続けながらゴールをこじ開けられなかった試合は後味がわるかったが、Bチームの部員たちはそれほど引きずっている様子もなく、帰り支度をしながら談笑している。そんななか、二人の異質な声だけが外廊下に響いた。

「ハーフタイム、『やりにくい』って言ってたけど、あれはどういう意味？」

「あれか……」

上崎はふっと笑った。「たいした意味なんてないさ。言ってみれば、風のことだよ。今日みたいに、風の強い日は、サッカーには向かない」

「それだけ？」

「ああ、そうだけど」

「なら、もうひとつ訊《き》いてもいいかな」

遼介は、あの件について尋ねるか迷っていた。

「なんだよ、まだあんの？」

上崎の言葉がとがった。

「おい、リョウ。もういいだろ」

キャプテンマークを外した常盤が口を挟み、いつものせりふを使った。「切り替えようぜ」

ハーフタイム、鰐渕に問われた常盤は、この試合を勝ちにいくと言った。そのための方策をチームで話し合った。しかし結果は出せなかった。

試合後のミーティングでは、そのことについて具体的に触れることはなかった。だれもその理由をはっきりさせようとはしなかった。常盤の言う「切り替える」とは、「リセットする」という意味のように聞こえる。あるいは、よくない出来事を「忘れる」という日本人的な知恵だろうか。なにも明らかにしようとせず、次の試合に向かおうとするチームの姿勢に、遼介は違和感を覚えた。

「あーあ、やりにくい」

上崎がぽつりと言った。

だれもその意味を尋ねなかったが、上崎は聞こえよがしに答えた。

「リョウは今日の風と同じだな。ほんと、やりにくい」

開幕戦を引き分けてしまった青嵐高校サッカー部Bチームは、翌週土曜日、県3部リーグ第二節をホームグラウンドで迎えた。

前日に開かれたミーティングの結果、遼介はスタメンどころか、登録メンバーからも外れることになった。理由ははっきりしない。すべては上崎の「やりにくい」という言葉が発端の〝遼介外し〟のように映った。

これまで良好にも思えた上崎との関係には、どうやらヒビが入ってしまったようだ。そのきっかけを作ったのは遼介自身であり、墓穴を掘ったともいえる。ただ、上崎があからさまにそのような態度を示したわけではない。どちらかと言えば、チームメイトが上崎の意向を汲《く》み、空気を読んでの流れのような気がした。異論を唱えた小野君も、同じくベンチ外の憂き目に遭うことになった。

三日前の朝練の際、Aチームに所属する宮澤《みやざわ》に声をかけられ、「響を敵にまわすと厄介だぞ」と忠告された。遼介は笑って応じたが、上崎と小学生時代チームメイトだった宮澤の表情がゆるむことはなかった。小、中と別のチームで遼介と戦い合ってきた宮澤は、遼介のことをむしろ心配して口にしたのだろう。小野君からも、ルーキーズ杯の〝疑惑のPK〟の件については、今は触れないように、それとなく言われた。

入部当初から特別扱いされてきた上崎響は、今はBチームにいるが、その経歴による威光とも言うべき影響力を部内で持ち続けている。上崎に接するAチームの部員たち、とくに三年生の態度からも、それはひしひしと伝わってくる。「おまえはこんなところにいる選手じゃない」「早く上がってこい」「上崎の力が必要なんだ」。期待を込めた言葉を、皆一様に上崎の肩にかけていく。

試合前日のミーティングでは、上崎の開幕戦での精彩を欠いたプレーを指摘する声はひとつも上がらなかった。それどころかキャプテンの常盤は、上崎をチームの司令塔扱いして持ち上げようとする。どうすれば上崎がプレーしやすくなるのか、そのことばかりに気を遣っているようにさえ見えた。

もちろん、上崎はテクニックがあり、個としての高い能力を持っている。しかしあたりまえだが、課題もある。だからこそ今、遼介と同じBチームにいる。その部分をどう修正していくのか、その点は上崎自身にとって重要なテーマでもあるはずなのに。

　チームメイトたちは、まるでなにも見えていないように中盤における問題点を語らない。開幕戦は無失点に抑えたせいか、批判の矛先は前線に向かいがちになる。とはいえ、その点を掘り下げるわけでもなく、話し合いは生ぬるい。

　登録メンバーに収まった者は、その地位を失いたくないためか、当たり障りのない発言に終始する。登録メンバー入りできない者は、どうしても発言を慎む傾向になる。上崎は当然のように第二節の試合もスタメンに名を連ねた。

　もしかしたら自分の考えがまったく筋違いなのかもしれない。遼介は不安に駆り立てられた。チームメイトの評価は、明らかに上崎には高く、自分には低い。開幕戦の途中出場では、中盤での運動量を上げたつもりだが、流れを変えることまでは、遼介にはできなかった。一方、試合終了間際、上崎は自らフリーキックのチャンスを作った。

　今回登録メンバーから外れたのは、遼介、小野君、麦田。代わって、登録メンバー入りをしたのは、初登録となる二年生と一年生の二人。勝つことのできなかった青嵐Bは、開幕戦とまったく同じスタメンで第二節も臨むことになった。

　ミーティングの結果について、コーチ陣からとくに話はなかった。三嶋は終始無言。鰐渕は腕を組み、登録メンバーの名前が記入されたホワイトボードを見ながら、小さくうなずいていた。

　落ちるところまで、落ちた。

Bチームのベンチにすら入れない。これが現実だ。

遼介はなにも言わず、早々にその場を離れた。

――なぜ自分ではなく、あいつが。

自転車のライトが虚ろに照らす川沿いのサイクリングロードを走りながら、そう思いかけた。でも、遼介はやめることにした。自分が身を置くチームに、これ以上不信感を抱きたくなかった。

チームメイトに評価されなければ試合には出場できない。他人の評価がすべて。組織とは、そういうものなのだろうか。自分を抑え、思ったことも口にせず、力を持った者が作り上げた流れに身を任せる。それしか為《な》す術《すべ》がないのだろうか。生ぬるい川風に吹かれながら、何度もため息を漏らした。


試合当日、部室で着替え、グラウンドに出た遼介は、中学時代、なかなか試合に出られなかったチームメイトの顔を思い出した。中津川《なかつがわ》と湯川《ゆかわ》。二人は嫌な顔ひとつ見せずに、試合のときは、手分けして水の準備をしてくれていた。そのことには感謝していたが、同じ立場になるとは思ってもいなかった。今さらながら、試合に出たくても出られない者の気持ちに触れた気がした。

今日の試合から、Bチームにも女子マネージャーがひとり付くようになった。その成《なる》瀬瞳《せひとみ》という、髪をショートカットにした小柄なマネージャーに指示を仰ぎ、ピッチ周りに置く水の準備に、小野君と一緒に取りかかった。

「マネージャーって、今は三人ですよね？」

水飲み場で小野君が話しかけた。

「私と同じ二年の子がいたけど、やめちゃったの」

ジャージ姿の瞳は、手を休めずに答えた。

「ほかの二人は、三年生？」

「そう。ほんとは、各学年に二人が理想らしい。ひとりだと少ないし、三人だと、どうしても二人がくっつくからむずかしいんだよね。Aチームには、絶対二人は必要だし」

遼介は黙って二人の会話を聞きながらボトルに水を注いだ。

「成瀬さんは、Bチーム専属のマネージャーってこと？」

「そういうわけでもないけど、今年は主にBチームのサポートに入ることになると思う」

「それはありがたいな。ひとりじゃ大変そうだけど」

「まあね。でも私、サッカー好きだから」

「もしかして、やってたとか？」

「私、運動苦手だから。でも兄はやってた」

「へー」

小野君が感心する。

「青嵐でやってたんだよ」

「へー」

思わず遼介も声を漏らした。

「なんだ、武井君も聞いてるんじゃん」

瞳の声が大きくなった。

「あ、ごめん」

「謝ることないよ。でも、こないだはまいったな」

「こないだって？」と小野君が尋ねる。

「部室を掃除したの。そしたら、ひどいんだもん」

「ひどいって、においとか？」

「それはもう慣れた。そうじゃなくて、床の上がひどく散らかってたの。ゴミって言っても、ふつうのゴミじゃない。箒《ほうき》で掃いて集めたんだけど、なにかと思ったら、大量の乾燥した花びら」

「花びら？」

「そう、桜の」

「ああ、それなら知ってる。おれも見た」

遼介は思い出した。

「かんべんしてほしいよ、花びらなんて部室に持ち込んで。たぶん、あの人の仕業」

「あの人って？」

「ほら、あの人」

瞳は声を低くした。その視線の先には、部室の前でイヤホンを両耳に装着している背番号10の姿があった。

「マジで？」

「桜の木の下で、上崎君が花びらを集めてるの見たんだよね、子供みたいにさ。たぶんそのあと、部室に持ち込んで、ばらまいたんだと思う」

「なんのために？」

「——わかんない」

「あいつ、花咲《はなさか》じじいの子孫か？」

小野君のつまらない冗談に、瞳は「やめて」と言って、白い八重歯を見せて笑った。

——上崎響は、やはりおかしなやつだ。

「でもね」と瞳が言った。「やってくれそうな人がいるの」

「え、なにを？」

「マネージャー、私と同じ二年生」

「へえー、よかったじゃん」

小野君はくだけた調子で応じた。

「まだ確定したわけじゃないんだけどね」

瞳はなぜか遼介を見て、口元をゆるめた。「その人、どういうわけかBチームの〝マネ〟をやりたいらしい」

「へえー、変わってる」

小野君が楽しそうにスクイーズボトルの腹を強く押した。

吸い口からピューッと水が高く飛び、遼介は首をすくめた。「おいっ」と声をかけてにらんだが、ゆるんだ顔の小野君は気づいてさえいなかった。


県3部リーグ第二節、青嵐高校B対港南《こうなん》高校。穏やかに晴れ、風もなく、四月としては絶好の試合日和。ベンチ外となった遼介らBチームメンバーは、スカウティング班、給水班、ボールボーイ班に分かれて試合のサポートにまわった。

ホームの青嵐Bは、試合開始直後に攻め込んで得たコーナーキックのチャンスに、五十嵐が頭で押し込んで幸先よく先制。その後も何度かチャンスを迎えるがシュートを決めきれず、1対0のリードでハーフタイムを迎えた。

ホームグラウンドには、少ないながら保護者らしき観戦者の姿があった。午前中、練習のあったAチームの選手たちも一部残っている。女子生徒は、どうやら上崎が目当てらしい。

練習用ユニフォームの上にオレンジのビブスをつけた遼介は、六本入りのボトルケースを右手に提げ、ピッチをまわり、水の少なくなったボトルと交換した。二年生になってもこういう立場にある自分が歯痒《はがゆ》かった。できれば親や知り合いには、こんな姿を見せたくない。明るく振る舞っているが、ベンチを外れた小野君や麦田にしても気持ちは同じだろう。

乾いた地面にボトルを置いたとき、ふと思い出した。去年の夏のルーキーズ杯でのことだ。あの大会は水の準備がじゅうぶんでなく、試合中に熱中症になりかけてしまった。そのときピッチに水を置いてくれた、中学時代の同級生、他校でサッカー部のマネージャーになった矢野美咲《やのみさき》は、今どうしているのだろうか。あのときの後ろ姿を思い浮かべ、小さくため息をつく。

「あれ、遼介じゃない」

背後で女子の声がした。「なにやってんの?」

ハッとして振り向くと、美咲の親友、四月から同じクラスになった神崎葉子《かんざきようこ》が、グラウンドを囲んだネットの向こうに立っている。「おまえこそ」と言ってやりたかったが、黙っていた。

「ケガでもしたの?」

「いや、してない」

遼介はそっけなく答えた。

葉子なら、美咲が今どうしているか知っているかもしれない。そう思ったが、立ち止まらなかった。

ハーフタイム、水を運んでいた遼介には、ベンチでどんな話があったのかはわからない。後半が始まっても、青嵐Bが高いボール保持率を維持し、試合を有利に運んでいく。遼介の目は、自然とポジションを争う中盤のセンターの選手へと注がれる。背番号10番の上崎、そして下がり気味にポジションをとる8番の米谷。

後半20分、ボールを持った上崎が一瞬の迷いを見せた際、港南のフォワードのプレスバック、自陣へもどりながらの寄せによってボールを奪われてしまう。あっさり倒れた上崎はファウルをアピールするが、主審の笛は鳴らない。

すかさずカバーに入った米谷がピンチの芽を摘む。今度は主審の笛が強く吹かれ、米谷はこの日一枚目のイエローカードをもらってしまった。それほど激しいチャージには見えず、「あれでカード？」と鰐渕がベンチ前に出てガクッとつんのめって見せるが、当然判定は覆らず。

その10分後、カードを一枚もらった米谷を下げ、代わりに庄司が投入された。開幕戦の後半途中では、米谷に代わって遼介が出場した。しかしあのときとは、もちろん状況がちがう。前回は0対0。勝つために決勝点を狙いにいった。1点とはいえ、今日はリードしている。

どんな指示が鰐渕から出たのだろうか。残り試合時間は約10分。上崎は、さっきのボールの奪われ方から見て、かなり疲労がたまっている。目に見えて運動量が減っている。

それでも開幕戦同様、鰐渕は上崎を交代させようとはしない。米谷を下げたのは、二枚目のイエローカードをもらって退場し、ひとり少ない状況になるリスクを避けるためだとは思うが、上崎を試しているようにも映った。

上崎が中盤で攻撃に比重を置いてプレーできるのは、米谷の守備のサポートがあってこそだ。だから二人が中盤で、いわばセットとなっている。しかしリーグ戦初出場となる庄司は、米谷よりも高いポジションをとった。

庄司にしてみれば、後半1対0でリードしている試合状況より、自分のアピールを優先したいのだろう。庄司に与えられた時間は、そう長くはない。次の試合に出番があるとは限らない。身長は、遼介と変わらず170センチちょっと。なにをやってもそつなくこなすタイプのミッドフィルダーである庄司は、守備的な米谷よりも攻撃的な遼介に近い。トリッキーなプレーが好みらしく、リフティングをやらせれば、かなりのテクニックを見せる。その半面、実戦で余計な手数をかける嫌いがある。その点は、レベルはちがうが上崎に似ている。自分をうまく見せたい欲求が強いタイプにも映る。

試合の残り時間が少なくなるなか、敵に与えてはならないのは、「もしかしたら」という希望だ。その希望の光を絶望の闇で包み込んでしまうには、ゲームを決定づける追加点が最も効果がある。しかしそのために不用意に攻め込めば、一瞬で闇を照らす、危険な敵のカウンターを食らう可能性がある。

——攻めるのか、守るのか。

リードしている試合の終盤こそ、その選択はむずかしくなる。なぜなら、攻めることは守ることであり、守ることは攻めることになり得るからだ。青嵐Bは、そのむずかしい選択の意思統一がチームとしてできているようには見えなかった。ベンチから指示はない。キャプテンの常盤を中心に、ピッチで話し合う様子もなかった。このままでいい、という判断をしたのだろうか。

ただ一ヶ所、前後半を通してチームのバランスが動いたポジションがあった。それは米谷に代わって庄司が出場した、中盤だ。

試合の残り時間は5分を切り、相手を完全にゴール前に封じ込めたかに見えた。選手交代で入った庄司を含めた中盤の四枚、そして両サイドバックを高く押し上げての波状攻撃。その圧倒的に有利な場面で、青嵐Bは攻撃をシュートで終えることができなかった。

ゴール前を斜めにドリブルした庄司が、シュートに持ち込もうと仕掛けたまではよかった。しかし庄司は打てるタイミングでシュートをせず、またぎフェイントを入れた。敵のボランチは惑わされることなくボールを奪い、青嵐の裏のスペースに大きく蹴《け》り込んできた。

途中出場した活《い》きのいい港南の29番が俊足を飛ばす。ラストチャンスとばかりに、ほかの緑のユニフォームの選手も前線に駆け上がる。

ミスを犯し、天を仰いだ庄司は走ってもどるが、自陣のフィールドではあっという間に敵と味方の三対二の状況が生まれてしまう。上崎はペナルティーマーク付近で腰に手を当てたまま動こうとしない。

敵の29番、その両側に少し遅れて11番、10番が左右に並走していく。港南のカウンター攻撃に対して、青嵐Bは常盤と泉堂のセンターバック二枚が迎え撃つ。

「飛び込むな、ディレイ！」

敵の攻撃を遅らせるようキーパーの西《にし》が叫ぶ。

その指示に二人の味方センターバックは従おうとするが、すでに敵の29番のドリブルはスピードに乗っている。

ずるずると後退する常盤と泉堂。

もどってくる味方は間に合いそうもない。

敵の11番が右へ、10番が左へ開き、中央をドリブルで駆け上がる29番からのパスコースを確保する。

「出ろ、アプローチ！」

ベンチを立った鰐渕が声を嗄《か》らす。

ずるずる下がる二人のセンターバックは、すでに自陣ペナルティーエリアに足を踏み入れてしまった。ファウル覚悟で止めるならば、PKを避けるためにもエリアの外で勝負するのが鉄則だ。米谷であれば、二枚目のカード覚悟でそうしていただろう。

常盤がボールを持った敵の29番に向かったとき、泉堂は11番をマーク。しかし、29番は常盤の背後、視界から消えた敵の10番にパスを出す。その10番に、庄司が追いすがる。フリーでパスを受けた10番はペナルティーエリアに進入し、キーパーとの一対一、左足でのシュート体勢に入った。

観戦者サイドから上がったこの日一番の声援は、悲鳴に近い。

ピッチサイドの遼介は身を乗り出し、にらむようにそのシーンを見つめた。

——やられるなら、やられてしまえ。

不甲斐《ふがい》ないチームの姿に、これまで抱くことのなかった感情が一瞬心をよぎった。

10番が左足を振り抜いたシュートは、キーパーの手前でワンバウンド、そのボールを西が倒れ込みながらなんとか右手一本で弾く。西のキーパーグローブに当たり嫌な回転が加わったボールはゴール前の宙に浮き、中途半端にしか飛んでくれない。後ろから走り込んできた庄司が、そのボールに頭から食らいついた。ゴールラインの外へ、ヘディングでクリアしようとしたのだろう。しかしボールはバーを越えることなく、ゴールに吸い込まれてしまった。

立ち上がった西が激しく両手を振り、何事かわめき散らした。

肩を落とし立ちつくす、常盤と泉堂。

庄司は地面に両手をつき、うなだれている。

中盤のライバルであるその男の顔は、痛ましいほどにゆがんでいた。

そのとき遼介は、チームを見放そうとした自分を恥じ、後悔しながら認めた。

——こいつも、もがいている。

——自分と同じなんだ。

記録は、オウンゴール。

青嵐Bは、試合終了間際に追いつかれてしまった。


「イタいよなー、またしても引き分けとはね」

メガネをかけた小野君がショーケースにもたれかかり、茜色《あかねいろ》に染まりかけた夕空を見上げるようにした。しかし実際には、店の日除《ひよ》け用のオーニングの内側しか見えなかったはずだ。

二人で向かった「肉のなるせ」のベンチには、同じホリゾンブルーのポロシャツを着た先客がいた。身長165センチ、小柄ながら今やAチームの中盤で公式戦に出場している伊吹《いぶき》遥翔だ。

「残念だったね。でもリーグ戦は、まだまだ続くからね」

好物のコロッケを片手に、そばかすを散らした頬に笑みを浮かべる。

「Aチームは1部リーグで好調なスタートを切ったようだけど、3部リーグのこっちは、未だ勝ち星ナシ。さっき聞いた話じゃ、同じリーグにいる山吹《やまぶき》高校は二連勝で首位、すでに勝ち点4も引き離されてる」

「小野君たちも、山吹高校と同じリーグなんだ」

「そうなんだよ。もちろん、僕らが対戦するのは、山吹高校と言っても、Bチームなんだけどね」

　小野君はわざとらしく語気を強めた。

「じつはさ、リョウに話があるんだ」

　遥翔はコロッケの衣のついた手をはたき、すんなり話題を変えた。

「話って？」

「ほら、リョウが捜してた、福島に住んでた幼なじみ――」

「もしかして、樽井賢一《けんいち》のこと？」

「そうそう、その樽井君のことなんだけどね」

「なにかわかったの？」

「去年の春、僕はこっちに引っ越してきた。そのことは知ってるよね？」

「遥翔は、たしか東日本のナショナルトレセンのメンバーだったんだよね。上崎君から聞いたけど」

　小野君が口を挟んだ。

「そういえば、上崎はナショトレの関東にいたらしいね」

「すごいよね、二人とも。遥翔なんて元日本代表って話じゃん」

「昔のことだよ」

「それで、樽井のことは？」

遼介は話をもどそうとした。

「じつは僕も、福島の中学校のサッカー部だったから、気になってたんだ。リョウから話を聞いて、サッカーつながりの知り合いに何人か聞いたけど、残念ながら情報はなかった。でもサッカー部に入っていたとしたら、絶対にどこかでつながるはずだと思ってたんだ」

「東北って、福島だったの。でも遥翔、転校生だっけ？　初めからいたような気がするけど」

小野君が首をかしげた。

「震災後、すぐにこっちの高校に編入の手続きをとった。親戚《しんせき》が住んでるから、それを頼ってね。だから僕が青嵐のサッカー部に入部したのは、四月の終わり頃。ちょうど練習用ユニフォームができた日に、リョウと二人組のパスをして、その日、ここへ来たんじゃなかったかな。あの頃は、まったく調子がよくなかったけど」

そのときのことは覚えていた。声をかけられ二人組になり、初めて受けた左利きの遥翔のボールは、正確でトラップしやすく、たしかなセンスを感じた。なぜこの選手が、自分のひとつあと、ドンケツの番号33を背負っているのか不思議だった。

「去年の春、福島の高校がこっちに遠征してきて練習試合をやったの覚えてるかな。あの高校に、僕は入るつもりだった。高校でもサッカーで上を目指すつもりでね。でも、あの震災ですべて一度あきらめたんだ。父さんと母さんがやってた店も、休業することになったしね」

「そうだったのか」

「じゃあ、震災のときは、遥翔も大変だったんだね」

「まあね……」

小野君の言葉に、遥翔は力なくうなずいた。

「そういえば、三嶋コーチも東北？」

遼介が思い出した。

「そう。三嶋さんがあの高校との練習試合のセッティングを買って出たんだと思う。三嶋さんからは、気にせずプレーしろって言われたけど、何人か知っている顔がいた。向こうも気づいてた。挨拶《あいさつ》もなしにこっちに移ったから、たぶんよくは思われていなかったと思う。つい最近、そのなかのひとりから連絡があったんだ。リョウに伝えてくれって」

「おれに？」

「あの試合のあと、樽井君のことを知らないか、リョウが訊《き》いてたよね」

「覚えてくれてたんだ」

「どうやらそうみたいだね。詳しい経緯は聞かなかったけど、関係者を通して、県のサッカー協会に問い合わせてくれたらしい。樽井君が、サッカーをやっていたとしたら、選手登録されているはずだから」

「なるほど」

小野君がつぶやいた。「で、どうだったの？」

「樽井賢一という名前での登録はなかったって」

「なかった？」

遼介が言い返した。

「じつはそうなんだ。残念だけど」

「まちがいないのかな」

「たぶんね」

「樽井君は、サッカーを続けているって、リョウには言ってたんだよね」と小野君が言った。

「葉書にはそう書いてあった」

「だとすれば、すでにどこかちがう場所に引っ越したんじゃない？」

小野君の言葉に、「かもね……」と遥翔が小さく相づちを打った。

――わからなかった。

でも生きてさえいてくれれば、それでよかった。たとえ樽井がサッカーをやめてしまっていたとしても。

三人は黙り込んだ。

「ありがとうな、遥翔」

しばらくして遼介が口を開いた。

「いや、力になれてるとは思ってない。ただ、うれしかったんだ。サッカーでつながっていた人が、そんなふうに気にしてくれていたことがね」

「そうだね、よろしく言っておいて」

「うん」

遥翔はうなずいた。「ところで、樽井君の写真ってないの？」

「写真か、小学生時代のならあると思うけど」

「あるなら写メでちょうだいよ。名前だけだと、伝えにくい場合もあるから。まだわからないけど、向こうへ行ける機会があるかもしれないから」

「両親でお店をやってたって言ったよね」

遼介はそのことを尋ねた。「今はどうしてるの？」

「やってないよ」

遥翔はいつもの笑顔で答えた。「だって、どんなに美味《うま》いコロッケを揚げたって、もう街にはだれもいない。みんな避難した。しかたないさ……」

「もしかしてそのお店って、ここと同じ？」

「いや、肉屋さんじゃない。弁当屋。揚げものが中心のね」

「そうだったのか」

遥翔が自分を「肉のなるせ」へ連れてきてくれた日のことを思い出した。二人組で初めてパスをした帰り道、コロッケ食べに行きましょう、と唐突に遼介は誘われた。「おいしい店、見つけたんです」と遥翔は笑っていた。

もしかしたらこの店のコロッケは、故郷で遥翔の両親がやっていた弁当屋の味に似ているのかもしれない。あの日、まるで自慢するように遥翔は、コロッケについてしきりに語っていた。遥翔が当時そんな境遇にいたとは、まったく知らなかった。

思えば、チームメイトの米谷もそうだった。多くを語らないが、米谷もまた、自分の知らない過去を背負ってサッカーを続けている。

今日、——やられるなら、やられてしまえ、と遼介が思った、ピンチを招いた庄司にしても、なにかを抱えて生きているはずなのだ。自分と同じように。

「ねえ、そういえばさ、二年生のマネージャー、知ってる？」

遥翔が明るい調子で話題を変えた。

「ああ、今日Bチームのサポートに入ってくれたよ」

小野君が早口になった。「なんだかひとりで大変そうでさ、思わず手伝っちゃったもんね」

「へえー、どんな子だった？」

「小柄で、ショートカットで、笑うと白い歯がきれいで、じつによく働く子だよ」

「そうなんだ。いい子？」

「そりゃあ、いい子だよ。な、リョウもそう思っただろ？」

小野君が興奮気味に目配せする。

「――おばさん」

ベンチを立った遥翔が、なぜか店の奥に声をかけた。「今の話、聞こえました？　瞳ちゃん、すごくいい子だって」

「え？」

「なに言ってんの？」

小野君が遼介と顔を見合わせた。

「えー、そうかい」

ショーケースの上の小窓から、白い帽子にマスクをしたおばさんが細い目だけを見せた。「ありがとね。うちでも少しは働いてくれると助かるんだけどね。今日は試作のコロッケだけど、サービスしてあげるよ」

「新メニューですか？」

遥翔が声を弾ませる。

「そう、アボカドクリームコロッケ」

「おっ、変化球じゃん」

「え、どういうことなの？」

小野君は「まさか……」とつぶやき、店の前の通りに出た。緑と白の縞模様《しまもよう》のオーニングには、店の名前が書いてある。

『肉のなるせ』って、成瀬さん家なの?」

「そう。瞳ちゃん、この上に住んでるらしい」

遥翔が店舗の二階の窓を指さした。

「『瞳ちゃん』って、遥翔はずいぶん馴《な》れ馴れしいな」

「なに言ってるの、サッカー部のマネージャーなんだよ、仲間じゃんか」

その言葉に、小野君は渋々といった感じで引き下がった。

「しかしさ、あれだね」

小野君が神妙な顔になった。「世間は広いようで、狭いんだよな。僕らが偶然来ていたこの店が、青嵐サッカー部のマネージャーである成瀬さんの家で、すでに僕らはその店のコロッケをご馳走《ちそう》になってたなんてさ」

「大袈裟《おおげさ》だな」と遥翔が笑った。「なにが言いたいの?」

「いや、だからさ、〝スモールワールド現象〟って知ってる? たとえば、友だちの友だちを辿《たど》っていけば、そんなに苦労せず、世界中のだれとでもつながることができるっていう仮説。だとすれば、リョウが捜している人とも、案外知らないうちに、どこかでつながっているんじゃないかなってことさ」

「さすが小野君」と遥翔が持ち上げた。

味見をさせてもらった新作のアボカドクリームコロッケは、わるくはなかったけれど、やはり定番のカニクリームコロッケに軍配が上がりそうだ。瞳のお母さんの話では、その試作品は瞳の発案によるものらしく、それを知ってか小野君は、「これもアリだと思います」と二度くり返した。

その後、「肉のなるせ」のベンチでは、青嵐高校サッカー部Aチームの話になった。

遥翔によれば、昨年県リーグ1部、七位に終わった青嵐Aは、今年のリーグ戦の目標は上位進出。幸先よくリーグ開幕戦に勝ち、第二節も勝利、二連勝と好調のようにも受け取れた。

「でもどうかな」

遥翔はすぐさま不安を口にした。「もうひとつ、チームにまとまりを感じないんだよね」

「まあ、それはBチームも同じだけどね」

小野君は二個目のアボカドクリームコロッケに手をのばした。

「もちろんリーグ戦も大事だけど、六月から高校総体の県大会一次トーナメントが始まる。チームとしての目標は、まずは夏の総体、そして冬の選手権だからね。鶴見監督が言ってたけど、去年より上にいくには、さらにチームとしてのレベルアップが必要になってくるだろうね」

「ところで、Aチームの二年生はどうなの？」

遼介は同学年の選手のことが気になった。

「リーグ戦では、キーパーは大牟田《おおむた》が二試合連続のフル出場。ディフェンダーでは月本《つきもと》が二試合目にスタメン。中盤では、僕と奥田が途中交代で出てるけど、三年にも意地があるでしょ。簡単にはポジションを渡してはくれないよね」

「フォワードは？」

小野君が口を挟んだ。

「気になるのは、そこなんだよね」

遥翔は腕を組み、首を左右にゆらした。「前線は固定されていない。二年では阿蘇《あそう》や、足の速さを買われて俊太《しゅんた》が出たけど、今はワンポイントって感じかな。二人とも中盤のサイドでの起用もあり得るしね。残念ながら三年にもセンターフォワードタイプはいないかも」

「もしかして、Aチームも得点力不足とか？」

小野君が尋ねる。

「たしかにそれはあるね。いろいろ試してる最中だけど」

「健二《けんじ》のやつは？」

遼介は同じ中体連出身のフォワード、藪崎《やぶさき》健二の名前を出した。

「健二ね、背も高いし、身体能力的には一番向いていそうだよね。ただ、最近は練習試合でもゴールから遠ざかってる。前線の役目として求められてるポストプレーがいまひとつだしね。リーグ戦では二試合連続のベンチ外。Aチームの二年では、健二あたりが今一番苦しんでるかも」

遥翔は意外にも思える言葉を口にした。

「Ｂチームだけじゃなく、Ａチームもいろいろとありそうだね」

小野君の上目遣いに、「そりゃそうさ」と遥翔は涼しい顔で答えた。

攻撃にもうひとつ勢いの足りないＡチームでは、上崎響待望論が根強くあるらしい。とくに三年生のあいだで、その期待が高まっているようだが、ライバルでもあるせいか、遥翔は慎重な態度をとった。

「どうかな、自分もそうだったけど、上崎も一度気持ちが切れてしまったんだと思う。僕の場合は震災、彼はＪリーグの下部組織のジュニアユースからユースに上がれなかった時点でね。彼がＡチームに上がってくるかは、まわりがどうこう言うより、彼自身のサッカーに対する姿勢しだいのような気がするけど」

「チームメイトの評価ではなくて？」

「うん、そんな気がする」

遥翔は小さくうなずくと、今日の試合、Ｂチームのベンチにも入れなかった二人を激励するように続けた。「ＡチームもＢチームも、絶対にこのままでは収まらない。それこそ、サッカーは、なにが起こるかわからないからね」

12分間走

青嵐サッカー部は、月曜日のオフを挟んで、火曜日は部全体でのフィジカルトレーニングとなっている。グラウンド全面を使って声を合わせてのアップ後、地面に並べられた縄梯子《ラダー》と呼ばれる器具を使っての敏捷性《びんしょう》を向上させるトレーニング。四角いマス目の外側と内側を、決められたパターン通りに足を接地させ渡っていく。慣れない一年生と比べて、上級生は軽やかにステップを刻むことができていた。

その後、約30分間、体幹を鍛えるメニューに取り組み、12分間走に移った。

12分間走とは、青嵐サッカー部の定番メニューでもある。Aチーム、Bチーム、一年生チームの順に、間隔を空けてスタートを切り、12分間、ピッチまわりの約400メートルのコースを走り続ける。もちろん、ただ走ればよいわけではない。12分間でコースを七周半、約3キロ以上走ることを求められる。

だれがどれだけ走れたか記録を取ったり、評価したりするわけではない。だとしても、サッカーの基本である走ることについて、遼介はほかの部員に負けたくなかった。とくに同じBチームでポジションを争っているライバル、上崎、米谷、庄司らには。

Bチームにおける12分間走は、元キャプテンの泉堂がいつも先頭を走り続け、最長距離を走る。二番目に長い距離を走れるのは、米谷。三番目に左サイドハーフの森。遼介は、現キャプテンの常盤と四位争いをすることが多い。その順位はここ最近、固まりつつある。しかし3部リーグ第二節で登録メンバーから外された遼介は、走れる時間を見つけてはひとり走っていたし、密《ひそ》かに闘志を燃やしていた。

Aチームのスタート後、Bチームの選手たちがコースに出て並んだ。

「ハイ、ヨーイ」

スタートライン脇に立った三嶋がストップウオッチを見ながら叫ぶ。「ゴー！」

Bチームの約三十名の部員たちが一斉に走り出す。

遼介はスタートから飛ばした。小学生のときのマラソン大会では無謀なスタートダッシュを見せる目立ちたがり屋が必ずいたものだが、まさにそんな少年のように映ったかもしれない。試合に出られなかった鬱憤《うっぷん》がたまっていたせいもある。冷静に計算し、体力を温存して確実に目標をクリアするよりも、自分の限界に挑戦するやり方を選んだ。

これまでは泉堂や米谷の背中を見ながら走っていたが、今日はBチームの先頭で風を切って走っている。そのいつもとちがう風景に、Aチーム、Bチーム、一年生チームの順にスタートする意味を見いだした。自分は、前を行くAチームを追いかける存在なのだと。これまでの順位を守ろうとするより、もっと速く走ろうとすること、Aチームに追いつこうとすることこそ、今の自分には必要なのだと気づけた。

しかし、いつもより速いペースで走ろうとすれば、当然、キツイ時間は早く訪れる。三周目で泉堂に追いつかれ、あっさり抜かれてしまった。それでも泉堂の背中に食らいつき、離されず、影のように付いていく。

遼介が序盤から仕掛けたせいか、Bチームのペースはいつもより速くなった。順位の変動も起きている。常盤の前を巧が走っている。言ってみれば、遼介の走りがチームの秩序を乱したことになる。そのことが愉快だった。ペースを守って走っている者にすれば、迷惑な話かもしれないが、チームを変える存在でありたかった。

先にスタートを切ったAチームのゴールキーパー、大柄の大牟田を捉《とら》え、あとからスタートした一年生を何人か追い越した。だが四周目、うまい具合に風よけになってくれていた泉堂の背中が、いよいよ遠のいていく。

——もうダメか……。

噴き出る汗が顔を覆う。向かい風がその汗を、じわじわと後ろへ後ろへと押しやっていく。規則正しい足音。荒い呼吸音。心臓の拍動。それら自分の音の世界に浸っている時間は幸福でさえある。走れることは、喜びだ。だが、そんな平穏な時間は、長続きはしてくれない。自分の世界を脅かす、他人の足音が忍び寄ってくる。

その足音を発しているのが米谷だと気づいたのは、六周目に入ったときだ。気配を感じるや、外側から一気に追い抜かれた。米谷は、なんとしてもBチーム二位、二年生一位の地位を譲るつもりはないらしい。猫背の背中が遠のいていく。

後ろに視線をやると、いつのまにか森が迫っている。前半飛ばしたせいか、遼介のペースはかなり落ちてしまっていた。

前方には、周回遅れのBチームの選手の背中が続いていた。キーパーの西と麦田、フォワードの三宅を追い抜いていく。

その先に背番号10が見えた。

一周近く差をつけたことになるわけだが、それでも自分の前にいる。そのことを許す気にはなれず、落ちかけたギアを一段上げた。

「そんなにがんばるなって」

追い抜いたとき、上崎の笑いを含んだ声がした。

部員たちが走るコースに囲まれたグラウンドのほぼ中央には、鶴見監督と鰐渕の姿があった。二人は腕を組んでなにやら話し込んでいる。その視線は、走り続ける選手に向けられているわけではない。

――見てくれよ。

そう叫びたくなる。

おれを見てくれ、と。

「Bチーム、残り1分！」

ストップウオッチを手にした三嶋コーチが叫んだ。

その声を合図にしたように、背後に迫った森が遼介を抜きにかかる。いつもは穏やかで口数の少ない森だが、先輩の意地を見せるつもりだろう。このまま森にも抜かれてしまえば、いつもの順位のままだ。なにも変わらない。

遼介は、変化を求めていた。自分の位置、自分の役割、自分の評価、そしてチームの変化を――。

そのために今できることは、ひとつ。

遼介は歯を食いしばり、重たくなった左右の腿《もも》を高く引き上げ、ラストスパートをかけた。一歩前に出た森も速度を上げる。コーナーを回りながら二人で競り合う。森の肘《ひじ》が、遼介の肘に当たる。それでも怯《ひる》まず、両腕を激しく振って前へ突き進んだ。

直線に入ったとき、森のスピードがふっと落ちるのがわかった。遼介は力をゆるめず、突き抜けるように目標である七周半地点に置かれた赤いコーンの前を通過する。

三嶋の12分間走終了のカウントダウンの声がグラウンドに響く。

「10、9、8、7……」

思いがけず米谷の背中が近づいてくる。

その前にいる泉堂が見える。

「5、4、3、2、1……」

あと少しまで米谷に迫ったが、抜けなかった。

「あっぶねぇー」

米谷が眉間《みけん》にしわを寄せ振り向いた。

自らを風に差し出すように鼻先を空に向け、遼介はそのまま脚の回転が自然に止まるまで走り続けた。グラウンドに倒れ込みたかったが、なんとか両膝《りょうひざ》に手を置き、踏みとどまった。荒い呼吸をくり返しながら、悔しさと共に胃液がこみ上げ、吐きそうになる。

――もう少しだったのに。

吐き気に耐え、ツバだけを地面に落とした。

だれかの温かい手が背中に置かれた。顔を上げると、初めて勝った先輩の森が、顔をしかめながら、なにも言わず立っていた。

汗の粒が地面にバラバラと降る。

12分間で、これまでで一番遠くまで走れた。

小さなことかもしれないが、自分の世界がひとつ変わった。

上崎は七周半、ちょうど3キロの地点にいた。いつものようにきっちりそこで12分間走を終えたようだ。

木曜日、母が毎日持たせてくれる手作りの弁当を食べ終え、クラスメイトと歓談しているところにマネージャーの成瀬瞳がやってきた。

「どうしたの、瞳ちゃん？」

気安く声をかけた小野君に、瞳は小さく驚いて見せた。「え、なんで急にそんな呼び方になるの？」明らかに引いている。

「あ、いや」

あわてた小野君は、どこかで聞いたせりふを使った。「サッカー部のマネージャーってことは、仲間だから……」

「なーんか、イメージ変わっちゃったな」

瞳は小野君に向けた訝《いぶか》しげな目をそらし、「それはそうと、今日は小野君じゃなくてリョウ君に用があるの。ちょっといいかな？」と言うなり、教室の外へ出て行ってしまった。

「同じ君付けとはいえ、なんか響きがちがうんだよな」

メガネ姿の小野君はしょんぼりとした。

遼介が教室を出ると、廊下の先に瞳がいて、「付いて来て」という視線を送ってくる。しかたなく廊下を進み、窓からの日差しが半分日向《ひなた》をつくっている階段を、一定の距離を置いたまま二人は下りていく。体育館への渡り廊下の手前、プラタナスの木陰になっている場所で、ようやく瞳は立ち止まった。

「ごめんね」

追いついた遼介に、瞳は思わせぶりな笑顔を向けてきた。

「なんか用？」

遼介の声はぶっきらぼうになった。

「じつはね、サッカー部のマネージャーになってもいいっていう人がいるの」

瞳は笑いをこらえるように右手で口元を隠した。

「へー、それはよかったね」

前にも聞いた話だったが、そう答えた。

「喜んでもらえる？」

「そりゃあ、マネージャーの仕事は大変だろうから、ひとり増えれば、成瀬さんも少しは楽になるだろうし、サッカー部としても助かるよ」

「ほんとにマネージャーの仕事とか、わかってるのかなー？」

その疑問には、「いや、あまり」と答えるしかなかった。

「リョウ君は正直ね。でも、サッカー部とかじゃなくて、リョウ君自身はどうなの？」

小野君が指摘したその呼び方には、からかわれているような感じもして、少々抵抗があった。しかしサッカー部ではリョウと呼ばれているわけで、それに君付けされるのはしかたなくも思う。そんな感情は置いて、「もちろん、おれもありがたく思うよ」と遼介は答えた。

「じつはね、その子が心配してるの。マネージャーになりたいけど、サッカー部には反対する人がいるかもしれないって」

「反対する人？　どうして？」

「そういう人、いないかな？」

「べつにいないでしょ」

「ていうか、おれにそんなこと相談されても……。そういうことは、キャプテンとかに言うべきだよ」

「キャプテンって、Bチームの常盤君？」

「いや、そりゃあAチームの宏大《こうだい》さんでしょ」

遼介は青嵐サッカー部三年主将・鈴木《すずき》宏大の名前を出した。「まあ、それか、鶴見監督とかさ」

「監督からは、もうオッケーもらってる」

「じゃあ、問題ないんじゃないの」

「そう、わかった。リョウ君も、オッケーってことだよね」

「だからおれにはそんな権限ないし」

「なに言ってるの、リョウ君はこれからチームを引っぱっていく人になると思うよ」

瞳は白い八重歯を見せ、「ありがと、放課後、宏大さんに話してみる」と早口で言った。

なんだかよくわからない話でもあった。

教室にもどった遼介を、小野君はメガネの奥からの冷ややかな視線で迎えた。勘ちがいされても困るため説明すべきかとも思ったが、始業のベルが鳴り、そのまま自分の席に着いた。

五時限目は遼介の苦手な古文。机のなかにあるはずの教科書を捜す。すると背中をツンツンとつつかれ、びくりと反応した。自分のからだに他人が触れることは、遼介にとって気持ちのよいものではなかった。試合でのフィジカルコンタクトには慣れているもののの、とがった指先などでつつかれるのはとくに不快に感じる。

「なに？」

首だけで振り返ると、女子が口をとがらせている。

「なに怒ってんの？」

「べつに」と短く答え、前を向いた。

「ねえ、――ねえってば？」

神崎葉子の呼ぶ声がしたが、聞こえないふりをして見つけた教科書を取りだした。

週末の土曜日には、県3部リーグ第三節、立春《りっしゅん》大付属高校戦が予定されている。そのため、Bチームの金曜日の夕練はいつになく緊張感が漂っていた。なぜなら練習後に、登録メンバー決めのミーティングが予定されているからだ。

県3部リーグ、ここまでの戦績は二戦二分け、未《いま》だ勝ち星ナシ。リーグ昇格の道筋に、早くも黄色信号が灯《とも》りだした。次の試合にはなんとしても勝利し、勝ち点3を奪わなければならない。そのことはチームのだれもが強く意識していた。

青嵐Bチームがこれまでの試合、160分で挙げたゴールはたった1点。二試合とも相手を上まわるボール支配率、シュート数を数えたが、あいかわらず決定力不足の状況は続いている。しかしこの日、鰐渕が最も時間をかけたのは、前線からの守備についての戦術確認。高い位置でボールを奪ってショートカウンターにつなげるためだ。たしかにこのチームにはあまり見られない攻撃パターンでもある。

これまでの二試合では、自陣でボールを奪う場面が多く、ディフェンスラインからの攻撃の組み立ての際には、相手の守備が整ってしまっていた。その守備陣を崩し切れず、二試合とも引き分けに終わった感が強い。速攻ではなく、時間をかけての攻撃、いわゆる遅攻ばかりになっていた。

攻撃側は六人、守備側は六人+ゴールキーパーでの半面ゲームでは、キーパーボールからのスタート。守備側がハーフウェーラインまで運ぼうとするボールを攻撃側が奪って、シュートに持ち込むメニュー。二人のフォワードがどのタイミングで守備に入るのか、マークの受け渡しをどうするのか、くり返し確認した。

攻撃側の二列目は、主に上崎と米谷が組んだ。遼介は庄司と、または米谷と組み、上崎と組むことは一度もなかった。だれがどのポジションに入るかは、鰐渕の指示が出ていたため、上崎が遼介を避けていたわけではない。しかしそこにはなにかしらの意図があるはずだ。

「おい、だれか色ちがいのビブスを二枚持ってきてくれ」

トレーニングの合間、鰐渕の声がグラウンドに響く。

クラブチーム出身の一年生の反応は鈍く、だれも行こうとしない。給水を終えた遼介が、グラウンド脇にあるサッカー部の倉庫に走った。

十畳ほどの広さの倉庫に人影はない。コンクリートの床は、こぼれたラインパウダーで白く汚れている。壁面沿いに並べられたスチールラックのいつもの場所を捜したが、ビブスは一枚も見当たらない。Bチームだけでなく、Aチーム、一年生チームも使っているせいだろう。ならば審判用の黒いビブスがあったはずと思いつくが、置き場所がわからない。

そのとき、ツンツンと背中をつつかれた。

びくりと反応し、すばやく振り返ると、学校指定のジャージ姿の女子が立っていた。

思いがけず顔の位置が近く、一歩あとずさる。

「なにやってんだよ、こんなとこで」

遼介が声を上げる。

「べつに」

葉子は頬をふくらませた。

「べつにじゃないだろ、早く出てけよ。それに人の背中をつつくな」

つい声が大きくなってしまった。

「どーした？」

聞き覚えのある男の声がした。

倉庫に入ってきたのは、キャプテンの鈴木宏大。背筋をのばし、ゆっくり歩いてくる。身長はそれほど高くない。短めの髪に、太い眉《まゆ》、小鼻が横に広がった鼻、その下にある厚めの唇が結ばれている。いかにも偉そうだ。一部の部員からは、敬遠されているらしい。というのも、キャプテンでありながら問題発言が多い人物だからだ。

去年の新人戦、格下相手にあっさり負け、その試合内容が不甲斐《ふがい》ないと批判の声が上がったとき、「青嵐は応援の声からして負けていた」と言い放ったのは、この人だとあとになって遼介は知った。「名前は宏大なんだけど、心はかなり狭い男だと思うよ」と堀越さんが漏らしていた。体調に問題があるのか、今日の練習は別メニューらしい。

「いえ、べつに」

遼介は姿勢を正した。

「キャプテン、この人にここから出ていけって言われたんですけど」

葉子が遼介の胸元を指さした。

「なに言ってんだよ、おまえ。マネさんに対して失礼だろ」

「マネさん？　てことはマネージャー？」

遼介は思わず眉根《まゆね》を寄せた。

「今どきいないぞ、二年生になってから、マネージャーをやろうなんて自分から申し出てくれる子は。しかも、こんなに美形で」

「え？」

「ところでおまえ、Bチームの？」

「武井です」

「いえ、それは照井です」

「武井って、あー、テリーって呼ばれてるやつな？」

「あ、ヨネか、だろ？」

「いえ、自分は、武井遼介、リョウって呼ばれてます」

「あーそうか、すまん」

宏大はよくわかっていない様子だ。

「成瀬が家の手伝いで帰るっていうのに、神崎さんは今日から参加してくれたんだぞ」

Aチームでは宏大、下級生からは宏大さんと呼ばれているキャプテンは感心したように二度うなずいた。

二人のやりとりのあいだ、葉子はさも傷ついたように遼介の傍らでうなだれている。明らかに、落ち込んだふりだ。

「ほら、早く謝れよ」

宏大にうながされ、遼介は渋々ながら、「すみません、知らなかったもので」と口にした。頭は下げなかった。

「じゃ、よろしくね」

宏大は顔を左右に振るようにして歩きながら、倉庫の日陰から日向《ひなた》のほうに去っていく。どこかその姿は挙動不審で、だいじょうぶかなこの人は、と遼介に思わせた。

「だから言ったのに。人の話を聞く耳持とうね。そういうことだから」

葉子が赤い舌を出した。

桜ヶ丘《さくらがおか》中学校で同級生だった、矢野美咲と神崎葉子。中学一年生の夏休みに、とつぜん美咲が遼介の自宅マンションを訪れたのは、夏祭りの誘いだったらしい。遼介は練習試合に出かけていたため不在だったが、そのとき背の高い女子が付き添っていた。それが葉子だ。その後二人は、いつもつるんでサッカー部の試合の応援に来てくれた。遼介は、美咲には好意を持っていたが、澄ました態度の葉子は、どちらかと言えば苦手としていた。

――どういう風の吹き回しか。

遼介はため息をつきたくなった。

「ところで、なに捜してたの？」

「あ、そうだ。ビブス、黒の……」

「それならこっち」

葉子が遼介を押しのけるようにして棚の左に移った。肘《ひじ》が遼介の鳩尾《みぞおち》にかるく入り、思わず「うっ」と身を引く。わざとにちがいない。

「でもこれ、審判用でしょ？　遼介、副審やってるときに着るやつじゃん」

よく知ってるな、と感心しそうになるが、「けど、なんでまた？」と疑問を口にした。

「美咲に言われたの。葉子もサッカー部のマネージャーやればって」

「美咲に？」

「そう。でも美咲、あきらめたらしい、遼介のこと」

「なんだよ、それ……」

「だって、メールにそう書いてあったから」

「関係ないだろ」

遼介は動揺しつつ忠告した。「マネージャーは楽な仕事じゃない。青嵐サッカー部は全国を目指してるんだし」

「わかってる、大変だってことは。美咲もそう言ってた。だけどもう決めたの。私は外から見ているだけじゃなく、できることをやりたいの。たとえ、だれかに煙たがられようとね」

葉子はシューズの裏でコンクリートの床を叩《たた》くようにした。こぼれていたラインパウダーが足もとで白く舞った。

「そんなにサッカーが好きだったのかよ」

遼介の言葉に、葉子は一瞬たじろぎ、「うるさい！」と言って黒のビブスを投げつけた。

「おいっ」

なにか言い返そうかと思ったが、遼介はやめた。「じゃあ、練習あるから」とだけ言って、倉庫の暗がりに葉子を残してグラウンドへ向かった。

——おかしなやつだ。

そう思いながら、歩き出した五歩目には、気持ちをサッカーに切り替えていた。

約2時間の練習後、明日の試合に向けてのミーティングが始まった。

部室はAチームが使っているため、Bチームは練習着のまま倉庫前に集合、少し離れた場所で鰐渕だけがパイプ椅子に座っている。キャプテンの常盤が議長役となって話を進めようとするが、試合前日にもかかわらず議論は低調なままだ。発言するのは、いつもの同じ顔ぶれ。なにを争点にするのかも曖昧《あいまい》なまま、時間だけが過ぎていく。パイプ椅子に身を沈めた鰐渕は、眠ってしまったように目を閉じている。

日の落ちかけたサッカーグラウンドには、すでに人影はない。どうやら葉子は先に帰ったようだ。マネージャーになった初日に怒らせてしまったことは、まずかったなと今さらながら後悔した。それに葉子が口にした美咲のメールの件も気になった。でも今は、明日の試合のことに集中すべきだ。登録メンバーに選ばれ、ベンチ入りを果たせるかどうかが懸かっている。

「それじゃあ、そろそろ」

常盤が登録メンバーの決を採ろうとしたとき、「ちょっといいかな」と声が上がった。

総勢約三十名のBチーム部員の視線を集めたのは、元キャプテンの泉堂。短髪の後頭部を右手で押さえながら、「このままじゃ、マズイだろ」といつになく厳しい表情で切り出した。

「と、言いますのは？」

少し間を置いて常盤が尋ねた。いまひとつチームをまとめ切れないせいか、自信なさそうな声に聞こえた。

「おれもそう思うよ」

堀越が言うと、「おれも」「おれも」と三年生の声が続いた。

「それから、言っておきたいんだけど」

泉堂が話を継いだ。「明日の第三節、この試合が終わると、いよいよインターハイの県予選が始まる。おれら三年にとって、最後の総体だ。でもって、リーグ戦は約二ヶ月の中断期間に入ってしまう。3部リーグが再開されるのは総体の予選終了後、つまり七月になるわけだ。Bチームの三年が、総体のベンチに入れると思っちゃいない。それでも同じサッカー部員として、大会中はAチームをサポートするつもりだ。ただ、総体をひとつの区切りと考えている三年もいる。どういう意味か、わかるよな。総体が終わった時点で、引退。そういう選択もあり得るわけだ。つまり明日の試合が、公式戦の最後になる三年もいるってこと。もちろん、だからって三年を優先して試合に出してくれって話じゃない。なんとしてもいい試合にしたい、そう思ってるんだ」

「だれが引退しちゃうんですか？」

米谷が答えにくいだろう質問を口にする。

「まあ、それは置いとくとして」

泉堂が続けた。「このままじゃマズイ、とおれらは本気で思ってる。その危機感を共有するためには、ときには言いにくいことも、言い合わなければならない。今がそのときなんじゃないかな。開幕戦、第二節、共に試合を優勢に進めたけど、結果が得られなかった。だとすれば、なにかを変えるべきだろ」

自分と同じように感じている者がいる。それが元キャプテンであることが、遼介には心強くもあった。

「なにかを変える」

常盤がつぶやいた。

「──だったら」

米谷が少し強い口調で口を挟んだ。「まずは試合で勝ちきれなかった原因について、ちゃんと明らかにすべきじゃないですか」

遼介も同じ意見だった。そこをはっきりさせない限り、次も同じ失敗をくり返しかねない。

「それって、具体的にはどういうこと？」

「たとえば前の試合、なぜあの場面で失点してしまったのか」

「そういうのは……」

常盤は言いかけて、首をひねった。あまり乗り気ではない様子だ。

しばらくの沈黙のあと、小野君が口を開いた。「試合の分析は必要ですよね。とくに失点に関しては」

「けど、だれにでもミスはある」

翔平《しょうへい》が、そのだれかを庇《かば》うようにつぶやく。

「プレーの責任を問われないのであれば、僕らは永久に出場できない気もしますけど」

麦田がめずらしく発言した。

しばらく居心地のわるい沈黙が続いた。

パイプ椅子で腕と脚を組んでいる鰐渕はなにも言おうとしない。次第に暗さを増していくグラウンドを音もなく渡ってくる風が、肌に浮いた汗を乾かしていく。汗と一緒に体温も奪われてしまう。かといって寒いわけではなく、むしろ心地よかった。

我慢比べのような時間が過ぎたとき、「あれは自分のミスです」と後ろのほうで声がした。それがだれの声なのか、遼介にはわかった。

「いや、あれは……」

常盤が止めようとしたとき、「庄司、おまえの口から説明してくれ」と声がかかった。

「なぜおまえが、敵のゴールではなく、味方のゴールにシュートを決めることになったのか」

言ったのは鰐渕だった。冗談でないことは、声の調子で明らかだ。

「その前に、明日の試合の件ですが」

庄司が言った。「自分は、責任をとってベンチから外れたいと思います」

遼介の背筋に、さっきまでは感じなかった寒気が走った。庄司は今日の練習でも覇気がなかった。オウンゴールを引きずっているのかもしれない。

ガチャリとパイプ椅子が動く冷たい音がして、鰐渕が立ち上がった。「そうか、庄司なりに重く受けとめているんだな。ただ、試合に出るか出ないかは、おまえが決めることじゃない。チームメイト、もしくは監督のおれが決める。逃げるようなマネはさせん」

「その判断は、もちろん……」

庄司はかすれた声で返事をしてから、自分が招いた前節での失点について説明を始めた。何度も記憶を反芻《はんすう》したように順序立てて話すその声は、微《かす》かに震えていた。

庄司の説明には、嘘はないように思えた。ピッチサイドで遼介が見ていた失点につながる経過を、庄司なりに言葉で再現してみせた。

試合終了間際、青嵐が攻め込んでのシュートチャンス。ドリブルで仕掛けた庄司は敵にボールを奪われてしまう。またぎフェイントを入れたのが余計だったように、遼介の目には映った。その瞬間、庄司は「やってしまった」と思ったらしい。そこで気持ちを切らした庄司は、たしかに天を仰いだ。奪われたボールは、青嵐Bの右サイドの裏のスペースにすばやく通されてしまう。

我に返った庄司はボールを追いかけたが、敵のカウンター攻撃を受けた青嵐Bディフェンスは、すでにゴール前での三対二の数的不利の状況に追い込まれていた。形勢は一挙に逆転してしまったわけだ。

パスをつないでペナルティーエリアに進入した敵がシュートを放ち、西が右手一本で弾《はじ》くも、ボールは安全な場所までは飛んでくれず、ゴール前に浮いてしまう。そこでようやく庄司がボールに追いつき、ゴールの向こう側、ピッチの外に出そうとした。しかし体勢を崩してヘディングしたボールは、白いバーを越えず、ゴールへと吸い込まれてしまった。

「ボールを奪われたこともそうですが、もっと早く自分がもどっていれば」

庄司は言葉をしぼりだすようにした。

「なぜあのとき、すぐにボールを追わなかった？」

鰐渕が静かに尋ねた。

「自分のミスで、頭が真っ白になって」

「いや、それはちがう」

鰐渕の太い声が決めつけた。「おまえは、自分が奪われたボールを、追わなかったんじゃない。追えなかったんだ。それが、なぜだかわかるか？」

庄司は唇を強く結んだまま動かない。あのときと同じように、顔をゆがめうなだれている。

「それは、おまえが自分のことしか頭にないからだ。チームのことを日頃から考えていれば、仲間を救うため、すぐにボールを追うことができただろう。練習のときもそうだ。おまえは普段からそういうことができていない。だからなんだよ。だからあれは偶然なんかじゃない。おまえがオウンゴールをすることは、ずっと前から決まってたんだ」

「――すみませんでした」

庄司は首を折るようにして頭を垂れた。

「謝っても、もう遅い」

鰐渕の容赦のない言葉が続いた。「スポーツを通して、自分にどういう傾向があるのか、人は知ることができる。でもそれを知ったところで、あらためることができない人間は、いつまで経っても変われない。成長できない。そういう人間をこれまで何人も見てきた。サッカーを通じて成長できました、なんて美しい言葉をよく耳にするが、だれにでもあてはまるわけじゃない。ただな、あのシーン、問題があったのは庄司だけか？ いいか、ピッチで起こるすべての出来事は、つながっている。言ってみれば、庄司のミスはあの瞬間、どれだけの者が奪われたチームのボールをすぐに全力で追いかけた？ いいか、ピッチで起こるすべての出来事は、つながっている。言ってみれば、庄司のミスは失点の過程におけるひとつのプレーに過ぎない」

それは、その通りかもしれない。敵のカウンターを食らったとき、センターサークル付近で腰に手を当てたまま動こうとしない上崎の姿を、遼介は思い出していた。すべてのプレーがつながっているという点では、庄司が米谷と交代してピッチに立ったのは、その前に米谷がイエローカードを一枚もらってしまったからだ。そのイエローカードをもらうファウルを米谷が犯したのは、ボールを持った上崎が迷いを見せた際、敵にボールを奪われ、あっさり倒れてしまったからだとも言える。

遼介は上崎に視線を送った。話は聞いているのだろうが、冴《さ》えない表情を浮かべた顔を下に向けている。

「自分の対応も不十分でした」

泉堂がはっきりした声で言った。「あの場面、敵のボール保持者に対して、もっと早くアプローチをかけるべきでした」

「自分も迷いました」

センターバックを組んでいた常盤が小さな声で認めた。

鰐渕の追及は続く。

「では、その状況が一番よく見えたはずのキーパーの西。おまえはどうだった？」

両手を後ろに組んだ西は、少し考えるようにしてから答えた。「あのときは、まちがっていないと思ってました。でも今考えれば、『ディレイ』の指示を出したのは、自分の判断ミスかもしれません」

「それ以前に、キーパーのポジショニングはどうだった？」

鰐渕は白い目でじろりとにらんだ。「ディフェンスラインが高く上がっていたにもかかわらず、キーパーのおまえはあのとき、ずいぶん後ろにいたよな。どうしてなんだ？」

西は答えなかった。

「あのピンチの直前、おまえはゴール脇に置かれたボトルを拾って水を飲んでいた。ちがうか？」

「──そうでした」

西の声が沈んだ。「気のゆるみです」

その事実は、遼介も気づいていなかった。隣に立っている照井がゴクリとツバを呑《の》み込む音がした。

「両サイドバックにしてもそうだ。1点をリードした試合終了間際で、あそこまでリスクをかけて攻め上がる必要があったのか大いに疑問だ。試合の残り時間はあとわずかだった。その点については、チームの意思を統率すべき、キャプテンマークを巻いていた人間にも責任があるんじゃないか」

「そう思います」常盤が弱く返した。

「無論、おれにも責任はあるがな」

鰐渕が顎《あご》をさすりながら続ける。「サッカーは、ひとつのミス、軽率なプレー、一瞬の判断の遅れが勝敗を分ける、とてもデリケートなスポーツだと言うことができる。チームのなかで、だれかひとりでもサボれば、そこから穴が開き、手分けして運んだ大切な水をこぼしてしまう。そういうものだ。ところで、ひとつ知りたいんだが、おまえたちBチームのメンバーとは、Aチームに入れない、単なるへたくその集まりなのか?」

「いえ、ちがいます」

泉堂が即座に反応する。

「サッカーの試合ができれば、それで楽しいのか。Bチームであろうと、青嵐のホリゾンブルーのユニフォームを着ていれば満足か? え? 麦田」

「ちがいます、今は」

麦田は首を横に振った。

「じゃあ、前はそうだったのか?」

「あきらめかけた時期も正直ありました。でも、今は公式戦に出たいです」

「麦田は背ものびたしな。キーパー練習を毎日がんばってりゃあ、欲も出てくるよな。じゃあ訊《き》くが、おまえたちBチームの存在とは、なんだと思う? このおれがおまえたちを見ているのは、県3部リーグで優勝するためだけだと思ってるのか。少なくともおれのなかではちがう。おまえらBチームを受け持っているのは、このチームからひとりでも多く、Aチームで活躍できる選手を育てるためだ。いいか、そのことを忘れるなよ」

鰐渕は口を閉じたあと、しゃべりすぎたのを後悔するように唇をへの字にゆがめ、パイプ椅子にもどった。「とまあ、以上のことを踏まえて、明日のメンバー選考をしてもらいたい」再び腕と脚を組み、静かに目を閉じた。

この鰐渕という一見がさつな印象を与えるコーチは、ふだんは口にしないだけで、きちんと選手やゲームの細部までを見ている。そのことは、はっきりした。

思えば去年の選手権二次予選前の紅白戦、副審をしていた遼介が急遽《きゅうきょ》試合に出ることになった際、鰐渕は「おい、武井」と遼介の名前をはっきり呼んだ。一年生チームに所属する遼介にとって、鰐渕は一度も言葉を交わしたことのない未知のコーチであり不思議に思ったが、どこかで自分を見ていてくれたのかもしれない。

ただひとつ疑問が残ったのは、上崎響のことだ。鰐渕は、庄司を始め、ほかの選手を名指しで批判したにもかかわらず、最後まで上崎については触れなかった。それは、なぜなのか。やはり特別扱いをしているのだろうか。それとも――。

その後の話し合いでは、県3部リーグ第三節の登録メンバーを見直す方針が決まった。常盤に代わって元キャプテンの泉堂を中心に、曖昧《あいまい》だったメンバー選考の基準について話し合いが進み、「練習態度が常に真面目であること」「コンディション、調子がよいこと」「球際に強いこと」などの意見が活発に挙がっていく。

話し合いの途中で、「このチームには気持ちの強い選手が少ない気がする」と米谷が口にした。以前であれば雰囲気がわるくなりそうな発言でもあったが、「じゃあ、気持ちが強い選手って、どんな選手だと思う？」と泉堂が尋ね返した。

「チームが苦しいとき、声が出たり、やっぱり走れる選手じゃないですかね」

米谷が答えた。「なんだかんだ言っても、人より走れるってのは、気持ちが強い証拠だとおれは思いますけど」

「だったら、リョウもそのひとりかもな」

12分間走の際、遼介が追い抜いた三宅が口を開いた。

「それ、言えてる」麦田が同調した。

「そういやあ、遂にこないだ、おれも抜かれちまったしな」

森が悔しげに、けれど口元をゆるめながら言った。「米谷、おまえもやばかったろ?」

「いやいや、そこまでは」

米谷は顔の前で手を振り否定しながらも、「でも走れるやつは、絶対ベンチに必要」と口にした。

いつも自分を評価してくれる小野君ではないメンバーの言葉に、遼介は戸惑いつつ、胸元に熱いものがこみ上げてきた。コーチの鰐渕だけではない。チームメイトも自分のことを見てくれている。

ベンチ入りする登録メンバーだけでなく、スターティングメンバーにも大胆に手が入れられていく。チームとしてはひとつの賭《か》けに出たようにも映った。フォーメーションについては、今回もベンチ外となってしまった小野君の案が採用され、不振のフォワードを一枚外した4−2−3−1が採用された。

ゴールキーパーは初出場、初先発の麦田。右のサイドバックに、同じく初スタメンの青山巧が抜擢《ばってき》された。

そして——。
「中盤のスタメンは、右に堀越、左は森のままだけど、真ん中はどうする？　センター
の一枚は米谷で決まりだよな。もう一枚のセンターと、トップ下は？」
泉堂がまとめに入った。「上崎、黙ってないでおまえも意見を言えよ」
「え、おれですか？」
上崎は冷めた口調で答えた。「おれなら、どっちでもオッケーっすよ」
「じゃあ」と言って、泉堂がホワイトボードを引き寄せた。「中央の二枚は上崎と米谷
で組んでもらう。ワントップの下に、リョウ」
泉堂の声がBチームの輪のなかで響いた。「それでいこう」
遼介は唇を引き締め、顔を上げた。
何人かのチームメイトと目が合った。その目は「やるぞ」と言っている。
前節はベンチにも入れなかった。そんな自分が、明日の試合はスタメン。しかも念願
のポジションにチームメイトたちから選ばれた。

遼介は、先発メンバーが記されたホワイトボードをもう一度見つめた。そこにはまちがいなく、自分の名前が、自分の望むポジションに書き込まれている。

——風が吹いてきた。

心地よいその追い風を背中に感じながら、握ったこぶしに力を込め、「よしっ」と声に出した。

青嵐Bチーム
第3節フォーメーション

4-2-3-1

衝突

四月下旬の土曜日。県3部リーグ第三節、対立春大付属高校。天候は曇り。ホームグラウンドでの試合は、40分＋1分のアディショナルタイムを終え、主審の前半終了の笛が鳴った。

この日、青嵐高校ベンチに入ったのは、登録メンバーの二十名、コーチはいつものように鰐渕と三嶋の二人、そしてマネージャーの成瀬瞳と新米の神崎葉子の姿もあった。

瞳が差し出した水分補給用のスクイーズボトルを、汗で濡《ぬ》れた手で遼介は受け取った。

「水、水……」と呻《うめ》きながらベンチにもどってきた上崎に、葉子がぎこちなくボトルを手渡す。「アッザース」と調子よく上崎は返すが、葉子の表情は硬く、黙ったまま目を伏せている。初めての現場のせいか、ひどく緊張している様子だ。

前半を戦い、2対0。青嵐Bは2点をリードしてハーフタイムを迎えた。試合の立ち上がりから、堀越をはじめ三年生がさかんに声を出している。この試合が、特別な意味をもつからだろう。昨日のミーティングで話があったように、一部の三年生の最後の公式戦になるはずだ。雰囲気はわるくない。

前半10分、コーナーキックのチャンスから先制ゴール。右足のインスイングでゴール前へ巻くように蹴《け》った上崎のボールに、走り込んだ泉堂がヘディングで合わせて決めた。気持ちのこもった、どんぴしゃのヘディングシュートにチームは盛り上がった。ピッチ、ベンチだけでなく、応援にまわったサブ組が陣取ったピッチサイドからも、同時に大きな声がわき起こった。この日の応援は、火曜日の12分間走でただひとり3キロを走破できずにベンチ外となった、お調子者の三宅がまとめていた。

2点目のゴールはその5分後、中盤のセンターにポジションをとった上崎の縦パスから生まれた。敵陣深くに走り込んだ右サイドハーフの堀越が、その長いグラウンダー・パスをダイレクトでゴール前に強く折り返すと、敵のディフェンダーのクリアミスを誘い、この日、ワントップに入った五十嵐が長い足をのばしてゴールに押し込んだ。

上崎響は、前半15分だけで2ゴールに絡む働きを見せた。一枚にしたフォワードの後ろ、トップ下のポジションで先発出場した遼介は、だれよりも走ったつもりだが、攻撃の面では決定的な役割を果たしていなかった。

しかし前半、上崎がすべての場面で優れていたわけではない。1点目が決まった直後、センターサークル付近で上崎がファウルをもらったシーン。上崎は簡単に倒れることを選んだように見えた。たしかにファウルがあった。だが、上崎が踏ん張ってプレーを続け、遼介にパスを出していれば、カウンターの流れから、一気にシュートまで持ち込めるチャンスだった。敵の守備が整っていなかっただけに、歯痒《はがゆ》かった。

その場面だけではない。敵のチャージを後ろから受けた際、上崎は自分からスピードをゆるめた。ファウルと勝手に判断したのだろう。しかし主審の笛は鳴らなかった。上崎は不満げに両手を挙げてアピールし、プレーを放棄するような態度をとった。

そんな上崎に対して、ベンチから声は飛ばない。鰐渕が練習や試合で出来のわるい選手を集中的に言葉で追い込むのは、めずらしいことではない。選手にとって鰐渕は、にらまれたら怖いコーチ、そんな存在でもある。だが、その矛先が上崎に向かうことはなかった。鰐渕だけでなく、三嶋も放任している。前半のピッチの上でも、だれも上崎に対して注意を与えなかった。

ベンチにもどった十一人の水分補給が一区切りし、腕を組んだ鰐渕から「まずは自分たちで話し合え」と声がかかった。2点リードしているにもかかわらず、そのエラの張った四角い顔は不服そうだ。

前半は早い時間に先制点、追加点を奪うことができた。だがその後、チームとしての戦術的な意思統一の乱れがピッチでは起きていた。その混乱が、鰐渕を不機嫌にさせたのだろう。それは前日練習でも取り組んだ、前線からの積極的な守備の部分だ。

今節採用された4—2—3—1という布陣は、フォワードを一枚に減らし、中盤の前に三人、後ろに二人の選手が配置されている。その中盤の人数を生かして前から敵にプレスをかけ、高い位置でボールを奪う作戦のはずだが、とくに2点をリードしてからうまく機能しなくなってしまった。

試合途中、キャプテンの常盤は「無理をするな」と前線に声をかけてきた。一方、常盤の前にポジションをとった米谷は、「ゆるめるな」と手を叩《たた》きながら味方を鼓舞した。

2点をリードした状況で、前から積極的にプレスをかけるのか、それとも行かないのか。単純に言えば、そういう話になる。

パイプ椅子に座った泉堂が、前半終了間際に敵との空中戦で眉《まゆ》の上を切ったらしく、血を流していた。瞳が治療を手伝う傍らで、葉子は眉をひそめている。これまでのサッカーの試合観戦では、目にしなかった光景にちがいない。試合を見るには、ベンチは特等席だ。しかし、ときには見たくない現実まで目に飛び込んでくる。

「前線からの守備、がんばってるのはわかるけど、プレスをかけ始める位置、もっと下げてもいいんじゃないか」

まずそう切り出したのは常盤だ。

少し間を置いて、「前から行くんじゃなかったのかよ」と声がした。言葉を返したのは、米谷。お互い目を合わそうとしない。二人の意見が対立した。

常盤は一年生のときの白組キャプテン、米谷は赤組のキャプテンだった。トランプの大富豪のルールのような選手交換を条件にした紅白戦の結果、その試合で退場処分を受けた米谷は赤組から追放され、遼介のいる白組に移った。一方常盤は、あくまでサブの立場として赤組に引っぱられるかっこうになった。その後に迎えた一年生大会のルーキーズ杯では、二人ともキャプテンマークを腕に巻くことはなかった。その当時から二人はやり合っていた。

「けど、試合の状況ってものがあるしな」常盤が再び口を開く。

「それって、2点リードしてるってこと？」

「それも大きい」

「前半の早い時間で2点とっただけだぞ。敵は2点目を奪われて気落ちした。一気に突き放すチャンスでもあっただろ。2点差はセーフティーリードじゃない。叩きつぶすためには、もう1点とりに行くべきだった」

米谷は引かない。

「いや、前がかりになれば、カウンターを食らう。無理をすれば、後半に響くかもしれない。あのまま続けて体力が保つのか。今日は絶対に負けられない試合なんだぞ」

常盤はあくまで慎重だ。

「じゃあ、後半はリトリートして、ゴール前まで引いて守るつもりか？　ホームでそんなサッカーがやりたいのか」

米谷は言葉の最後に嘲笑《ちょうしょう》を含ませた。

「ちがうだろ、バランスを取るべきだって話だよ」

常盤は語気を強め、やはり引かなかった。

鰐渕は腕組みしたまま黙って聞いている。ほかのチームメイトも口をつぐんだままだ。

その間、止血をするため、伸縮性のある肌色のキネシオテープが、泉堂の頭部に巻かれていく。

「——問題はさ」

めずらしく上崎が割って入った。「前の選手が、どれだけ考えて追えているかってことだよね」

その言葉は、ワントップの五十嵐というより、高い位置から敵にプレスをかける傾向にある遼介のやり方に対する批判にも受け取れた。もう少し自重しろという常盤サイドに立つ発言だ。

トップ下の遼介が、敵のディフェンスの回すボールをワントップの五十嵐と一緒になって深追いすれば、中盤に穴が空く。その空いたスペースを敵の選手に使われてしまえば、逆にピンチになってしまう。だから、だれかがそこを埋めなければならない。といっても、もともとワントップなわけで、中盤の人数はそれでも四人いる。

「泉堂さんは、どう思います？」

常盤は元キャプテンに声をかけた。

「どちらもある意味正解なんじゃないか。もちろん、どちらかに決めなきゃならんけど」

額にテープを巻かれ、髪の毛が逆立ってしまった泉堂が答える。

常盤は思惑が外れたのか、「そうですよね」とだけ言った。

「リョウ、おまえはどう思ってんだ？」

突然、米谷に名前を呼ばれた。おまえの問題でもあるだろ、という口調だ。

チームメイトの視線が、遼介に集まった。

ここで思っていることを素直に口にすべきか、遼介は迷った。自分としては、前半、五十嵐と一緒に前から敵にプレスをかけ、チームに貢献しようとした。

もっとも、個人でボールを奪いきることはむずかしく、相手のパスの方向を限定することが主な目的になる。意図的に限定したコースにパスを出させることができれば、そこでインターセプトの機会が生まれる。ボールの取りどころだ。しかしボールを持った敵を遼介が追った際、パスを出させたほうを見ると、そこには敵のフリーの選手がいるだけで、味方のフォローが無い場合があった。それではせっかく走っても、徒労に終わってしまう。ひとりではなく、二人三人と敵を追い込んでいかなければ効果がない。敵を網にかけるには、各自がより走らなければならない。

「たしかにバランスは取るべきだと思うよ。前半、五十嵐さんとおれが守備のスイッチを入れる役割をしたけど、マークの受け渡しが上手《うま》くできず、守備の連動がうまくいかない場合もあった」

遼介は、まずは常盤の意見を尊重する姿勢を見せてから続けた。「でも、ボールを奪うまであと少しの場面もあった。高い位置でボールを奪えれば、即チャンスになる。だから、おれとしては体力が保つ限り、続けるのもありだと思う。もちろん、チームの決定には従うけどね」

常盤は小さくうなずいた。

その後も何人かが意見を口にした。

「――よし」

鰐渕がパイプ椅子から立ち上がり、選手たちの前に立った。名前の如くその目は鋭く、獲物を見据えた水際に潜む爬虫類《はちゅうるい》を思わせた。

まず鰐渕は前半について口にした。2点を奪うまではとても緊張感のある良いゲームだったが、そのあとは、つまらなくなった。2点とって満足しているようにも見えた。それが率直な感想らしい。

その上で言葉を続けた。「たしかに、前からハイプレスをかける戦術はリスクもあるし、むずかしさもある。予測力、走力、チームワークが試されるからな。言ってみれば高等戦術だ。簡単ではない。この戦術を続けるには、気持ちが大きく関わるだろう。ただ、言っておきたいのは、おまえらは単にこの試合に勝てば、それでいいのか。次節以降、もっと強い相手が待っている。それにこの戦術はAチームで取り組んでいる。そのことを考えてみてほしい」

そこから鰐渕は、長年取り組んできた育成年代の選手の特徴について語り出した。

「いろんな選手を見てきた。だから、どんな選手がのびるか、自分なりに思うところはある。たとえば試合には、必ず大事な局面がある。勝敗の分かれ目というやつだ。ある選手は、その勝敗の分かれ目をしっかり予測し、いち早く自分から動くことができる。

つまり優秀な選手だ。しかしすべての選手が、そう振る舞えるわけではない。勝敗の分かれ目に気づかない鈍感な選手がいる。かと思えば、感じているくせに足が動かない選手がいる。だが、どんなときでも、がむしゃらにプレーする選手もいる。じゃあ、そのなかで、だれがこの先成長できると思う？」

鰐渕はいったん言葉を切り、選手に考えさせた。

そして再び話し始めた。「いいか、人はどこかで無理をしなければ、自分の限界を突破することはできない。最初から限界の線引きをしてあきらめていたら、立ちはだかる壁の前でいつまでも突っ立ってることになる。大切なのは、サッカーに対する姿勢。もっと言えば、人として生きる姿勢だ。ピッチのなかだけじゃなく、ふだんの生活から始まっている。これでいいと、簡単に満足してないか。これからピッチに立つおまえらは、敵と戦うだけじゃない。自分と戦うんだ」

その言葉に、遼介は思わずうなずいていた。

鰐渕は、常盤と米谷の意見の食いちがいについて、直接こうしろと指示は出さなかった。ハーフタイムの終わりが迫っていた。

「──河野」

鰐渕が、ただひとりスタメンを外れている三年生の名前を呼んだ。「試合の展開次第だが、準備しとけ」

昨日の泉堂の話によれば、Bチームで戦う公式戦は今日で最後の三年生がいる。二年生のあいだでは、それは鰐渕に今呼ばれた河野だと見られていた。開幕戦の後半に斉藤と交代して左サイドバックで出場した河野は、真面目で模範的な選手だが、チーム内ではもうひとつ目立たない存在だ。本来のポジションはディフェンダーではなく、フォワードだと堀越から聞いていた。ポジションは徐々に前から落ちてきたらしい。


「――で、どうするよ？」

後半開始前、ピッチで組んだ円陣のなかで米谷が口を開いた。

「前から行こう」

「泉堂さんが言うなら、それで行きましょう」と常盤が応じた。青嵐Bは守備でのチャレンジを継続することを決めた。

「後半、早めに点を取ろうぜ。試合展開を有利にするために。それと、河野をピッチに立たせるためにも」

堀越が言うと、「そうだな」と五十嵐も同調した。

「やめちゃうって、やっぱ河野さんなんですね？」

米谷がつっこんだ。

「いや、河野だけじゃない」と堀越。

「じゃあ、ほかにもいるんですか？」

前半、危なげのないプレーでゴールを守ってみせた麦田が言った。

「残すはあと後半40分だな」

泉堂の声が低くなる。「バラしてもいいか？」

その言葉に、三年生が渋々うなずいた。

円陣のなかが静まり、張り詰めた空気になる。

「鰐渕さんには、もう伝えてある」

泉堂が口を開いた。「インターハイ後にやめるのは、河野だけじゃない。五人のうち、四人がチームを去る」

「え、マジですか？」

米谷が額に深くしわを寄せた。

「四人も」

常盤の声が漏れる。

「Bチームに残る三年は、おれだけだ」

泉堂の言葉に、円陣のなかが再び静かになった。

「これからは、おまえらの時代だろ」

森が感情を押し殺した声を出した。「だからこそ、この試合は意味のあるものにしよう」

「そうだな」

キネシオテープに血をにじませた泉堂がうなずいた。

「よし、いこうぜ！」

堀越が声を上げる。

「やるぞ、やるぞ！」

五十嵐の声が続き、円陣のなかが喧噪《けんそう》に包まれた。肩を組んだ両腕にチームメイトのからだから放たれる熱を感じながら、十一人はかけ声を上げた。

この試合を最後に三年生が四人抜ける。自分たちの時代がやって来る。以前ならチームからの離脱者を歓迎する気持ちがどこかにあった。でも今は、とてもそんな気分にはなれなかった。

去年の秋から始まったBチームでのつき合いは約半年。しかしその時間は濃密で、五人の三年生はこれまで一番長く一緒に過ごした先輩だ。堀越と五十嵐には、一年のときから世話になった。ようやく言いたいことが言い合える間柄になってきたというのに。

なんとかBチームから抜けだし、Aチームに這《は》い上がりたい。そのことは常に意識してきた。しかし遼介と同じようにもがく者たちが集まるこの環境に、愛着がないわけではない。できればこの先、県3部リーグ優勝を目指して、このメンバーで共に最後まで戦っていきたかった。

円陣を解いたあと、十一人はすぐにはピッチに散らなかった。その場にとどまり、だれからともなく、ひとりひとり右手を合わせ始めた。三年で唯一チームに残る泉堂は潑剌《はつらつ》とした笑顔で、遼介の右手を弾《はじ》いた。やめることを隠していた堀越は目が合うと、

「心配はいらない」とでも言うように、うなずいてみせた。前線でいわばコンビを組む
長身の五十嵐は、「まあ、そういうことだ。後半も前から行こうぜ」と声をかけてきた。
森は黙ったまま、12分間走が終わったときのように、温かな右手を遼介の背中に置いた。
先輩だけでなく、同じ学年とも手を合わせた。常盤、米谷、麦田、和田、巧、そして
最後に、上崎。上崎はこういう儀式が苦手なようにも思えたが、ほかの選手と同じよう
に振る舞っていた。
後半、青嵐Bは再び前線の高い位置からプレスをかける戦術に挑んだ。
2対0で勝っている。けれどこのチームは、もっとできる。その思いはピッチに立つ多くの者が共有しているはずだ。
ボールがゴールラインを割り、緑・白・緑のユニフォーム、立春大付属ボールのゴールキックとなる。前半、ロングボールの空中戦は、泉堂がことごとく勝利し、常盤と共に自陣内の制空権を確保していた。それもあってか、立春のキーパーはロングキックを蹴《け》る振りを見せたあと、下がってきた右サイドバックにグラウンダーのパスを出した。
自陣方向にもどりかけた左サイドハーフの森が引き返し、ボールを持った立春の右サイドバックの4番との間合いを詰める。高くラインを上げた青嵐の守備陣は、敵の前線の選手にしっかりマークを付け、すでに準備を整えていた。立春の4番は縦へのルートをあきらめ、センターバックの2番への横パスを選んだ。トラップした2番は顔を上げ、

左右に首を振りながら、慎重にボールを前に運ぼうとする。

出しどころが見当たらない立春の2番は、前線ではなく中盤へのパスコースを探している。ワントップの五十嵐がちらりと遼介を見てから、敵の2番へ左側から斜めにアプローチをかけた。その動きこそが、守備のスイッチだ。

五十嵐のアプローチを受けた立春の2番も前へのパスをあきらめ、コンビを組む左側のセンターバックの3番へ、さらに横パスを出す。その間、敵の中盤の選手がパスを受けようと落ちていく気配を察知し、遼介は首を振る。視野の左端から敵の5番が入ってくる。すかさず遼介はマークに付く。ピッチ中央付近での縦パスを安易に許してはならない。

センターバックの3番へは、五十嵐が続けざまにアプローチをかけた。その寄せによって、3番はあわてたようだ。なぜなら、パスを出そうとした左サイドバックには、ポジションを上げた堀越が迫っている。パスコースを失った3番は、半ばギャンブルの縦パスを5番に入れてきた。後ろからマークに付いた遼介は、5番を振り向かせないよう、背後から張りつくようにした。相手の背中に胸を当て、大腿《だいたい》筋で臀部《でんぶ》を押す。5番はダイレクトで3番にもどすしかない。意図的にその状況に追い込み、その先を狙う作戦だ。

遼介の予測は的中した。圧力に屈した5番が、インサイドキックを使ってはたくように3番へもどす。遼介と五十嵐の二人でそのパスを狙う。しかし3番がポジションを斜め右前に修正したため、五十嵐はかわされ、遼介のチェックも間に合わない。ボールを右に持ちだした3番は、再び5番に縦パスを通す。振り向くと、遼介がマークを外した5番はフリーの状態になっている。

——しまった。

難なく前を向いた5番は、青嵐Bの右サイド、巧の裏のスペースにインフロントで浮き球のパスを送る。タイミングよく飛び出した立春のフォワードが先に追いつき、早めのクロスをゴール前に放り込む。しかしクロスは精度を欠き、麦田がゴールエリア内でしっかりキャッチした。

遼介は安堵《あんど》の息をつく。

「カウンター注意しろよ！」

米谷が怒気を含んだ声で叫んだ。

ベンチを見ると、なにか言いたげに鰐渕が立ち上がっていた。

今のシーン、五十嵐が守備のスイッチを入れ、前から遼介とプレスをかけた。左サイドは森が、右サイドは堀越がケアしてくれていた。しかし中盤に抜け穴ができてしまい、逆にピンチを招いてしまった。

前半にも同じようなシーンがあった。もちろん、ボールを取りきれなかった遼介のプレーに責任はある。しかしチームで前から守備のチャレンジを行うと決めたならば、ピッチに立つ全員が協力し合わねばならないはずだ。

では今のシーン、5番のマークを外し、さらに前にプレスを仕掛けた遼介が空けた中盤の穴を、だれが埋めるべきだったのか。遼介は中盤のセンターにポジションをとる、上崎と米谷を見た。それは、この二人のどちらかのはずだ。米谷はディフェンスラインの前で敵の攻撃の芽を摘むアンカータイプ。上崎はいわば中盤で自由を与えられ、米谷より前でプレーしている。ならば、遼介の空けた穴を埋めるのは、上崎の役目ではないのか。遼介にはそう思えた。

しかし、だれもそのことを指摘しない。口には出さない。うやむやのままだ。だから、いつまでも変わらない。

ベンチ前に出てきた鰐渕は、今のシーンをどう見たのだろうか。遼介ら選手個々は、ピッチ上ではひとつの駒に過ぎない。その駒を配置し、動かすのは指揮を執る鰐渕だ。自分が単なる駒とは思いたくないが、駒であることを受け入れ、監督に従うことがレギュラーをとる現実的な道でもある。試合のメンバー決めは選手間の協議によるが、評価がどちらに転ぶかは、最終的には鰐渕次第とも言える。

上崎が青嵐に入ったのは、Jリーガーを何人も育てた実績のある鰐渕の存在が大きかった、と聞いたことがある。鰐渕のほうから、勧誘したのかもしれない。鰐渕があえて上崎について口にしないのは、なにか狙いがあるのか。それともある部分については、目をつぶると決めているのだろうか。

遼介はトップ下のポジションにもどりながら、ホリゾンブルーのユニフォームの背番号10、上崎響を見つめた。

とくに今のプレーについて反省の態度を示してはいない。上崎はいつも通りのプレーをしている。中盤の真ん中でパスを受け、そこで時間《タメ》を作り、左右の足を使った精度の高いパスで攻撃を組み立てる。そのパスにほぼミスはない。以前のような派手なパフォーマンスは影を潜め、淡々とプレーしている。そういえば、最近はお得意のノールックパスも使わない。顔は無表情で、あまり楽しそうには見えなかった。

気配を感じたのか、上崎がこちらを見た。怪訝《けげん》そうな視線を返してきた。長く注視し過ぎたようだ。

「集中、集中!」

キャプテンマークを左腕に巻いた常盤が叫ぶ。

常盤にも見えたはずだ。どこに守備の網の綻《ほころ》びが生じるのか。だが、常盤には言えない気がした。常盤は、上崎をチームの攻撃の核であり絶対的な選手と崇《あが》めている。

上崎と中盤のセンターを組む米谷も気づいているだろう。同時にあきらめているのかもしれない。上崎は、米谷が持っていない才能と技術を併せ持っている。熱くなった試合中なら、チームメイトになんでも言えそうな米谷だが、計算高いところもある。一年生のときに、今はAチームで活躍する同じポジションの奥田と衝突して辛酸を嘗《な》めてからは、リーダーとして振る舞うことを避けているようにも見える。

Aチームから落ちてきた上崎のプレーについて、コーチはなにも言わず、先輩も同学年のチームメイトも触れない。上崎はピッチの上のいわば〝裸の王様〟のようでもある。

——このままでいいのか。

遼介は、上崎というプレーヤーについて、入部当初から意識してきた。はっきりしているることは、上崎はこのBチームで一番うまい選手だということ。サッカーの経験においても、ずば抜けている。小学六年生のときにスペイン遠征を経験し、中学三年間をJリーグの下部組織で過ごし、ナショナルトレセンにも参加していた。遼介の知らないサッカーの世界をいくつも経由し、なぜかこの同じピッチにたどり着いた。

ハーフタイムの終わりに鰐渕が口にした、勝敗の分かれ目の話を思い出した。上崎という選手はどのタイプだろう。勝敗の分かれ目に気づかない鈍感な選手ではない。どんなときでも、がむしゃらにプレーする選手でもない。では上崎は、勝敗の分かれ目をしっかり予測し、いち早く自分がこのタイプだと感じた。むしろそれを言うなら、遼介は自分から動くことができる優秀な選手とまで言えるだろうか。それよりむしろ、対応し自分から動くことができる優秀な選手とまで言えるだろうか。それよりむしろ、今の上崎は、感じているくせに足が動かない選手になってしまっている気がした。

鰐渕は、「そのなかで、だれがこの先成長できると思う？」と言って選手に考えさせたが、結局答えは口にしなかった。上崎にこそ、そのことを深く考え、気づいてもらいたかったのではないだろうか。

上崎の選手としての大きな欠点は、波があることだ。それは試合ごとではなく、ひとつの試合のなかでさえ起きている。このまま上崎が変わろうとしないなら、ただ単にうまい選手で終わり、消えていくのかもしれない。

驕《おご》れる者など放っておき、末路を黙って眺めていればいい。そういう考え方もあるだろう。でもそんなやり口は好きになれそうにない。自分の生き方に反したサッカーでレギュラーをつかんだとして、悔いなくプレーできる気がしない。評価をするのは他人かもしれないが、その前に自分自身に嘘はつきたくない。それとも、そんなのはきれいごとで、身のほど知らずな行為だと笑われるのがオチだろうか。

このままではだめだ。

だれかが伝えなければ。

遼介の気持ちは傾いていった。上崎に伝えられるのは、自分しかいない。そんな気持ちがわいてきた。

上崎のことは小学生の頃から知っている。自分からすれば遠い存在にしろ、ライバルだった。憧《あこが》れに似た感情さえ抱いた。あの頃の上崎はまちがいなく輝いていた。そんな姿を脳裏に焼きつけているからこそ、このまま終わってほしくなかった。

でも伝え方がよくわからない。どうすればうまく上崎に伝えることができるのか。プライドが高そうなあの男が、遼介の言葉に耳を傾けるだろうか。それに今は白熱した試合のまっ最中でもある。

右サイドハーフの堀越が、せっかく敵から奪ったボールを最終ラインまでいったん下げる選択をした。それを見た鰐渕が、「なんでだよ！」と怒鳴った。

常盤からお約束のように上崎に縦パスが入り、難なくターンを決めて前を向く。遼介は動き出し、パスを引き出そうとするが、上崎はボールを離さない。敵を引きつけてから、左サイドハーフの森の足もとにパスを送ってしまう。「なんでだよ！」と遼介も叫びたかった。ディフェンスの裏に抜けるタイミングでボールが出て来ず、オフサイドのポジションになってしまった遼介は、しかたなく動き直した。

後半14分、さっきと同じようなシーンが生まれた。五十嵐と遼介が高い位置でボールを追う。うまく敵をはめたかに思えた。そこへ立春の選手がフリーの状態で顔を出し、あっけなくパスを通されてしまう。また、5番だ。そいつにマークが付いていれば、高い位置でボールを奪うチャンスになったが、またしても同じ逃げ道を使われてしまった。汗だくになりながらワントップで奮闘している五十嵐が、「クソッ、次だ」と悔しがった。

立春の苦し紛れのクリアボールが高く上がり、そのままタッチラインを割って青嵐Bボールのスローインになる。前線からのハイプレスの戦術は、敵に組み立ての自由を与えていない。だが本来の狙いであるショートカウンターには、なかなかつながらない。

遼介は自陣側にもどりながら、今のシーンについて、上崎がどう感じているのか聞いてみたくなった。できればその話の流れから、自分の考えを伝えたい。だが自分から切り出す勇気がなかった。

タッチラインを割ったボールがなかなかもどってこない。その試合中断のあいだに、上崎が遼介のほうへやって来て、めずらしく話しかけてきた。

「なあ、前からの守備だけどさ、どうなの？」

手を加えた細い眉《まゆ》を上崎はつり上げている。

「え？　どうって」

遼介は思わず言い返した。

後半が始まる前、円陣で「前から行こう」という方針になった。まさか聞いていなかったわけではないだろう。

上崎は右手で髪を掻《か》き上げた。黒いヘアバンドを巻いた額は、さらりとした肌をしている。自分や五十嵐より明らかに汗をかいていない。

「やっぱ、無理があるよね」と上崎はつぶやいた。

試合中でもあるし、ここは聞き流そうとした。

だが、上崎の次の言葉で、遼介の考えが変わった。

「五十嵐さんもリョウも、もうバテバテだろ。万が一ボールを奪ったとして、肝心のシュートのとき、決められんのかよ。バカみたいにボール追いかけても、無駄だって」

「――無駄？」

「ああ、実際、敵のボールとれてないんだし」

「それはちがうだろ」

遼介は強い調子で言い返した。「うまくいかないのは、だれかがサボってるからじゃないのか？」

背中を見せ、歩き出そうとした上崎が立ち止まった。振り向いた顔は半ば驚き、半ばゆるんだような表情を浮かべている。軽口のつもりだったのだろうか。だとしても、許せなかった。

「ひとつだけ言わせてもらうぞ」

遼介は、上崎に一歩近づいた。

「なに苛《いら》ついてんだよ。いいよ、聞きたくない」

「五十嵐さんもおれも走ってるよ。じゃあ、おまえはどうなんだ?」

「は?　なに言い出すんだよ」

「おい、上崎」

遼介は人差し指を胸の「10」に突きつけた。「サボってるのは、おまえだろ」

上崎の顔がハッとした。夢から覚めたように。とっさに自分を指している手を振り払い、遼介の胸をどんと右手で強く突く。遼介は「うっ」と声を漏らしたが、後ろには下がらなかった。目の前の上崎の表情が、険しく一変している。

「それと、もうひとつ」

遼介は、怯《ひる》まず思っていることを口にした。「簡単にピッチに倒れるな」

「なんだと?」

次の瞬間、上崎の右手が、遼介のユニフォームの胸元を鷲《わし》づかみにした。押し倒そうとしてきたが、遼介は倒れなかった。下半身だけでなく、上半身も自主練で鍛え続けている。

「おい、なにやってんだよ」

米谷が後ろから上崎の腕を取った。「試合中だぞ、やめとけ」

「どうした？」

泉堂があわててやって来た。

「おまえごときの選手になにがわかる。走るしか能がないやつらに、なにがわかるって言うんだ。調子こいてんじゃねえ」

上崎がわめきながら、米谷の腕を振り払おうとする。

遼介はその険しい目から視線をそらさなかった。瞳《ひとみ》には、なぜか悲しみの色がにじんでいる。

「おい、落ちつけって」

泉堂が前から上崎の両肩をつかんだ。

気づいた主審が、笛を鳴らして走ってくる。

「どうしたの、味方同士で」呆《あき》れたような声が聞こえた。

たしかに勝っているチームがもめるのはめずらしいだろう。立春の選手も、こっちを見ている。

「いえ、なんでもないです」

遼介が収めようとしたが、「なんでもなくねえよ」と上崎が突っかかってくる。

二人は離され、試合が中断した。ホームグラウンドに不穏なざわめきが起こる。結局、試合再開の前に、反スポーツ的行為と見なされ、当事者の二人にイエローカードが提示された。遼介は手を出していなかったが、抗議はしなかった。ベンチの鰐渕は黙って見ていた。

そんな遼介を、チームメイトは心配そうな目で見ていた。その目には同情の色が浮かんでいる。まるで勝ち目のない喧嘩《けんか》を始めてしまった者を憐《あわ》れむように。

「気にすんな」

巧がひとり近くに来て顔を引き攣《つ》らせた。たぶん、笑おうとしたのだ。

「サンキュー」とだけ返した。

五十嵐が心配そうに寄ってきたが、「あとにしましょう」と遼介は言った。

常盤がいつもの言葉を使った。

「さあ、切り替えようぜ！」

5分後、ピッチサイドの第四審判の隣に、ホリゾンブルーのユニフォームの選手が立った。中体連出身の一年生フォワードの小磯晃樹《こいそこうき》、最近Bチームに上がってきた選手だ。昨日の登録メンバー決めの際、主に一年を見ているコーチの三嶋の推薦があり、最後のひとりに滑り込んだ。聞いた話では、先日行われた12分間走の順位は一年生のなかでトップ。Bチームで十位以内に入ったらしい。

交代するのはだれなのか。初出場の小柄な一年生フォワードに、ワントップをいきなり任せるとは思えない。前をツートップにするのだろう。であるならば、交代するのは中盤の選手にちがいない。

——それは、自分なのか。

遼介は天を仰ぎかけた。

さっきの揉《も》めごとでカードをもらってしまったのを思い出した。

ボールがタッチラインを割り、主審が笛を吹く。副審がフラッグを水平に掲げ、選手交代が認められた。

「だれが出るの？」

ピッチサイドに近い、右サイドバックの巧が尋ねた。

声が小さく、返事は聞こえない。

「え？　だれ？」と巧が問い返す。

「10番です。10番がアウトです」

小磯の声は、たしかにそう聞こえた。

そのやりとりに、上崎は戸惑いを隠さなかった。自分で自分の胸を指さし、「10番っておれ？　マジでおれなの？」と二度言い返した。顔は明らかに不満げだ。

上崎と入れ替わりにピッチに出てきた小磯が、遼介に伝えた鰐渕からの指示は、「ツートップ」「4－4－2」「前線から引き続きプレスをかけろ」

「それから」

とコウキは言った。「3点目を取りに行け」

近くまで来て聞き耳を立てていた米谷が、ピッチの選手で共有するため、常盤に伝えに走った。

主審の笛でプレーが再開される。小磯は物怖《ものお》じせず、とにかく前から走った。鰐渕から指示が出たのだろう。まさにがむしゃらなプレーにも映る。

その3分後、青嵐Bベンチは二人目の選手交代の準備をした。今度こそ交代か。だが、ピッチサイドに立ったのは、長身のセンターバック、テリーこと照井だ。なにかアクシデントが起きたのかと思わせる交代は、常盤がOUT、照井がIN。常盤が腰を気にするような仕草を見せた。

「いくぞ！　いくぞ！」

リーグ戦初出場を果たした照井が声を上げ、威勢よく手を叩《たた》いた。ベンチから「さらに最終ラインを上げろ」という指示が出たようだ。

背番号10上崎響が去ったピッチに、背番号19武井遼介は残された。

後半残り時間、約10分。2対0で青嵐Bのリード。

遼介はあらためて周りを見渡した。チームのエース10番の姿はどこにもない。その見慣れぬピッチの景色のなかで、遼介は覚悟を決めた。

このままでは終われない。

この試合で必ず結果を出す。上崎ナシでゴールを奪う。それこそが、自分がピッチで生き残るために必要な答えだ。

おれは、まだ走れる。

もっとやれる。

そのことを証明したい。

遼介は乾いた唇に舌をまわし、思わず身震いした。

そして見えない風をも見るように、ピッチに鋭い視線を配り、集中を高めた。

立春大付属ボールのスローインから試合が再開される。

遼介は、ベンチに下がった上崎よりもさらに高いポジションをとった。ボランチを組む米谷を信じることができたからだ。

「後ろは任せろ！」

米谷の濁声《だみごえ》が背中を押す。「取りに行けっ」

上崎が指摘したように遼介のからだは、前半からくり返した追い回し《チェイシング》によって疲労のピークを迎えつつあった。一度、ふくらはぎの筋肉がひくひくと小刻みに震えた。無理をして筋肉をのばせば、脚が悲鳴を上げる前兆だ。でも決してそういう素振りは見せないように努めた。ベンチでは鰐渕が目を光らせている。この試合、まだなにも成し遂げていない自分が、交代させられるわけにはいかない。

味方のディフェンスラインがボールを回すテンポを急に落とした。試合の残り時間はあとわずか。なにをやっている、早く前に付けろ。前線にボールが来ない状況に遼介が苛立《いらだ》ったとき、主審の笛が鳴り、選手たちの視線が同じ場所に集まった。

　敵陣のペナルティーエリア手前で、前半から走り回っていた五十嵐が尻《しり》を地面にべたりと着け、脚を投げ出すようにして顔をしかめている。どうやら両脚とも攣ってしまい、立ち上がれないようだ。

　主審は試合を止め、五十嵐に駆け寄り声をかける。短い会話を交わしたあと、主審はベンチに向かって担架の要請をするような仕草をしたが、もちろん3部リーグの土のグラウンドの会場にそんなものは用意されていない。救護バッグを肩にかけた三嶋が白線を越え入ってきた。その時間を使って遼介は右のピッチサイドに移動し、マネージャーが用意してくれた給水用のスクイーズボトルを手にした。

「五十嵐さん、駄目そうだな」

　巧が近づきながら声をかけてきた。

　ボトルを傾けたまま視線を送った巧の頰には、三本の指先が斜めに横断した砂の跡が残っている。幾筋にも流れた汗を拭《ぬぐ》ったときについたのだろう。顔は赤みを帯び、熱病にでも冒されているようだ。

　黙ったまま遼介がボトルを手渡す。

　巧は手をのばすとひと言、「おれを使え」とつぶやいた。なぜ使わない、と威嚇するような目をして。

遼介はゆっくり息を吐いた。しゃべるのが億劫《おっくう》なくらい、消耗している。それでも巧が言わんとすることは理解した。巧は、唯一の小学生時代からのチームメイトなのだ。

五十嵐がピッチの外に出され、試合再開。その1分後、ひとり少ない青嵐Bは、この試合最大のピンチを迎えてしまう。青嵐Bの高く押し上げたディフェンスラインの裏に、敵のクリアボールが飛んでいく。ひとり残っていた敵のフォワードのポジションを見て、「オフサーイ!」と照井がアピールし、青嵐Bのディフェンダーは足を止めてしまった。

遼介の目からも敵のフォワードがディフェンスラインより前に出ていたように見えた。

しかし、副審のフラッグは上がらない。主審の笛も鳴らない。この日まだシュートを一本も打っていない敵の9番は、その間隙《かんげき》を見逃さずボール目がけて走り出した。

「えーっ、オフサイでしょ!」

照井の声がもう一度かん高く響く。

あるいは審判の見落としかもしれない。けれどそれは、サッカーの試合には付きものだ。

地面に大きくバウンドしたボールが、敵の9番に渡れば、フリーでシュートまで持ち込まれてしまう。だれもが肝を冷やしたそのとき、青嵐のゴールキーパーのなかで一番小柄な麦田が、ペナルティーエリアから飛び出してきた。かなり際どいタイミングだったが、間一髪、ヘディングでボールをタッチラインの外へクリアした。

「ナイス判断!」

ベンチから鰐渕の声が続けざまに飛んだ。「照井、おまえいつから審判になったんだ！」

「サンキュー、ムギ」

泉堂の声に、急いでゴール前のポジションにもどった麦田が、キーパーグローブの両手を開いて応《こた》えた。

思い切りのよい麦田の飛び出しは、試合終盤になっても集中力が途切れていない証拠だ。この試合、先発から外された西とは異なる持ち味を見せた。

そのピンチの直後、脚が攣《つ》った五十嵐はいったんピッチにもどったが、次にボールがタッチラインを割ったところで、選手交代が告げられた。青嵐B三枚目のカード、ハーフウェーライン上で五十嵐としっかり両手でタッチを交わしたのは、ハーフタイムに鰐渕から声をかけられていた三年の河野。五十嵐が抜けたフォワードの位置にそのまま入った。

「最後だぞ、やるぞ！」

いつもとちがう顔つきで河野は仲間を鼓舞した。

残り時間5分を切り、ピッチに立つ多くの選手の足が止まり始めるなか、河野と小磯、ふたりの交代選手により、青嵐Bは前からの圧力をよみがえらせる。チャンスをふいにした立春大付属、緑のユニフォームの選手は、ここへ来てガクリと運動量が落ちた。

2対0でリードされているというのに、まるでこのまま終わることを望むように、立春大付属のディフェンスラインが後ろでゆっくりボールを回す。センターバックの2番は組み立てを迷い、キーパーまでボールをもどす弱気な選択をした。

そのボールを一年の小磯が追うが、キーパーはもうひとりのセンターバック3番にダイレクトでパスを返す。小磯はあきらめず、ボールを追いかける。それを見た河野が、中盤から下がってボールを受けようとする立春の5番への縦のパスコースを切りに動く。しかし敵の3番が2番へ横パスを出し、河野が振られる。敵の5番がフリーとなり、抜け道ができる。それは、前半に何度かやられたパターンでもあった。

立春の2番から5番へパスが出るのを読んだ遼介は、背後から襲いかかった。背中を向けた5番に深く寄せ、前を向かせない。5番がトラップを弾ませた瞬間、からだをねじ込み、ボールを奪う。遼介は、同じポジションに上崎がいたときにはなかった守備の連動を見せた。

ボールを失った5番は、遼介のユニフォームに手をかけ、ファウル覚悟で奪い返しにくる。それでも遼介は倒れずにプレーを続け、左右に首を振る。

「プレーオーン」

ファウルがあったけれど、そのままプレーを続けなさい、という意味の主審の声。

遼介は、ここはチャンスだと気持ちを切らさなかった。

立春の5番は敗北を認めたように、ユニフォームをつかんだ手の力を抜いた。遼介は一歩前へボールを持ち出し、顔を上げる。ゴール前には、河野と小磯、そして敵の二人のセンターバックが立ちはだかっている。

「リョウ！」

右側に堀越が顔を出した。

が、遼介は、もうひとつ向こう側のスペースに視線を送った。前から距離を詰めてきた敵を見ながら、ボールをまたぐ。庄司が好きなシザースだ。でも遼介がそうしたのは、もちろんカッコつけるためじゃない。仲間の攻め上がる時間を作りたかった。

そのわずかな時間の経過により、ピッチの状況ががらりと変わる。立春の左サイドバックが中にしぼって堀越に食いついてくる。左サイドバックが寄せたタイミングを待って、遼介はあえて堀越に向かってゆるめのパスを送った。

「遅い」という表情の堀越に向かって、「スルー！」と声をかける。たぶん堀越には見えていなかったはずだ。だが、堀越は遼介を信じたのだろう。敵をブロックしながら、ボールには触れずに跨《また》いだ。そのスルーされたボールが、右サイドの無人のスペースに抜けていく。そこへ、大外を駆け上がって右サイドバックの巧が現れ、スパイクでボールをさらっていく。

守備から攻撃へ、流れるような展開に、ピッチサイドから歓声がわいた。

しかし立春のセンターバックにプレスをかけた二人の味方フォワードは、そのままゴールに背を向け、ボールウオッチャーになってしまっている。

「動き直せ！」

怒鳴りつけるように遼介が声をかけた。

いち早く河野が反応してボールから遠いサイドへ。

遼介はコウキより早く、ニアへ向かう。

そのとき、右脚ふくらはぎの腓腹筋《ひふくきん》にピリッと痛みが走った。限界が近づいている。

――もちこたえてくれ。

祈るような気持ちで地面を強く蹴《け》る。

ボールと共にフリーで駆け上がった巧が右サイドを深くえぐり、三本の指先の跡が斜めに残っている顔を上げる。遼介と巧、二人の目と目がたしかに合った。ボールがゴールラインに達した瞬間、巧の右足から浮き球のクロスボールが放たれる。

遼介はそのボールに頭から飛び込んだ。

絡みつくように敵のマーカーも覆い被さってくる。

が、ボールのスピードが速く、わずかに頭に届かない。

「キーパー！」と敵が叫ぶ。

その直後、「ボン！」と、なにかがぶつかる鈍い音がして、「シャッ」とナイロンが擦《こす》れる音がした。

一瞬の静寂、そして歓喜。

「よし、来たあー！」

後ろのほうから泉堂の声がした。

黄色い砂埃《すなぼこり》が舞い上がるなか顔を上げ、遼介はゴール前を見た。

うなだれる敵のキーパーの向こう側で、ホリゾンブルーのユニフォームを着た選手がひざまずき、両手でガッツポーズをとっている。胸の前で両腕をゆらしているのは、選手交代で入ったばかりの河野だった。

「決まった？」尋ねると、

「決めたぞっ」

河野が弾《はじ》けるように叫んだ。

次々に味方の選手たちがゴール前に集まってくる。堀越、森、泉堂ら三年生。

「ナイスゴール、河野ちゃん！」

ベンチに退いた五十嵐の絶叫が聞こえた。

「公式戦初ゴールじゃね」

「しかも初ヘッドで」

泉堂らに手荒い祝福を受けた河野がその中心で笑っている。河野は、きっとこの日のために、あきらめずサッカーを続けてきたのだ。

「巧、ナイスボール」

「うぃっす」

したり顔の巧が手を貸し、遼介を起こしてくれた。

「やっぱ、通じるもんだな」

遼介は自分で決められなかった悔しさを押し殺して笑いかけた。

「な、だから言ったろ」

巧は得意そうに小学生の頃と同じ笑い方をした。「おれを使えって」

県3部リーグ第三節、対立春大付属高校。試合は3対0で青嵐Bの勝利。ホームグラウンドに整列した埃《ほこり》まみれの両チームに、まばらながら、温かな拍手が送られた。青嵐Bのメンバーは、リーグ戦初勝利に浮かれることはなかった。

遼介もまた、表情をゆるめなかった。試合後のミーティングでは、鰐渕から厳重な注意や罰を受けるものと覚悟していた。試合中に起きた上崎との衝突は、先輩たちの引退試合に水を差した。それは紛れもない事実だ。

しかし鰐渕からは、選手同士ぶつかり合うのはいいが、つまらないカードはもらうな、という言葉があっただけで、それ以上のお咎《とが》めはなかった。遼介はチームメイトに詫《わ》びようかと思ったが、三年生全員が試合に出て、途中出場の河野が自身公式戦初ゴールを決め完封し、その場の雰囲気はわるくなかった。

後半、ベンチに退いたとはいえ、上崎は2ゴールに絡む活躍で勝利に貢献した。遼介はなかなか結果が出せなかったが、公式戦一試合フル出場を果たし、上崎のいないピッチで存在感を示すことができた。

ハーフタイムに意見が分かれながら続けた、ハイライン・ハイプレスの戦術は、後半終了間際に相手の足が止まるボディーブローとなって効果が現れた。３点目を生んだ、前線での囲い込みからのボール奪取、右サイドからのショートカウンターへ続いた流れについては、そのシーンを振り返りながら、個人の名前は出さなかったものの鰐渕は評価してくれた。

ミーティング終了後、上崎は人を避けるように離れた場所を選んで過ごしていた。もともと上崎は特定の部員とつるむことはせず、近づいていくチームメイトはいなかった。とくにこの日は、試合中に声を荒らげた上崎に対して冷ややかな風が吹いていた。

チーム解散後、このまま上崎との関係の修復を試みずに帰るのはどうかと、遼介は迷っていた。常盤も小野君も、チームメイト全員がそのことを気にしているはずだ。かといって自分から歩み寄るのは躊躇《ちゅうちょ》した。

「おい、上崎、リョウ」

泉堂の呼ぶ声がした。「ちょっといいか」

三年生のなかでひとりBチームに残る選択をした泉堂は、「二人に頼みがある」と切り出した。高校総体の県大会における応援のまとめ役になってほしいという話だった。

「なんでキャプテンの常盤じゃないんですか？」

明らかに乗り気ではなさそうな上崎が疑問を口にした。

「キャプテンにはキャプテンの仕事がある。おまえら二人に頼みたい」

泉堂はそう答えるに留《とど》めた。

これは厄介な仕事を仰せつかった。それが遼介の正直な感想だ。鰐渕と申し合わせたわけではないだろうが、イエローカードをもらった二人に対するペナルティーかと勘ぐりたくなる。

「応援とか、やったことないし」

上崎がつぶやいた。常に応援される側に立っていた選手らしい本音だろう。

大会での応援なら、遼介は一年のときから経験している。しかしそのまとめ役となると大役だ。それに応援といえば、まだ記憶に新しい苦い〝事件〟が思い出される。去年の秋の新人戦で敗退した際、応援が原因となってサッカー部は分裂しかけたのだ。

あのときは応援側に立った多くの者が憤った。遼介もそのひとりだ。しかし思い返してみれば、敵の応援に比べて、青嵐の応援はたしかにもの足りなかった。人数は揃っていたもののまとまりに欠け、応援歌の声も小さく、レパートリーもかなり限られていた。応援を仕切るリーダーがだれだったかも、思い出せない。

「まいったな……」

泉堂の話が終わったあと、上崎は浮かない顔を見せた。

遼介は黙ったまま、その場に残っていた。

試合中に起きた二人の衝突については、お互い口にしようとはしなかった。まるでなにもなかったように肩を並べ、突っ立っている。上崎が謝らなければ、遼介は謝るつもりはなかった。自分から安易に和解すべきではない。

「七月に学園祭もあるし」

上崎はおよそサッカーとは関係のなさそうな話を始めた。「おれ、誘われてんだよね、バンドのボーカル」

その言葉に、遼介はどう反応すべきか迷った。

そこへ、Aチームに所属している同学年の藪崎健二が現れた。近くのグラウンドで試合があったらしく、解散後に立ち寄ったという。

「遼介、ちょっといいかな」

どこか落ち着かない様子が健二らしくない。

「どうした、急ぐのか？」

「ちょっとな……」

健二はうっすらと鬚《ひげ》の生えたしゃくれ気味の顎《あご》をゆらした。「個人的な相談ってやつ」

「いいよ、武井に任せるよ」

上崎は話を終わりにしようとした。

「任せるって、どういうこと？」

「いや、これはマジでそう思うんだけど、まとめ役は、おまえのほうが向いてる。おれより人望もありそうだしな」

上崎は皮肉めいた薄い笑みを浮かべた。

逃げるのか？　という言葉が喉元《のどもと》まで出かかったが、遼介は「話し合おうぜ」と持ちかけた。

「大会までそれほど時間がない。健二もつき合え」

「話し合う？」

「えっ？」

健二は鼻の上にしわを寄せ、露骨にいやな顔をした。

「おれは遠慮しとくよ」

上崎が察したのか、その場を離れていく。

遼介がその場で二年生に声をかけ、事情を話したところ、意外にも総体の応援に前向きな者が多かった。勝ち試合の直後だったせいかもしれない。コールリーダー、いわば応援団長の必要性を遼介が説くと、小野君がその役に相応《ふさわ》しいのは、バカになれるタイプだろうと助言してくれた。

「だったら、三宅じゃね」

この日、ピッチサイドで応援をとりまとめたフォワードを推す声が上がった。

「三宅ならバカになれる」

同じく今日ベンチを外れた庄司が太鼓判を押す。

「いや、三宅はすでにバカになりつつある」と照井。

「それって、ほめてるつもり？」

太っているのではなく体幹が太いのだと主張している三宅本人も、まんざらでもなさそうな顔つきだ。

「頼むよ、ニヤケ」

今日、ゴールマウスを守りきった麦田が言うと、三宅はその場で踊り出し、最後に左手で自分の股間《こかん》を握り、右手で空を指すポーズをとった。どうやら〝カズダンス〟だったらしく、それがバカになれる三宅のコールリーダー受諾の意思表示らしかった。

「やるからには、最高の応援にしようぜ。ヨロシク！」

コールリーダーに決まった三宅の太い声に、集まった二年生が調子を合わせ、声を上げる。だれからともなく三宅を囲んで回り出し、「ニヤケ」コールが始まる。翔平が指笛を吹く。三年生が笑いながら見ている。一年生は呆《あき》れ顔《がお》だ。

みんなバカだよな、と思いつつ、遼介も仲間に加わった。そんな光景は、これまであまりなかった。三宅はさっそく試合中に歌っていた応援歌を始めた。二年だけでなく、先輩もその輪に加わってきた。

遼介があたりを見まわしたとき、すでに上崎響の姿はなかった。

騒ぎが収まると、健二とは二人だけで話した。

相談というのは、現在、健二がAチームにおいて厳しい立場にあり、フォワードからディフェンダーへのコンバートを鶴見監督から打診された、という件から始まった。

中学時代、遼介と健二は同じ地区のトレセンに通っていた。それもあって、今回遼介に相談を持ちかけたのだろう。同じAチームの選手とは、話しにくかったのかもしれない。今となっては、健二はAチーム、遼介はBチームと立場がちがう。それでも公式戦に出られない身というのは、たとえAチームにいたとしても悩みどころのはずだ。

「健二がディフェンダーって、またどうして？」

遼介は驚きを隠さず尋ねた。

「ひとつには、おれ自身の問題だけど、最近点がとれてない。あとはチーム事情もある。Aチームのディフェンス陣は層が厚いとは言えないし、このところケガ人続きでさ」

「そういえば、今日の県リーグの試合は？」

「それが、3対1の逆転負け。試合終了近くになって、立て続けに2失点。月本と宮澤の二年生センターバック・コンビで臨んだけど、最後に崩れちまったな」

「三年のセンターバックは？」

「腰痛とケガ。総体予選もあるから、無理はさせなかったんだろ」

「県1部リーグ、たしか二連勝してたんだよな」

「前の試合のあと、リーグ優勝してプリンスリーグに上がるぞ、なんて宏大さんはデカイ口叩《たた》いてたけど、正直今日のデキじゃ厳しいべ」

「宏大さん、あいかわらずだな。――で、健二はどうするつもり？」

「おれは試合に出たい。だから鶴見監督にそのことをはっきり伝えた。そしたら、ディフェンダーの話が出たわけだ。センターバックをやってみないかって」

「自分から話したのか？」

「もう我慢も限界。Aチームでは、未《いま》だベンチに入れない。練習試合ですら出番が少ない。これじゃあ、なんのためにAチームにいるのかわかんねえよ」

「でも、ディフェンダーに転向して、ポジションとれるのか？」

「それもわからん。手薄と言ったって、センターバックには月本と宮澤がいるし、結局は控えにまわるかもな」

　健二は長い顎をゆらし、口をつぐんだ。

「それで、鶴見監督には？」

「自分はフォワードを続けたいって言ったさ。そしたら、そんなに試合に出たいなら、下でやるかって言われた」

「え、それって、もしかしてBチームのこと？」

　健二は顎を縦に振った。

「おれは一度もAチームで公式戦のベンチ入りをしてない。つまりまだ登録されていないってことだ。だから県3部リーグにも出場できるらしい。もっとも、出たら出たで、今度は1部リーグでは出場できん」

「なるほど、そういうことか。だったら一緒にやろう。ここだけの話、総体後に三年生がかなり抜けるんだ」

「ちょっと待ってくれ」

健二は顔を伏せたまま、両手を浮かせた。「そんなに簡単な問題じゃないって」

「まあ、たしかにな」

「いや、遼介にはわるいけど、BからAに上がるのって、至難の業だろ。いや、上がるだけならまだしも、一度AからBに落ちて這《は》い上がるとなると……」

「ああ、それなら、泉堂さんがそうだ」

「だろ、めちゃくちゃ厳しいって」

「でも、あの人は総体後もBチームに残るつもりらしい。まだ、あきらめちゃいない。そういえば、上崎もそうだよな。AからBに落ちた」

「どうかな、あいつの場合は特殊だから。おれも最近知ったんだけど、上崎は、自分からAチーム入りを辞退したらしい」

「辞退って？」

「Aチームでプレーしたくなかったんだろ」

「なんでまた？」

「知らねえ」

健二は自分のことで精一杯というように、首を強く横に振った。

自分も少し前までは、同じ心境だったはずだ。自分のことしか考えられなかった。視野が狭くなり、たとえばチームメイトのことを深く知ろうなどとは思わなかった。

上崎は変わり者だ。これまで数々の奇行と呼ぶべき行動を見せてきた。思えば一年生のルーキーズ杯の際、自分から遼介のいる白組を選んだのもそうだ。明らかに赤組のほうがメンバーは揃っていた。いわばBチームである白組をあのときも選んだ。それはなぜだったのか。今さらになって疑問に思った。

「どうしたらいいと思う？」

健二はげんなりとした顔を向けた。

「選択肢はふたつみたいだな」

「おれも最初はそう思った。でも、もうひとつあることに気づいた」

「え？」

「いっそのこと、サッカーやめっかなって……」

うつむいた健二は自分の額を右手で強くつかむようにした。ため息が漏れ、言葉に詰まる。

「――健二、早まるなよ」

遼介はひと呼吸置いてから言った。「Bチームにいるおれから言えるのは、たぶん、Aチームでやってるのもサッカーで、Bチームでやってるのもサッカーだってことくらいかな。もちろん、おれもこのまま終わりたくない。あきらめたわけじゃない。前節のおれは、ベンチ入りすらできなかった。今日は、ベンチに入るだけじゃなく、試合にフル出場することができた。うれしかったよ。ただくさ、試合に出られたとか、出られなかったとか、そういうことに一喜一憂するのはやめにした。ようやく、今はそう思えるようになった」

健二は、うんうんと小刻みに顎《あご》を振ったあと、小さな声でしぼりだすように「サンキュー」とだけ言った。

応援練習

「じゃあ、まずは横断幕を広げて、そこに張ってみようよ。それから、メガホンの数、確認して」

　ゴールデンウイーク前の水曜日、放課後のトレーニングのあと、遼介が中心となって応援の練習が始まろうとしていた。集まったのはBチームの二年生と一年生、約二十名。場所は、プールの裏手にある広場が選ばれた。手のひらに似た葉をたくさんつけた、アメリカフウと名札の付いた木が数本まとまって生え、グラウンド側からの視界をうまく遮っている。

「ありゃ、ヒモがちぎれてる。これは交換だな」

　父母会から預かっている「文蹴両道」の横断幕を張りながら、麦田がぶつぶつ言っている。

「メガホン、九つしかないけど」

「ほんとに？　それって明らかに足りないでしょ。備品係に在庫数を確認して」

「たぶん、壊れたり、なくしたりしたんじゃないか」

巧が他人事《ひとごと》のように言う。

「だったら、倉庫とか部室とか捜さないと」

遼介が強い口調になった。

チームカラーのブルーに白抜き文字で「青嵐高校魂」と入った幟《のぼり》も、すべて組み立ててみることにした。コールリーダーとなった三宅が口にした「最高の応援」を実現するためには、よい準備をすることから始めるべきだと遼介は考えた。トレーニングの直後ということもあり、からだは重く気だるい。でもだれも愚痴をこぼさなかった。木の幹に縛られた横断幕の四隅がしっかり張られ、色鮮やかな幟が囲いのように林立し、ブルーを基調にした応援の陣地ができあがる。

「メガホン、三つ見つけてきたよー」

瞳が、頭ひとつ背が高い葉子と並んでやって来た。

「おおサンキュー、それから――」

横断幕のヒモの交換について遼介が頼むと、二人は快く引き受けてくれた。マネージャーになってまだ日の浅い葉子だが、今のところ弱音を吐くこともなく、休まず部活に参加している様子だ。以前から遼介に向けられていた刺々《とげとげ》しさも、そういえば顔を出さない。

「じゃあ、リーダー、そろそろ始めてもらえますか」

遼介が三宅を持ち上げるように声をかけた。

「よっしゃ、任せてちょうだい」

額にブルーの自前の長い鉢巻きを締めたコールリーダーの三宅が前に出てきた。拍手が起こり、指笛が鳴る。すでに三宅はやる気満々で、だれもが知っている定番の応援歌の名前を口にし、「じゃあ、魂込めて歌いましょう」と両手を広げた。

応援の合唱練習がいきなり始まったせいか、初めのうちはもうひとつ盛り上がりに欠けた。声もあまり出ていない。とくに一年生の声は小さかった。しかし三宅が右手を突き上げ、踊るようにして声を張り上げると、まず二年生がそのノリに合わせ、続いて一年生も声を出し始めた。

「でも、まだまだだねー。いいかい、応援の基本はね、バカになること。おれみたいに」

三宅は笑顔で説く。「それから、楽しむことだよ。オッケー？　じゃあ次、『おれたちの誇り』いきますんで、ヨロシク！」

そんな調子だ。

終わりの時間が近づいた頃、同じ歌が続き、レパートリーが少ないという話が出た。

「それになんかさ、同じ調子ばっかで、新鮮さに欠けるよね」

「だね、青嵐らしさがほしい」

なぜか参加している瞳と葉子がそろって指摘した。

三宅がもっともだというふうに、首を縦にゆらす。

たしかに応援歌のすべてが、Ｊリーグチームのサポーターソングや、日本代表のいわばパクリだ。耳新しいものはなく、どこのサッカー部でも使っている。

「じゃあ、新たな応援歌の候補を募集しよう。それは次回までの宿題ってことで、ヨロシク！」

と言って三宅が締めた。

初日の応援の練習としては、まずまずといったところだろう。ただ、もうひとりのまとめ役の上崎が参加しなかったことは気になった。この日、上崎は部活自体を休んでしまった。同じクラスの麦田によれば、女子のウケがよい上崎は、学園祭に出演するクラスメイトのバンドのボーカルを引き受けたのだとか。

「まさか、今日はそっちの練習じゃないよね」

小野君が呆《あき》れ顔《がお》で言う。

「あいかわらずマイペースだな」

照井がため息まじりに相づちを打つと、「言えてる」と庄司が同調した。

上崎が自由参加の朝練を休むことはめずらしくなかったが、放課後の練習は特別な事情があるときをのぞいては、これまで毎日参加していた。今日の不参加の理由を聞いている者はいなかった。

試合中の遼介との衝突以来、チームにおける上崎への風向きが微妙に変わってきた。応援の練習に参加しなかったことで、上崎に対する風当たりは強さを増しそうだ。今、

Bチームは、チームらしくなっていくその途上にあるようにも思え、そこでの不在は上崎にとって大きな不利益を生みそうな予感がした。

「あいつ、やめる気かな」

眉間《みけん》にしわを寄せた米谷がぽつりと口にした。


木曜日、何食わぬ顔で上崎は放課後の部活に参加した。前日休んだ件には触れず、応援練習の無断欠席についても、謝罪の言葉はなかった。

それでも上崎は、いつもの上崎だった。正確にボールを止めて、蹴《け》る。その一連の動作に淀《よど》みはない。ボールタッチの技を盗もうと、遼介はときおり目で追った。最後のミニゲームにしろ、見ている側からは、ほとんどミスをしなかったように映った。

練習終了後、グラウンドに残って麦田を相手にシュートを打っている遼介のもとへ、だれかが近づいてきた。上崎だった。一緒にやっていた巧が気づき、「お先に」と言って部室のほうへ引き揚げていく。どうやら巧の上崎への苦手意識は払拭《ふっしょく》されておらず、以前より露骨な態度を見せるようになってきている。それは上崎の求心力の翳《かげ》りと取ることもできた。

「ちょっと話があるんだけど」

5メートルくらい手前で立ち止まった上崎は、すでに帰り支度をすませていた。

「話って?」

遼介はチームメイトたちの視線を意識しながら尋ねた。

「ここじゃあなんだし、どっか行かないか。ほら、前に一緒に行ったあの店とか」

「――もしかして、『肉のなるせ』？」

「そう、先に行って待ってる」

上崎はそう言うと、さっさと歩き出してしまった。

日はかなり長くなってきていたが、いつのまにか西の空を染めていた残照も消え失せ、辺りは暗くなっている。それでも校舎から洩《も》れる明かりのおかげでなんとかボールは見えた。遼介はもう少し居残り練習を続けたかったが、しかたなく「終わろう」と麦田に声をかけた。

部室へ行くと、心配した様子の巧と小野君が声をかけてきた。どんな話になるのか不安はあったが、今日はひとりのほうがいいかも、と同行は断った。その話を背中で聞いていた常盤からは、問題だけは起こさないでくれよ、と釘《くぎ》を刺された。

「わかってる。カードはもらわないようにするよ」

そう笑って答えた遼介は、早々に部室をあとにし、駐輪場に置いた自転車で「肉のなるせ」へと向かった。ペダルをこぐ脚は、練習直後のせいもあるが、いつもより重たく感じた。

なだらかな坂を上ると「肉のなるせ」が見えてきた。ちらつく外灯の下のベンチに上崎はひとりで腰かけ、モサモサとなにかを食べている。それは初めて来た日にひどく気に入っていたチキンカツだ。とくに変わった様子はなく、表情はグラウンドにいるときよりなぜか明るく、うまそうにチキンカツをぱくついている。やはり、よくわからない男だ。

「はいよ、コロッケ二つに、いつもの塩むすび」

「あっざーす」

注文した品を瞳のお母さんから受け取り、遼介は上崎の向かい側に座った。最近サッカー部の練習帰りの客が増えたせいか、「肉のなるせ」の店先のベンチがひとつ増えた。会うことは少ないが、伊吹遥翔もよく利用していると、瞳から聞いた。

「やっぱいけるな、ここの揚げものは」

上崎は唇のまわりに舌を這《は》わすと、サバサバとした様子で、「こないだはわるかったな。言いすぎた部分があった」と唐突に口にした。

こないだとは、県3部リーグの試合中に起きたことだと理解した。なにを言われるのか警戒していた遼介は、正直拍子抜けしてしまった。

「あのときは、おれも……」

遼介が言いかけたとき、上崎が遮るように話題を変えた。「学園祭だけどさ、バンドのボーカル引き受けることにしたわ」

「――そうなんだ」

「なんか無性に歌いたくなってね。といっても、一曲限定のつもり。ほら、学園祭っていうのは、大勢の人が来るわけじゃん。年代もいろいろでさ。だから、みんなが聞いたことのあるようなメジャーな曲のほうがいいらしい。たしかに、それって言えてるよな」

　上崎はいつになく饒舌《じょうぜつ》で、尋ねてもいないことを自分からしゃべりだした。

「で、なにを歌うつもり？」

「まあ、それは今のところ検討中。せっかくだから自分の気に入った曲にしたいね。それに、ただ歌うんじゃなくて、その場の人と盛り上がりたいな」

「そうなんだ……」

　遼介は、上崎が学園祭でバンドのボーカルをやることについて、肯定も否定もしなかった。全国大会を目指すサッカー部が総体予選を戦う最中《さなか》に、そんな行動をとるのは上崎くらいだろう。そこにはいかなる動機が存在するのか気になったが、尋ねるのは控えた。

　サッカーとは関係のない会話のあと、それまでの軽薄な態度はまるで演技だったように、上崎は沈鬱《ちんうつ》な表情で黙り込んでしまった。遼介を呼び出した上崎にとって、大事な話はまだ終わっていないようだ。

「そういえばさ」

　上崎は自分がつくった沈黙の間を自ら破って口を開いた。「武井は言ってたよな、おれに訊《き》きたいことがあるって」

「言ったかな？」

「ほら、リーグ開幕戦のあと、おれに絡んできたじゃないか」

絡んだつもりはないが、すぐに思い出した。試合終了間際に上崎が絶好の位置でフリーキックのチャンスを得たものの、勝ち切れなかった後味のわるい試合後のことだ。遼介はそのフリーキックについて、敵のファウルを誘ったのか上崎に尋ねた。そしてさらに質問を試みようとしたが、常盤にたしなめられた。

「そのことなら、もういいよ」

遼介は冷めかけた二つ目のコロッケに歯を立てた。きつね色の衣がサクッという感触を残し、ほろっとしたジャガイモの甘みが口のなかに広がる。その件は、小野君からも触れないように、それとなく言われていた。

「いいならいいけど」

上崎は食べさしのチキンカツに視線を落とした。

「こないだの試合もそうだけど、おれはただ、響なら、もっとできる、そう思ったんだ。うまく伝わらなかったかもしれないけど。サッカーのことになると、どうしても熱くなってしまう。けど、余計なことだったかもしれないな」

遼介は、上崎のことを、わざと「響」と名前で呼んだ。お互いの距離を縮めたいという意思表示でもあった。

「余計なこととは思ってない。それにだれだって、試合中は熱くなる」

上崎は少し間を置いてから続けた。「こないだリョウに言われたときは、正直腹が立った。なに言ってんだ、ふざけんなって。でも考えてみりゃあ、自分でも気づいていたんだ。このところ、おれは全力でプレーできてない。やれてないって」

「気をわるくしたなら、謝る」

「いや」

上崎はふっと力を抜いて笑い、「おまえから言われたあと、マジで不思議なくらい、おれは走ることができた。なんていうか、ひさしぶりにからだのなかに燃えるものを感じた。言ってみれば、怒りを燃料に変えることができたんだ」

「怒りを燃料に?」

「おれはそうやってサッカーをプレーしてきた。こう見えて、負けず嫌いだから。あのときは5分くらいで、鰐渕さんに代えられちまったけどな」

「なんとなく、わかる」

「わかるだろ、おまえもそうとうな負けず嫌いだ」

上崎はまた、ふっと笑い、続けた。「でもいつからか、おれはごまかすことを覚えた。たぶん中二の頃だ。ドリブルで仕掛けたおれは、ペナのなかで倒された。明らかに敵のスパイクがおれの足首にかかっていた。それなのに主審はファウルをとってくれなかった。味方も抗議し、納得いかなかったおれが強く言ったら、主審の顔色が変わって、おれにイエローカードを突きつけた。わけがわからなかった。でもなんとか気持ちを切り替えようとしたんだ。それから、おれは敵のフォワードにまんまとはめられた。コーナーキックで守備にまわったおれの近くで、そいつが派手に倒れやがった。なにが起きたのか、おれにはさっぱりわからなかった。そいつは脇腹を押さえて、のたうちまわってる。まるで陸に打ち上げられた魚みたいにね。笛が鳴り、主審はペナルティースポットを指さし、おれを見た。視線をそらさずに近づいて来ると、胸ポケットに手をやり、おれに二枚目のイエローカードを差し出した。続いてレッドカード。思わず笑っちゃったよ。だっておれは、なにもしていないんだぜ。結局、そのPKの1点が決勝点になって、チームは大事な試合を落とした。試合のあとコーチに言われた。おまえがペナのなかで倒されたシーン、あれはPKが妥当だったって。でもコーチはこうも言った。おまえの倒れ方が下手だから、PKをとってもらえなかった。むこうの選手のほうが、サッカーにおけるずるがしこさが上まわっていた、とね。チームメイト、とくに上の学年の連中から、おれは戦犯として冷たく扱われた。退場処分になって、なに笑ってんだって。でも、ああいうとき、どうすりゃいい。笑うしかないだろ。でもって、しばらくはだれも口をきいてくれなかった。おれはその試合から学んだ。そういうやり口がこの世の中にはあって、どうやらうまくやってるやつがいるらしい、ということをね。そいつは今もJリーグのユースチームでサッカーを続けてる。期待の星とか言われて、注目されている」

上崎はそこで言葉を切り、声を出さずに笑った。

話は終わっていない。遼介にはそのことがわかっていた。

待っているあいだ、店に客は訪れず、いつのまにか店内の明かりが半分消えていた。店仕舞いの時間が迫っている気配がした。

上崎の右足が動き、通学用の黒のローファーの靴底が細かい砂利をわざと引きずる音がした。

「その試合で学んだおれは、ある試合でそいつの真似をした。といっても、まったくなにもされていない場面じゃなくて、敵の足が当たったときに、つい自分から倒れてしまったんだ。すぐに笛が鳴って、主審はペナルティースポットを指さした。それどころか、おれの足の心配までしてくれた。試合開始直後からおれにガツガツきていた相手にはイエローカード。あっけないほど、うまくいったよ。考えてみれば、それで終わりにすればよかったんだ。対戦相手はちがうけど、それで気持ちの上では帳消しだ。やられたら、やりかえす。その自分に課したルールにおいてもね。だけど、ほかの試合でも苦しくなったとき、また同じ手を使ってしまった。そのPKの1点でチームは勝利した。ファウルを誘うプレーを覚え、演技もうまくなった。あれはくせになるんだ。苦しいときに、その苦しさから解放され、楽になれる。たぶんおまえにはわからないだろう。でもそれがチームの勝利につながる。チームメイトや監督が、よくやったとほめてくれる。だれもそのことを追及したりしなかった」

上崎は立ち上がり、食べ終えたチキンカツを包んであった袋をくしゃくしゃに丸め、ゴミ入れに放り込んだ。自動販売機の前に立つと、炭酸飲料のボタンを避け、ミネラルウオーターを選んだ。ベンチに座ってそのボトルを傾け、しばらくなにも言わなかった。

「なんで、そんな話を、おれにした？」

遼介が静かに尋ねた。

「なんでって、それが、おまえの知りたかったことだから。ちがうか？」

しばらく考え、「かもしれない」と答えた。

「中三の夏ともなると、ジュニアユースのチームメイトや保護者のあいだでは、だれがユースに上がれるのか、それが最大の関心事になる。同じチーム内で上がれるのは、数人。ポジションでいえば、一人か二人。でもそのなかに入れば、プロのサッカー選手になる夢は、夢ではなく、目標に変わる。それはとてつもなく大きな変化だ。それまでユースの練習や試合には何度か参加してたけど、八月の終わり近くになっても、おれには声がかからなかった。九月に入ってもそう。でもおれは信じてた。だって、サッカーをすべてに優先させ、努力を重ね、汚い真似までしてチームに貢献したんだぜ。十月になって、ようやくコーチに呼ばれた。ユースに上がるのはむずかしいって言われた。そのとき、思い知ったんだ。どんなにがんばっても、報われないこともあるって。そんなのあたりまえだって人は言うかもしれない。でもおれは、初めて自分で実感したんだよ、そのことを」

自動販売機の震える照明のせいか、通りを眺める上崎の横顔は青白く見えた。でもその眼がなにを捉《とら》えているのか、あるいは捉えていないのか、遼介にはわからなかった。

「今日おれは、おまえにひと言謝ろうと思ってきた。でも、それだけではすまないことも最初からわかってた。正直、迷ってる。このまま惰性でサッカーを続けるのか、それともすっぱりやめるのか。プロになるのはあきらめようと思うって。もっとがんばれ、とは言わなかったよ。おれのことをずっと見てくれてたから。自分で決めればいい、そう言われた。青嵐のサッカー部では、もう一度昔のように、たとえばおまえと試合をしていた小学生の頃みたいに、サッカーを楽しめればと思った」

上崎は小さくため息をついた。

「――でもな、なんだか、おれにとってサッカーは、まったくちがうものになってしまった気がする」


上崎と別れた遼介は、いつものサイクリングロードを自宅に向かっていた。夜空をまんべんなく厚い雲が覆っている。ときおり自転車のライトが、左手に広がっている水を張った田んぼをかすめる。右手には田園地帯をうるおす富士見川が流れている。外灯もなく、月が隠れているせいか、川面は闇に溶け込んでいる。自転車のペダルをこぐ音、風を切る音以外なにも聞こえない。

のびた前髪を風になぶられながら、上崎との会話を思い出していた。「肉のなるせ」

のベンチで、上崎は自分にとっての闇と向き合い、失った夢について語ってみせた。

上崎が遼介に打ち明けたのは、試合での二人の衝突がきっかけになったようだ。小学生時代に対戦した間柄というのもあるかもしれない。だがもっと大きかったのは、同じ時間に同じ夢を抱いた者として、遼介に本音を漏らした気がした。

夢中でボールを追っていた小学生時代、プロのサッカー選手になりたいと純粋に遼介は思った。あきらめなければ夢は叶《かな》う、そう信じてもいた。でもそれがとてつもなく遠く険しい道程だと気づきはじめ、やがて思い知らされた。

同じ夢といっても、プロサッカー選手になるというリアリティーでいえば、上崎は遼介より遥《はる》かに夢に近づいたといえる。真剣に夢と向き合い、なによりもサッカーを優先させ、ひたすら努力したのだろう。夢がリアルになればなるほど、近づけば近づくほど、失ったとき、胸に大きな風穴が開く。その空虚さは計り知れない。「サッカーは、まったくちがうものになってしまった気がする」という上崎の言葉が、そのことを表していた。

もちろん上崎が告白した、試合中に犯した行為は、共感できるものでも、許せるものでもなかった。汚い真似だとわかっていながら続けたのは、上崎のしたたかさというより、弱さにちがいない。ただ、自らそのことに触れ、あきらめた夢について語ってくれたとき、遼介は初めて上崎という、手の届かなかった存在を同じプレーヤーとして身近に感じることができた。

そんな上崎が、サッカーを続けることを迷っている。そのことを今日初めて知った。皮肉なものだ。

サッカーを続ける意味とはなにか。

上崎は、その命題の答えを必要としたのだろう。

夢なんて見なければよかった。上崎の横顔はそう言いたげでもあった。

ふと、震災後音信不通となってしまった樽井賢一を思い出した。樽井は、中学校入学直前、福島に引っ越す際、夢とは99・9999パーセント叶わないもので、実現しなくてあたりまえ、だからだれでも、どんな夢でも見られると笑い飛ばすように話していた。遼介はその言葉を聞いたとき、軽い反発を覚えた。でも今思えば、そう考えることでかなり楽になれる。そんな自己防衛の策に思えなくもない。

では、自分も夢など見ずにおけばよかったのだろうか。本気でサッカーをやらなければよかったのだろうか。続けてきたことに意味など無いのだろうか。

ふいに感情が高ぶり、遼介はサドルから腰を浮かせ、ペダルを強く踏み込んだ。それでも抑えることができず、向かい風に向かって叫んだ。

「ちがうだろ、ちがうだろ、そんなのちがうに決まってる」

風はビュービュー鳴るだけで、もちろん答えてなどくれない。

夕飯に遅れた遼介は、綾子に小言を言われながら、ひとりで食事をとった。最近試合の結果については、家族から問われなくなった。インターネットで県のサッカー協会のホームページを開けばわかることだ。部内での遼介の立場も薄々感じているのだろう。遼介もサッカー部のことは、自分からは話さなくなった。

小中学生のときは、耕介も綾子も試合のときはグラウンドに足を運んでくれた。うっとうしいなどと思ったことはない。そういう素振りを見せたことはあったかもしれない。でもそれは照れ隠しの一種で、自分やチームを応援してくれることがうれしかった。

県3部リーグの前節、遼介が公式戦で初めてフル出場を果たした試合、ピッチサイドに観客はほとんどいなかった。自分たちを応援してくれたのは、同じBチームの手の空いたわずかな選手だけ。そんな立場の者たちが、大会では全員Aチームの応援にまわる。考えてみれば、酷な役まわりだ。でもそういった現実を受け入れつつ、サッカーを続けなければならない。

机の奥にしまっておいた小学生時代のチームの集合写真をひさしぶりに手にした。ケータイを取りだし、一番端に立った少年の顔に合わせてシャッターを切る。写り具合を確認して、メールに添付して遥翔に送った。

〝遅くなったけど、小学生時代の樽井賢一の写真を送ります。福島の知り合いに尋ねる際に使ってください。よろしくお願いします。〟

五月、リーグ戦が中断期間に入った青嵐Bチームには、週末練習試合が組まれた。相手は同じ県3部リーグに所属する高校だけでなく、ひとつ上の2部リーグのチームとも対戦した。試合結果は負けナシ。チームの雰囲気はわるくなかった。

このところ遼介は、第一試合のスタメンに名を連ねる機会が多くなった。高校総体終了後、引退を表明した泉堂以外の三年生の出場機会が減り、Bチームは遼介ら二年生中心のチームに早くも変わろうとしている。Bチームに所属する一年生のなかには、突出した選手は今のところ見当たらない。

そんななか、上崎は部活に参加したりしなかったりで、練習がオフの月曜日の放課後に集まる応援練習には一度も顔を見せず、Bチーム内では批判の声が高まっていった。

中間テスト明けの月曜日、この日も上崎は現れなかった。一年生も参加するようになった応援の練習が一段落したあと、アメリカフウの木陰に集まった二年が、上崎についての噂話を始めた。

「彼はさ、案外孤独な人なのかもしれないね」

メガネをかけている小野君が言った。

「でもモテんだろ、彼女とかいてさ、うまくやってんじゃねーの」

白のスクールシャツのネクタイをゆるめた照井が、髪を後ろに撫《な》でつける。

「それが意外なことに、彼女はいないのよ」

瞳が話に割り込んでいく。「というか、つくらない主義みたい」

「マジで？　そんな話だれから聞いたの？」

「マネージャーやってると、部外者にいろいろと訊《き》かれるんだよね、部員のプライベートなことまで。そこまで知るわけないのにね」

「へー、たとえば、どんなこと？」

庄司が興味を示す。

「だから上崎君に彼女はいるのかって、もう何度言われたことやら」

瞳はうんざりしたように口をとがらせて続けた。「でね、しかたなく私が直接本人に聞きにいったってわけ。そしたら、サッカーやってるうちは、彼女はつくらないって真顔で言われた」

「げっ、マジか、意外」

庄司の反応に、Bチーム二年が同調を示すように首をゆらした。

「やっぱり、彼は孤独なんですよ」

小野君がくり返した。

「でさ、ほかにも訊かれたりした？　たとえば、おれの個人情報についてとか？」

照井の言葉に、「ナイナイ」と瞳が顔の前で右手を振り、失笑が起こる。

少し間を置いてから、「私、ある」と葉子が口を開いた。

「え、だれのこと？」

「おれでしょ、おれ」

部員の多くが身を乗り出すようにして葉子を見る。顔立ちが整い、すらりと背の高い葉子は部員の人気が高い。隣に腰かけた瞳がしらけた表情を浮かべた。

「――武井君のこと」と葉子は答えた。

「なんだ、リョウかよ……」

「え、で、なにを訊かれたわけ？」

「上崎君と同じ質問」

「おい、リョウ、やるなぁーおまえ」

照井がヒューヒューと口笛を真似た。「で、なんて答えたの？」

遼介は小さく舌打ちし、葉子をにらんだ。そんな話はまったく知らない。

「武井君の返事も、上崎君と同じだよね。今はサッカーに集中したいから、彼女はつくらないって」と葉子が答えた。

「言ってくれるよなー、イエローカード・コンビ」

校内に彼女がいるキーパーの西がちゃかした。

別の学校の子らしいが、同じくつき合っている常盤は黙って聞いている。

「おれ、いつでも彼女募集中なんで、ヨロシク」

三宅の唐突なアピールに、「おれもおれも」と部員たちが二人のマネージャーの前で自分の顔を指さした。

「そこまでめんどう見られるか」

瞳にぴしゃりと言われ、コールリーダーを先頭にずっこけてみせた。

「そういえばさ、少し前に、上崎君とリョウ君、うちの店のベンチで遅くまで話し込んでたよね。あのとき、どんな話をしたの？」

瞳が静かな口調になって話題を変えた。

全員の視線が遼介に集まった。話すべきか迷ったが、チームメイトに隠すのもおかしな気がした。エースナンバーの10を背負う上崎響の動向は、Bチームにおける大きな関心事であることはまちがいない。彼らを安心させるためにも、まずはお互い謝罪し合い、仲直りをしたことを話した。それから、最近部活を休みがちな上崎に、迷いがあるらしいことだけを伝えた。

「やっぱな、やめそうな気がしたんだよ」

少し離れた木の根元にしゃがみ込んでいた米谷が話に加わってきた。「まあ、あいつがやめようが残ろうが、おれは役割かぶってないし、あんま関係ないけど」

「あいかわらず、はっきりしてんな」

庄司が苦笑した。

「でもBチームとしてはさ、いなくなったらイタいでしょ。先輩が抜けて、なおかつ上崎までいなくなったら。というか、青嵐サッカー部としても、大きな損失だと思うけどな」

麦田の意見は正しかった。ただ、はっきり口に出せるのは、麦田がゴールキーパーであり、ポジションを争う立場にないからだとも言える。

「もったいねえよな」

照井のため息まじりの言葉に、「まだやめると決まったわけじゃない」と遼介が声をかぶせた。さっきまでの陽気な喧噪《けんそう》が嘘のように収まり、やけにしんみりとなった。

気分を変えるには、応援歌の練習はもってこいだ。その後、練習を再開し、歌のあとには二年生だけが残って話し合いが持たれた。今練習している応援歌を、いつどんな場面で使うべきか。また、当日は一年生チームだけでなく、Aチームながらベンチ入りを逃したメンバーも加わるため、応援団の人数は八十人くらいになると予想された。その集団を統制するには、コールリーダーの三宅ばかりをあてにするわけにもいかない。

「まあ、まとめ役を任された上崎も来ないわけだしな」と照井が言った。

そこで三宅、遼介のほかに、新たに照井、庄司の二人の立候補者が応援のまとめ役に加わることが決まった。

そして最後に、懸案となっている新しい応援歌についての話題に移った。最初に集まったときに浮上した応援歌のレパートリーの少なさは解消しつつあったが、依然として新しいものには取り組めていなかった。

「大会迫ってきたし、そろそろ決めないと」

前に立った三宅が呼びかけた。

「ほかがやってないのって言われてもな」

このところリーダーとしての影が薄くなっている常盤が浮かない声を出す。「具体的には、どういうのがいいんだろ？」

「応援歌ってのは、基本おれらで歌うじゃん。できればおれらだけじゃなく、観戦に来る人、たとえば保護者なんかも巻き込んで盛り上がれたらいいよね」

三宅の声は練習のせいでかすれている。

しかしなかなか具体的な意見は出てこない。真似はできても、新しいものを創りだすのは常に困難を伴うものだ。

「そういえばさ」

と麦田が口を開いた。「学園祭も近くなってきて、うちのクラスのバンドで、上崎が歌う曲が決まったらしいよ。なんでも飛び入りみたいな感じで、一曲だけやるらしい。女子がすげえ盛り上がってた」

「なに歌うつもりなんだ？」

「ほら、あの曲だよ」

麦田が英語のタイトルを口にした。

「へえー、わるくない選曲だね」

小野君は知っているらしく、口ずさんでみせた。

「あー、知ってる、知ってる」

照井が反応した。「おれの親父が車の運転中に流してた。けっこう古い曲だよな」

遼介も聞いたことがあった。

「肉のなるせ」で上崎が話していたとおり、その曲は、みんなが一度は聞いたことのあるメジャーな曲だ。テレビのＣＭでも使われていた。

「その英語の歌詞ってどんなだっけ？」

三宅が興味を示して尋ねた。

「ええとね――」

小野君はスッと鼻から息を吸い、英語の歌詞の前半を和訳し、ゆっくり声に出してみせた。

夜が訪れ
あたりが暗闇に包まれ
月明かりしか見えなくなったとしても
恐れることなんてない
怖がったりしない
ただ、いつも君が傍にいてくれたら
大切な人よ
いつも傍にいてほしい
離れずにいつも近くにいておくれ

「へー、そんな意味だったんだ」

照井が真面目くさった顔で首を振る。

「なんかいいじゃん、グッと来たわ」

いつもふざけがちな翔平も口元を引き締めた。

「この曲なら、みんな知ってるもんな」

三宅が鼻の孔《あな》を広げて言った。「応援歌に使えるんじゃね」

「たしかに、聞きようによっては、サポーターソングみたいだね」

うなずいた小野君が頰をゆるませた。

「いいねいいね、古くてもすごく新しく感じる」

「ほかのチームも使ってなさそうだし」

そんな声が続いた。

「えー、でもさ、学園祭で上崎君が歌う曲なんでしょ。そんなことしたら、上崎君気をわるくするんじゃない？」

瞳が心配そうな顔をする。

「いや、応援の練習に来ないあいつがわるい」

米谷が口を出した。

「でもそれって、バカにしてるみたいじゃん」

「そりゃあ、中途半端にやったら、そう思われるかもしれない。でもバッチリ決めればさ、わかってくれんだろ。あいつだって気に入ってるから、学園祭で歌うんだろうし」

興奮した三宅が早口になる。

「そうだな、今までとはちがうチャントにしよう」

照井は完全に乗り気だ。

勝手に盛り上がっている面々を見つめながら、小野君の言ったとおりかもしれない、と遼介は思った。今の上崎に足りないのは、サッカーを続ける意味をひとりで考える時間ではなく、こういうバカが言い合える仲間と過ごす時間かもしれない。遼介がそうであったように、立ち止まっても、明確な答えなど出ないのだから。

「でもさ、バンドとちがって、当然ギターやベースやドラムは無い。アカペラでやるわけだろ。どうする？」

「だったら、ボイパとかどうよ？」

「ボイパ？」

「ボイスパーカッションのこと」

三宅は即興でやってみせた。腹に力を込めるようにして喉《のど》の奥から低い音を出し、曲のメロディーに合わせてリズムを刻む。

「おお、なるほど、あれね」

「それはボイスパーカッションというより、ボイスベースですね」と小野君が指摘した。

「それでハモったりできたら、応援歌としてはかなり斬新だぜ」

「いいかも。歌詞を知らない人はハミングでもいいし、たぶん間奏では口笛が使えるよ。口笛ならできるでしょ」

指笛が得意な翔平が吹いてみせた。

「いいね、いいね、かっこいいじゃん」

葉子が無責任に手を叩《たた》いた。

「これだ、これでいこう！」

両手でガッツポーズをとった三宅が叫んだ。

「で、だれがこの話を上崎君にするわけ？」

瞳が腰に手をあてた。

「そりゃあ、コールリーダーの三宅でしょ」

「いや、それはさすがにムリだわ」

「じゃあ、キャプテンの常盤か？」

「いや、おれでもなさそうだ」

常盤が静かな口調になった。「やっぱ、ここは、リョウなんじゃないか」

少し間を置いて、庄司がぎこちなく賛成した。「だよな。こないだは試合中に喧嘩《けんか》したみたいに見えたけど、なんか上崎ってさ、リョウのこと認めてるみたいだし」

「そんなことないよ」

遼介は謙遜《けんそん》したが、「あるある」と巧につっこまれた。

結局、その厄介そうな役目を遼介は引き受けることになってしまった。

応援練習の解散後、駐輪場へ向かう遼介のあとをだれかがついてきた。振り向くと葉子だった。

「こないだから私もチャリ通にしたの」

「へー、そうなんだ」

遼介は関心なさそうに装い、先を急ぐ。

「ねえ、さっきからなに怒ってるの？」

「いや、べつに」

「お母さんにね、暗くなったら、だれかと一緒に帰ってきなさいって言われた」

心細げな葉子の声に、遼介は暗さを増してきた空を見上げる。いくつか星が見えた。

遼介は自分の自転車にたどり着き、手早く鍵《かぎ》を外した。

「じゃ、お疲れ」

「ねえ、待ってよ。先に行ったら、宏大さんに言いつけるよ」

「どうしてここで、宏大が出てくんだよ」

「あ、キャプテン呼び捨てにした。言ってやろ」

「おいおい、かんべんしてくれよ」

遼介のママチャリのブレーキが「キッ」と鳴った。「それに、さっきの話、なんなんだよ。作り話しやがって」

「なにが？」

「彼女がいるかおれに訊《き》いたとか、おれがだれともつき合わないと答えたとか、そんなことおれがいつ言ったよ」

「女子が知りたがったのは、ほんとの話。遼介に直接訊かなかったのは、絶対にそう答えると思ったから」

「え？　――まあ、たしかにそうかもしれないけど」

「手間が省けたでしょ」

「そういう問題じゃないだろ」

遼介の声が駐輪場の低い屋根に響いたとき、瞳が顔を出した。

「おふたりさん、なにもめてんの？」

「いや、なにも……」

「だってさ、こんなに暗くなっちゃったのに、武井君が一緒に帰るの迷惑そうにするんだよ、どう思う瞳？」

「そういえば二人、同じ中学校だったんだよねー」

瞳はわざとらしく語尾をのばした。

「そう、小学校から同じ」と葉子がうれしそうに答える。

「へー、そうなんだ。気をつけてねー、また明日《あした》」

瞳はくるりときびすを返し、グラウンドのほうへもどっていった。

「──ねえ待って、待ってってば」

自転車をこぎ出した遼介の背中を、葉子の声が追いかけてきた。

翌日の放課後の部活終了後、三宅の声がけによって、応援の練習を急遽《きゅうきょ》やることになった。さすがに二日連続となると不満そうな声も聞こえたが、「新曲の練習だから」という言葉に、招集をかけたBチームの二年の多くが集まった。

「はい、じゃあプリントを配ります」

瞳が手際よく歌詞が印刷された紙をまわした。例の上崎が学園祭で歌うという曲の英語の歌詞だ。遼介は、この日部活を休んだ上崎に、まだその話をしていない。どう話したものか悩んでもいた。

「まずは一度通してやってみよう。でもって、ボイスベースをやってくれる人いない？」

「そんなんやったことねーよ」と声が上がる。

「おれらサッカーばっかやってきたんだから、だれもやったことないって。けどさ、これもBチームに課せられたチャレンジだから。みんなで最高の応援目指そうぜ、ヨロシク！」

三宅が熱く語りかけた。

「ボイスベースは、低音が出せる人がいいかもね」と小野君。

「だったら三宅じゃん」

「おれ？　じゃ、もうひとり？」

「わかった、やるわ」

照井が手を挙げる。

「ハモれるとこは、ハモっていいから」

「間奏はみんなで口笛ね」

練習で疲れているように見えるが、それなりにみんな乗り気だ。サッカーとは別な共同作業を通じて、チームは明らかに変わろうとしている。そのことが遼介の目には心地よく映った。

まず一度通して歌ってみた。歌詞を嚙《か》むやつがいたため、その部分を小野君が流暢《りゅうちょう》な英語の発音で手本をみせる。さすが中間テスト学年トップクラスの秀才だ。

三回目には、途中で輪唱に発展した。主旋律を歌う者、それを追いかけるように歌う者、英語に自信がない者はハミングでついてきた。そして、間奏では口笛。みんなで口笛を吹くと、これがなかなかいい雰囲気を醸しだした。やっているうちに、どんどんそれらしくなってくるから不思議だ。

「けど、ちょっと品がよすぎやしないか」

そんな声まで上がるくらい、コーラスのかたちになってきた。

「じゃあ、もう一度通してみよう。チームを応援する気持ちを歌に込めて。いいかい、

「ワン・ツー・スリー・フォー」

三宅が指を鳴らし、照井が慣れてきたボイスベースを刻みはじめる。

グラウンドのほうから吹いてくる風が、アメリカフウの葉をカサカサと揺らす。

夕空に響くチームメイトの歌声は、——わるくない。


五月もあとわずかとなったその日、遼介は再び「肉のなるせ」で上崎と落ち合った。

昨日の部活後、遼介は部室に残るよう泉堂の不機嫌そうな声に呼び止められた。二人きりになってまず問われたのは、応援練習の進み具合について。今のところ順調ですと状況を説明したが、泉堂の表情は晴れず、応援の練習に参加していない上崎について触れ、このまま放置しておくわけにはいかない、と言い出したのだ。

高校総体の県大会一次トーナメントがいよいよ迫っている。大会後には、Bチームは泉堂以外の先輩が引退し、新しいチームに生まれかわる。約一ヶ月後の七月の頭から県リーグも再開する。上崎の問題をそこまで引きずるべきではないと、元キャプテンは考えているようだ。

「そのことは、自分から伝えます」

そう言った遼介に、「で、どう話すつもりだ？」と泉堂は迫った。声には苛立《いらだ》ちがにじんでいた。

Aチームの選手も一目置く上崎の扱いには、だれもが神経質になっている。腫《は》れ物《もの》に触る、という言葉を思い出し、こういうときに使うのだろうと遼介は理解した。今はBチームの多くの者が静観を決め込んでいる。そんななか、遼介の考えはちがった。なにも行動しなければ、上崎もそうだが、チームだって変わらない。それは時間の無駄であり、結局は自分にとってもマイナスなのだと。

遼介は、上崎に対する自分の気持ちを口にした。泉堂は両腕を組んだまま、冷静さを取りもどし、最後まで聞いてくれた。

「うまく話せそうか？」と問われ、「話すしかありませんよね」と遼介は答えた。

「そうだな」泉堂はうなずき、ようやく口元を少しだけゆるめた。

今、目の前のベンチに座っている上崎は、そんな遼介と泉堂の緊迫したやりとりがあったことも知らず、聞き覚えのあるメロディーを口ずさんでいる。

――いい気なものだ。

遼介は冷めた一瞥《いちべつ》をくれた。

すると上崎は突然歌うのをやめ、ため息をつき、意味ありげに首を横に振った。

「どうかした？」

「今のさ、学園祭で歌う曲なんだけど、おれの歌と演奏が、もうひとつしっくりこなくてね」

「なにを歌うか決まったの？」

「ああ、決まった、『スタンド・バイ・ミー』って曲。聞いたことあるだろ。アメリカのソウル歌手のベン・E・キングって人が作ったらしいんだけど、もともと黒人社会で歌われてた原曲みたいなのがあるらしい。ジョン・レノンとか、いろんな人がカバーしてる。だからこそ、どんなノリにするのか、こだわるべきだと思うんだ」

遼介はすでに曲名を知っていたが、「へー」と感心してみせ、再び上崎が自分の世界にもどる前に問いかけた。

「で、さっそくなんだけど、響はさ、どうするつもり?」

「え、なにが?」

「なにがじゃないだろ、サッカーだよ。このところ、部活休みがちだし」

「ああ、サッカーね……」

視線を落とした上崎はしばらく黙り、急に思い出したように顔を上げた。

「そういえばさ、言われたんだよな、あいつに。ほら、覚えてるかな、関本《せきもと》。キッカーズにいた」

「それって、小学生のときに響のチームメイトだったフォワードの関本だろ。県トレのメンバーで、たしか響と一緒にスペインに行ったとか」

「そうそう、その関本だよ。あいつ、おれが青嵐に入るって知ったとき、なんて言ったと思う?」

「彼、今どこに?」

「〝紅《あか》い星〟の住人だよ」

〝紅《こう》い星〟とは、高校総体、選手権で全国を制覇している、県内最強私立と謳《うた》われる紅星《せい》学院大学付属高校サッカー部の愛称だ。これまで多くのＪリーガーを輩出してきたことでも有名で、プロになるためにＪリーグの下部組織ではなく、あえて紅星学院大学付属を選ぶ選手も少なくないという。少数精鋭主義のサッカー部は、部員すべてが特待生らしく、一般受験者がそこに入り込む余地はない。それでも〝紅い星〟のユニフォームが着たくて入学する者があとを絶たず、彼らにはいわばもうひとつの紅い惑星、第二サッカー部でプレーする環境が整えられた。

「関本のやつ、怒りながらおれにこう言ったよ。『青嵐高校？　おまえサッカーやめんのか、あきらめんのか』ってさ。どういう意味かわかるだろ。たしかに青嵐は全国を目指してる。でも目指してるだけじゃ、プロになれる選手なんてそうそう生まれやしない」

自分が選んだ高校を辱められた気がしたが、そういうものかとも遼介は思った。しかしそんな話を持ち出す上崎が、過去の栄光にすがりついているようでもあり、「で、どうすんだ？」と畳みかけた。

「だから迷ってる、今も」

上崎は前髪をいじりながら、「リョウはどう思う？」と口にした。

「おれの意見なんて聞いたって、はじまらないだろ」

「いや、聞いてみたい。正直、こんなにサッカーについてマジで話したの、初めてな気がする。なんていうか、リョウがどうやってサッカーに対するモチベーションを保っているのか」

「それって、プロのサッカー選手になれもしないのに、なんでサッカー続けてるのかってことなんだろ？」

遼介は薄く笑ってみせた。

「まあ、そういうことになるかもな」

上崎は、申し訳なさそうに視線をそらした。

「なんでかなぁ」

遼介はつぶやいた。昔だれかに同じような質問をされた気がした。

「だろ？　なんかさ、考えれば考えるほど、わかんなくなる。続ける意味なんてあるのか」

総菜の並んだショーケースの前に、子ども連れの主婦らしき客が立ち注文をしている。手をつながれた男の子はこっちの様子が気になるのか、チラチラと視線を送ってくる。気づいた上崎がおかしな顔をして見せ、はにかむように男の子は少しだけ笑った。会計をすませた母親に手を引かれ、こっちに顔を向けながら遠ざかっていく。

「おれもあれぐらいの頃は、悩みなんて無かった。ボールを蹴《け》ってさえいれば、楽しかった気がする。小学校入学と同時に、自分が通えるなかで一番強いキッカーズに入って、小学六年の卒業文集に書いた将来の夢は、プロのサッカー選手。おまえだって、そこは同じだろ」

「不思議だよな」と遼介は口にした。

「なにが？」

「将来の夢ってさ、なんでみんなプロ野球選手とか医者とか教師とか書くんだろ。プロのサッカー選手もそうだけど、考えてみりゃ、それって全部仕事っていうか、職業だろ」

「そりゃあ、そう答えるって決まってるからな」

「決まってるって、自分の将来なんだぜ、夢なんだぜ」

遼介は首を横に振った。「縛られることなんてないはずだろ」

「まあ、たしかに言われてみれば、そうだけど」

「おれはお金が欲しくてサッカーを始めたわけじゃない」

遼介は人通りの途絶えた道を眺めながら話した。「プロのサッカー選手になりたいと思ったのは、たぶん、芝生のピッチの上で、大勢の人に応援されながらプレーする姿に憧《あこが》れたんだ。そんな環境でサッカーをずっとやっていけたらって。中学生になっても、高校生になっても、大人になっても。けど、年を追うごとに感じ始めた。このままじゃ、なれないんじゃないかって。というか、自分がどれだけサッカーについて無知で甘かったのか、思い知っていくわけだ」

遼介は言葉を切り、地面を見つめている上崎を見て続けた。「でもおれの場合は、一度もやめようとは思わなかった。もっとうまくなりたいし、なれると感じてた。今も、本気でサッカーをやってる。サッカーが好きだから。だからこそおれは、好きなサッカーを汚すような真似はしたくないんだ。もちろんぎりぎりの攻防というのはある。でもルールとかより、自分の生き方に反することまでして勝とうとは思わない。それこそ、サッカーをつまらなくする。たとえだれかが、それもまたサッカーだ、と唱えたとしても。そんなのは甘っちょろいとか、きれいごとだと言われたとしてもね。おれは変えない。それにさ、あきらめたわけじゃない。人に笑われようが、なにを言われようが関係ない。自分の夢だからな。逆になんで響は、そんなに迷う必要があるんだ？」

上崎はじっと動かなかった。バイクが一台、けたたましい音を立てて通り過ぎたが、開いた両脚のあいだで祈るように両手を組み、背中をまるめ、うなだれた姿勢のままだ。

「こないだ響は言ったよな。サッカーは、まったくちがうものになってしまった気がするって。気持ちはわかるよ。いや、わかるような気がする。響は、今も気持ちの整理がつかなくて、チームのなかでは浮いたような存在でもある。でもそれはだれのせいでもない。響自身の問題だ。自分で決着をつけるしかない。ユースに上がれなかった響がプロになるのをあきらめて、本気でサッカーをやる気がなくなったのなら、それはそれでしかたない。でもさ、おれは正直、本気になれないやつと一緒にサッカーをしたいとは思わない。本気でやるからこそ、サッカーは楽しい。そうじゃないか」

遼介は言い終えたあと、小さく息を吐いた。

上崎はその直後、あからさまに大きなため息をつき、「あーあっ」と言いながら背のびをし、ようやく口を開いた。

「Bチームの分際で、よくそこまで言ってくれるよな」

響の言葉には、試合中に衝突したときと同じように辛辣《しんらつ》な棘《とげ》があった。再び二人の関係に亀裂が入る瞬間を迎えそうな空気に包まれる。

でも今の遼介は、自分の言葉に笑いを含めて返すことができた。

「おまえだって、今は同じBチームじゃん」

上崎はふっと笑い、力を抜いて応じた。「たしかにな。しかもおれはBチームのなかでも本気でやれてない、どうしようもないクズ野郎だ」

「AとかBとか、今のおれには関係ない。同じ、サッカーだろ」

遼介は続けた。「おれは、今戦っている県3部リーグでなんとしても上にいきたい。試合にはあまり出てないけど、3部リーグでプレーしているなかで、自分と似てるやつがいる気がしたんだ。それこそプロになれそうもないけど、サッカーが好きで続けている。そいつらに、おれは負けたくない。響にとってサッカーがちがうものになってしまった気がするなら、それを受け入れて続けるのか、それとも自分自身でもう一度サッカーを面白くするしかないんじゃないか」

話しながら遼介は、上崎響を引き留めようとしている、と自覚した。上崎がチームに留《とど》まれば、必ずポジションを争うことになる。今のところ勝ち目はなさそうだ。それでも競い合うことを望むのは、すべての部分で劣っているわけではないという自負があったからかもしれない。

「おまえ、なにを企《たくら》んでるんだ？」

上崎は察知したように上目遣いになった。

「企む？」

遼介は自問しながら、そうかもしれないと心のなかで認めた。

たぶん上崎を留まらせようとしているのは、そのほうが遼介にとって都合がいいからなのだ。上崎には短所もあるが、盗むべき技術を持つライバルとしては申し分ない。自分よりうまい者との競争が、必ず自分を高めてくれる。仮に上崎にポジションを奪われたら、だれかのポジションを奪うまでだ。そうやってチームは強くなる。遼介にはそう思えた。

「おれは今のチームで上を目指す。そのためには当然チームメイトの力は大切になる。サッカーはひとりじゃできない。ピッチのなかでだれかひとりでもサボれば、奪えるはずのボールも奪えない。だからやる気のないやつは、やめてくれてかまわない。いや、やめてくれたほうがいい。たとえそれが、Ｊリーグの下部組織にいたやつだとしても」

上崎は舌打ちをしてから、「Ｂチームを踏み台にして上を目指そうって腹か」と言った。

「やっと気づいたんだよ。上に行くには、それしか方法がないってことに」

「で、どうするつもりなんだ？」

「もちろん、強くなる。Aチームのやつらや鶴見監督に、自分たちの強さを認めさせる」

遼介は、上崎の目と自分の目を合わせた。「目指すのは、青嵐サッカー部史上、最強のBチームだ」

「最強のBチーム？」

上崎の唇の右端がつり上がった。「リョウはやっぱ、おかしなやつだな。おれも変わり者扱いされてきたけど、おまえもそうとうなもんだ。ふつうじゃない。まあ、もっともそれは、小学生で対戦したときに気づいてたけどな」

ライバルは、視線を合わせたまま白い歯を見せて笑った。


大会直前、応援の最後の予行演習にあたるその日、遼介は三年生を含むすべてのBチーム部員と一年生チームに招集をかけた。要するにAチーム以外の部員たちだ。その場には、上崎響の姿もあった。いつもは和やかな雰囲気で始まる応援練習だったが、どこかちがう空気があたりを支配していた。

「あの話、上崎にしてくれたの？」

三宅が近くまできて耳打ちした。

「いや、まだ話せてない」と遼介は答えた。

「どーすんだよ。まずいだろ」

「上崎、かなり不機嫌そうな顔してるぞ」

照井が話に加わってくる。

「そんなこと言われても、なるようにしかならないだろ」

遼介が低い声で答えた。

三宅は渋い顔のまま前に出ていった。

「それじゃあまず、今週末の高校総体の県大会一次トーナメントですが、県リーグ1部である我れらが青嵐は、二回戦からの出場となります。二つ勝てば決勝トーナメント進出。試合に出場できない我々が一致団結し、応援を盛り上げていきましょう。不肖この三宅が、今回のコールリーダーを務めさせていただきます。よろしくお願いします」

「いいぞ、ニヤケ！」

五十嵐の声に、三年生が拍手をかぶせる。

翔平が「ヒューイ」と指笛を鳴らした。

「それではまず、試合当日、スターティングメンバーが応援団の前に整列したときにやる曲、『レッドリバー』から始めます。魂込めて歌いましょう」

ざわつきが収まったあと、三宅が背筋をのばし、太くよく通る声で応援歌の最初の部分の独唱に入る。続いて揃った声が校舎の谷間にいつもより大きく響き渡った。

その後も応援歌を続けた。

「熱いプレーでおれたちを揺らせ」

「愛してる・青嵐」

「おれたちの誇り」

遼介は歌いながら、上崎の様子をうかがった。口は動かしているようだが、初めてのせいか口パクに近く、どこか浮かない表情にも見えた。

「さあいこうぜどこまでも」

「TRAIN-TRAIN」

「日曜日よりの使者」

さらに三曲を歌い終えたとき、泉堂が前に出てきた。

「なかなかいいと思う。二年も一年も、声が出てる。ただ、最初の歌い出しのとこだけど、全部三宅がやることはないだろ。何人かに振ったほうが責任も与えられるし、やる気も出るんじゃないか」

「そうですね、おれもそのほうが」

三宅が喉《のど》を押さえながら首を振る。

遼介はその中断の時間を使って、新しい応援歌の件について上崎に話した。わるく思わないでくれよと前置きし、上崎が学園祭で歌う曲と偶然かぶっていると説明した。

「なにそれ」と上崎は驚いてみせたが、話の終わり近くになると、にやつきながら聞いていた。以前の上崎に少しもどったようにも見えた。

三宅との話の途中で、「そういえば、新しい曲も練習したんだってな」と泉堂が言い出した。

「まあ、取り組んではいるんですけど、まだ試合のどの場面で使うかとかは……」

歯切れのわるい三宅が、遼介のほうをチラチラとうかがっている。

続いて曲名を問われた三宅は、「知ってる人が多いから決めたんですけど、『スタンド・バイ・ミー』って曲です」と言い訳がましく口にした。

「じゃあ、やってみろよ」

「いや、でも……」

三宅がさかんに目配せをしてくる。

ほかの二年生もどこか落ち着きなく、視線を泳がせている。

「なんか問題でもあんの？」

堀越の問いかけに、「いえ、とくには」と照井が答えた。

「それでですね」

あらたまった三宅がみんなに向かって呼びかけた。「この曲、おれはボイスベースの担当なんで、さっき泉堂先輩からも話があったけど、出だしのパート、だれかやってくれない？」

事情を知る者たちはみな口をつぐみ、それに釣られるようにその場は静粛になった。

それを嫌うように、三年生が「さっさと決めろ」と無責任に煽《あお》り始めた。

しかしだれも立候補しようとしない。

アメリカフウの葉がカサカサと揺れ、グラウンドから吹く風がそのときだけ強くなった。

「じゃ、おれにやらせてください」

沈黙を破った声の主は、だれあろう、上崎だった。

一瞬の静寂のあと、顔を引き攣《つ》らせた三宅が、「え、マジで？」とつぶやいた。

ざわめきが起こるなか、同じくボイスベースを担当する照井が、「へぇー、いいんじゃない」と声を上げ、ゴクリとツバを呑《の》み込む。

「でも上崎は、応援の練習サボってたんだろ？」

泉堂がつっこみを入れた。

「いや、この日のために、自主練してたらしいです」

遼介が無理やりのフォローをした。

「自主練？」

「――というか」

上崎はチームメイトを掻《か》き分《わ》けるようにして前に出ていき、話の続きを引き取った。

「じつはおれ、学園祭でこの曲歌うはずだったんです。でも、やめにしました。やっぱ、なんかちがったんですよ、おれがやりたい感じとは」

「へー、そうなの」

瞳が意外そうな声を漏らした。

「女子はみんな聞きたがってたよ、上崎君の歌」と葉子の声がした。

「いや、もういいんだ。おれはやっぱり、ステージの上とかより、別の場所で輝きたいし」

その気障《きざ》な台詞《せりふ》に、Bチームの選手たちが顔を見合わせ、ここは冷やかすところと即座に判断し、口々に声を上げた。

「いいじゃん、いいじゃん」

「歌っちゃえ、歌っちゃえ！」

翔平の指笛が鳴る。

「そうだよね」と小野君が言った。「上崎君が歌うべきなのは、学園祭のステージではなくて、ここというか、スタンドでしょ」

「まあとにかくやってみようぜ、ヨロシク！」

三宅がすばやく音頭を取り、今では庄司も加わった三人並んだボイスベースがスローテンポで喉を鳴らし、リズムを刻み始める。「おーっ」という笑いを含んだ感嘆の声が三年生から漏れ、九小節目に入ったところで、タイミングを計った上崎のかすれぎみの高い声が、アメリカフウの木立のなかに響いた。

When the night has come

And the land is dark

And the moon is the only light we'll see

その声に合わせ、チームメイトたちが一斉に歌い始める。英語で歌う者、ハミングをする者、手を叩《たた》く者、足を鳴らす者。だれもがなにかしらで参加し、ひとつの曲を奏でていく。そのとき、たしかにチームはひとつになった。

その中心には、気分よさそうに歌う、上崎響がいた。

そしてその目尻《めじり》には、今にもこぼれそうな、汗とはちがう、光るものがたまっていた。

No, I won't be afraid

Oh, I won't be afraid

Just as long as you stand

stand by me

インターハイ

「よっしゃー、勝ったどー！」

試合終了の笛が鳴った瞬間、コールリーダーの三宅が握りこぶしを青空に突き上げた。その雄叫《おたけ》びに続いて、声を嗄《か》らしたホリゾンブルーの応援団——一年、二年、三年生のベンチに入れなかった部員たちがチームの勝利を称《たた》え合った。

青嵐高校サッカー部は、高校総体県大会一次トーナメント、昨日行われたブロック予選の二回戦に続いて、今日のブロック予選決勝に2対1で勝利し、県決勝トーナメントへの進出を決めた。

「これで県ベスト16。あと三つ勝てば決勝進出、全国が見えてきたね」

そんな小野君の言葉に心は躍りかけたが、勝ち残ったチームは強豪ぞろい。そう簡単な話ではない。去年創設されたプリンスリーグの上位リーグ、プレミアリーグに参入している〝紅《あか》い星〟——紅星学院大学付属はもとより、県一次トーナメントを免除され、決勝トーナメントから出場してくる強豪校の存在も忘れてはならない。

「まあ、ひとつでも上にいければって話だよな」

照井がなにげなく口にした現実に、遼介も思わずうなずいていた。

昨日今日と、青嵐の応援は大いに盛り上がった。コールリーダーの三宅を中心に、選手となれなかった約八十名の部員はまとまり、ピッチに声援を送り続けた。

今日はハーフタイムが終わる後半開始前、新たに取り組んだ応援歌「スタンド・バイ・ミー」を上崎のリードで合唱した。前半に先制点を許していただけに、この曲を全員で歌い、声を合わせると、気持ちを新たにして後半に向かうことができた。

初めて応援の練習に参加した際、「スタンド・バイ・ミー」のリード役に自ら手を挙げた上崎は、「おれのためにこの曲を選んでくれたみんなに感謝する」と完全に誤解していた。

「べつにおまえのためじゃねーし」

米谷のそんな声も聞こえないくらい上崎は感激していたようだ。

「おまえら、さすがだよ。おれがやりたかったのは、このノリなんだよ」

興奮気味に話す上崎に、「だろ、だろ、これだよな？」と三宅は調子よく合わせ、二人でハグを交わしていた。

チームメイトと一緒に夢中になって歌う上崎の姿を見て、遼介は胸をなでおろした。そして三宅だけでなく、上崎もまた、じつはバカになれる男なのだと感じた。そしてそんな一面が、ときとしてその者を救うのだと気づかされた。

――バカになれるのも才能だ、と。

その一件以来、上崎はサッカーにもどってきた。

六月十六日土曜日、高校総体県決勝トーナメント初戦、対戦相手は優勝候補の一角に挙げられている私立の新鋭・勁草《けいそう》学園。遼介の幼なじみ、鮫島琢磨《さめじまたくま》が在籍するチームだ。

小学二年生の冬に別れ、中三から再び桜ヶ丘中サッカー部でチームメイトとなったフォワードの琢磨とは、卒業後連絡をとっていない。寮生活を送りながらサッカーに打ち込んでいる琢磨が強豪チームでどんな位置にいるのか、遼介はまったく知らなかった。

初戦の会場は、県営の陸上競技場。一周400メートル、9レーンある美しい赤のタータントラックを挟んで、高麗芝《こうらいしば》の緑のフィールドが広がっている。遼介たちBチームが県リーグで戦う土のピッチとは、雲泥の差だ。

青嵐高校サッカー部応援団が陣取ったのは、二千八百人を収容できるメインスタンドではなく、その反対サイドにある芝生のバックスタンド。

「遠いなぁ、ピッチまで」

「けど、決勝トーナメントにふさわしい会場だわな」

そんな声が聞こえてきた。

その青々とした天然芝の上では、ブルーとグリーン、両チームの選手たちによるウォーミングアップが始まっている。遼介はすぐに気づいた。対戦相手であるグリーンのユニフォームのなかにいる、ひときわ背の高いひとりの選手に。それはまちがいなく幼なじみの鮫島琢磨だった。

　遼介は目を細めた。身長はさらにのびたかもしれない。あるいはからだ全体に筋肉を蓄え、大きく見せるのか。優勝候補の一角にも挙がるチームのなかで、琢磨がすでにベンチ入りを果たしていることは、うれしくもあり、複雑な気分でもあった。

「デカイのもいるな」

　隣に立った上崎が髪を風になびかせつぶやいた。

　一番大きく見える男が、自分の元チームメイトであることは口にしなかった。切れ長の遼介の目は、高い跳躍のヘディング練習をくり返す琢磨の姿をとらえていた。

「ドン！　ドン！　ドン！」と近くで大きな音が鳴り、鼓膜を震わせる。

　この日は競技場ということもあり、応援のための大太鼓が用意されていた。ブルーのメガホンの数が倍以上に増えたのは、サッカー部ＯＢである瞳の兄からの寄贈によるものだ。そのメガホンと一緒に瞳が持ってきた高さ70センチのブルーのコーンは、胴体に滑り止めらしき同系色のテープが巻かれ、先端部分がくりぬいてあった。

「なんだこれ？」

　怪訝《けげん》な顔をする照井に、「手作りの巨大メガホン。兄ちゃんの時代にも使ってたらしい」と瞳は笑った。ベンチには三年生のマネージャーが入るのが慣例らしく、この日、瞳と葉子は応援にまわっていた。

　そのブルーの巨大メガホンを手にぶら下げたコールリーダーの三宅が、そろいのホリゾンブルーのポロシャツを着た部員たちの前へ歩み出る。青嵐Bチームの遼介、上崎、照井、庄司がその左右に並んだ。芝生席に陣取った部員たちの後ろには何本もの幟《のぼり》が立ち、「青嵐高校魂」の青地に白抜きの文字が風にはためいている。その上には、一年生が上手に張った、使い古された「文蹴両道」の大きな横断幕が見える。

すでに両チームのアップが終了し、選手たちはそれぞれのベンチ前に集合していた。

「えー、遂《つい》にこの日がやって来ました。今日は決勝トーナメント初戦です。相手はプリンスリーグに所属する私立の勁草学園。部員は百五十名近くいるそうです。応援の人数は正直こっちより多いでしょう」

額にブルーの長い鉢巻きを締めた三宅は、約八十名の応援団に向かって巨大メガホンを向けた。その頬には、瞳が描いた「必勝」のペイントがある。

左手にあるスコアボードを挟んだ芝生のバックスタンドに、勁草学園のユニフォームのグリーンと同じ色のシャツを着た応援団が見える。そしてメインスタンドにも、グリーンを基調とした保護者らしき多勢の一団があった。

「だからこそ、応援で負けないように声を張り上げましょう。ピッチに立つおれらの代表に今日も勇気を与え、最後まで心の支えとなって共に戦いましょう」

拍手、そしてメガホンを叩《たた》く音。

「あっざーす」と三宅が応《こた》える。「――ところで今日の対戦相手、勁草学園の勁草ってどんな意味か、みなさん知ってますか?」

「知らねーよ」

「知るわけねーじゃん」

打ち合わせ通り三年の堀越と五十嵐が言い返し、ざわざわと笑いが漏れる。

「おれもバカなんで、頭のいい小野君に教えてもらいました。そしたら勁草というのは、風に強い草のことらしいです」

「え、なんだ、草なの？」

「草かよ」

「ええ、じつはそうなんです。そんな草は、われらの青い嵐で、なぎ倒してやろうじゃありませんかっ！」

ホリゾンブルーの一団が「おーっ！」と雄叫びを上げる。

「いいぞ、ニヤケ！」

堀越が合いの手を入れ、翔平がかん高い指笛を鳴らした。

「――お、いよいよ来るぞ」

照井が喉仏《のどぼとけ》の突き出した首をのばした。

ベンチ前からバックスタンドに向かって、両チームの選手たちが動き始めた。グリーンの勁草学園、そして遼介がまだ一度も袖《そで》を通したことのないホリゾンブルーの新ユニフォームを身につけた青嵐イレブンが小走りでやってくる。スターティングメンバーには、同じ学年のミッドフィルダーの遥翔、センターバックの月本、ゴールキーパーの大牟田の姿があった。

「じゃあいくよ、まずはあの歌ね」

三宅が声をかけ、「レッドリバー　戦士たちよ」と大書されたスケッチブックを持った庄司が、部員たちに見せながらスタンドを横切る。「レッドリバー」とは、Jリーグのチームが使っている応援歌の原曲に当たるアメリカ民謡「レッドリバーバレー」の略なのだと、これも小野君が教えてくれた。

勁草学園イレブンのほうが少し早く、バックスタンド前にたどり着き整列した。先に応援歌を歌いだしたのは、勁草学園の応援団のほうだった。

だが、三宅の合図のあと、その声をかき消すように、青嵐応援団がスローテンポで歌い始めた。その歌声に合わせ、米谷が叩く太鼓の音が晴れ渡った青空を震わせる。

戦士たちよ　われらのー
　　　　　　　　声が聞こえるだろー
われらはいつものようにー
　　　　　　　　今日もここにいるぜー
ラッラララララッラー
　　　　　　　　ラッラッラララッラー

応援団の前に整列し、激励の歌を聴き終えた青嵐イレブンは、キャプテンの宏大の号令で一礼し、グラウンドへ散っていく。

「頼んだぞ、宏大！」

泉堂が大声で叫ぶ。

宏大は振り返らず、自分のポジションへと向かう。

「入りだぞ、入りっ！」

「やれよー、やれよー、やりきれー！」

選手の背中に向かって思い思いの声が飛ぶ。激励や鼓舞、選手の愛称、そして言葉にならない祈りの叫び――。

遼介は心を落ち着け、静かに試合前の緑のピッチに視線を置いた。

「なんかいいな、こういうのも」

隣で上崎が口元に笑みを浮かべている。「おれ、クラブ育ちのせいか、こういう経験あまりないから」

しかしちがう理由で遼介は胸を焦がしていた。せつなくて、せつなくてしかたなかった。選ばれし戦士たち、Aチームの選手には、なんとしてもこの試合に勝ってほしい。そのために精一杯応援をしよう。でも、自分がサッカーを続けている以上、スタンドではなく、ピッチの上に立ちたかった。

「おれさ、今歌ったチャント、どうも好きになれない」

遼介は胸の詰まりを吐き出すように口にした。

『戦士たちよ』？　なんで、すげーよかったじゃん」

笑いまじりに上崎が応える。

「そうかな……」

遼介は視線をピッチに置いたまま続けた。「歌詞にはさ、『われらはいつものように、今日もここにいるぜ』ってあるだろ。それって、哀しすぎないか？」

「え？」

「おれはいつまでもここにいるつもりはない。必ず向こう側へいく。ピッチの上に立つんだ」

口元を引き締めたとき、遼介の視界がふいにぼやけた。まぶたからあふれ、頬を熱く流れたのは、感傷の涙なんかじゃない。絶対に。それはピッチに立てない者の、悔し涙だ。

「そうか、そうだよな……」

上崎は前を向いたまま、晴れやかな声で言った。「だったら、一緒に向こう側へいこう。そのときは二人並んで、さっきの歌を、ピッチの上で聴こうぜ」

その言葉に、遼介は黙ったまま顎《あご》を引いた。

――前半開始の笛が鳴る。

三宅が右腕を大きくしならせながら応援歌の指揮をとる。それに合わせて、額に汗を浮かべた米谷が力強く大太鼓を叩く。

バックスタンドの芝生の上で遼介たちは歌い、叫び、拍手し、メガホンを振り、そして跳ねた。

しかし前半開始早々から、ドリブル軍団とも呼ばれる勁草学園の個人戦術に、青嵐のディフェンス陣は手を焼いた。とくに勁草の両サイドの選手のドリブルには切れがあり、一対一の勝負に持ち込まれ、続けざまに突破を許してしまう。

「これが、テクニック重視の勁草スタイルですよ」

小野君が解説してくれた。「ピッチに立っている十一人の内、半分は左利き、テクニシャンぞろいなんです。きっと集めてるんでしょうね。私立だからできる芸当じゃないですか」皮肉を込めた声になる。

青嵐は前線からプレスをかけようとするが、ディフェンスラインがずるずる下がってしまい、いつのまにか間延びした陣形になってしまった。その空いた中盤で敵のドリブルを許し、グリーンのユニフォームがスピードに乗ってゴールに迫ってくる。

前半8分、小柄なすばしっこい選手のドリブルに、背後を取られた月本が芝生に尻《しり》もちをつく。キャプテンマークを右腕に巻いたボランチの宏大がカバーに入り、なんとかスライディングでボールをゴールラインの外へ弾《はじ》き出した。ペナルティーエリア内でのぎりぎりの攻防に、スタンドからため息が漏れる。相手は転倒し、両手を挙げて抗議するが、ノーファウル。あわやPKを取られそうなシーンでもあった。

「サンキュー宏大、いくぞ！」

三宅が叫び、その声に応援団が続く。

サンキューコウダイ！　サンキューコウダイ！　サンキューコウダイ！


——勁草学園のコーナーキック。

グリーンで統一された応援団が「チャンス！　チャンス！」と大声で囃《はや》し立ててくる。青嵐の選手がペナルティーエリア内でマークを確認しているあいだに、敵はショートコーナーを使ってきた。

「おい、始まってるぞ！」

思わず遼介は叫んだが、離れたピッチの選手に届くわけがない。

左サイドでボールを受けた敵の7番は、混乱したゴール前へボールを放り込んでくるかと思いきや、そうはさせじと飛び出した青嵐の選手をキックフェイントでかわし、ペナルティーエリアのなかへドリブルで斜めに仕掛けてくる。

「来たぞっ」

と巧の声に緊張が走る。

敵の7番の小刻みな左足でのタッチ。青嵐の選手がさらに寄せた瞬間、味方へマイナスのパスを出す。一瞬、青嵐の選手の多くがボールウオッチャーとなり動きが止まる。そのパスを勁草の10番が、躊躇《ちゅうちょ》なくインサイドキックのダイレクトで縦に入れてくる。ボールを受けたのは、パスを出して走り込んだ勁草の7番。鮮やかなワン・ツーが決まり、あっという間にキーパーとの一対一ができあがる。勁草の7番は冷静にゴール右隅にシュートを流し込んでみせた。

「あーっ」という声がそこかしこで上がり、大きなため息に変わっていく。

左手のバックスタンドからは歓喜の声がわき上がる。

キーパーの大牟田は一歩も動けず、ガクリと首を折ってうなだれた。

前半9分、青嵐は早くも失点。

「——やるな、勁草」

だれかが漏らした声が、静まりかえった青嵐応援団のなかでやけに大きく聞こえた。

「まだまだここから、取り返すぞー！」

我に返ったように三宅が叫び、応援歌「おれたちの誇り」が始まった。

声を合わせ、大声で歌うことで、誇りを呼び覚まし、怖れず共に戦うことをピッチに立つ十一人に求めた。

ホリゾンブルーの応援団は、チームの勝利を信じて声援をピッチに送った。これまで練習してきた応援歌を、声を嗄《か》らし、歌い続けた。

しかし、先制ゴールを決めた勁草学園の勢いは、なかなか止めることができない。

さあいこうぜどこまでも　走り出せー　走り出せー
輝けおれたちの誇り　セイラン　セイラン
オオオーオー　オオオーオー

応援歌が終わりかけたとき、青嵐はディフェンスラインの中央からドリブルでぶち抜かれ、再びピンチを迎える。勁草の10番とキーパーの一対一。青嵐守護神の大牟田は前に飛び出すが、脇腹の下をシュートがすり抜け、2点目が決まってしまう。

突破を許したのは、またしても二年生センターバックの月本だった。

向かい側の青色のメインスタンドから悲鳴が上がるなか、ホリゾンブルーの応援団は応援歌を最後まで歌い続けるしかなかった。

前半を0対2で終えた青嵐は、後半頭からセンターバックの月本に代え、二年生のミッドフィルダー奥田を投入。ボランチだった宏大がひとつ下がり、センターバックに入った。長身の月本は空中戦では強さを発揮するが、勁草学園は小柄なスピードのある選手が多く、挑まれているのは紛れもなく地上戦といえた。

以前、健二から聞いた、ディフェンス陣は層が厚いとは言えない、という話を思い出した。ベンチ入りしている同じポジションの宮澤にしても、この場面では使えない、という判断のようだ。

後半、2点ビハインドの青嵐は、リスクを負って、ディフェンスラインを高い位置まで上げる戦術に切り替えた。すると青嵐にもチャンスが生まれた。遥翔が反撃の狼煙《のろし》を上げるように、左サイドからドリブルで切り込んでいく。相手のお株を奪う鋭い切れ味のドリブルでタッチライン沿いを敵陣深くえぐってみせた。

その果敢なプレーに青嵐応援団から歓声が上がる。

しかしゴール前に味方は上がってこられず、サポートもなく、遥翔のパスの出しどころがない。遥翔は足裏を上手く使ってボールをキープして時間を稼ごうとするが、遂《つい》には敵に囲まれ、スローインのマイボールにするのが精一杯だった。

「もったいねーな」

上崎が小さく舌を鳴らした。

ディフェンスラインを高く保つ青嵐の戦術はハマったかに見えた。1点を奪えれば、まだまだゲームの行方はわからない。

後半25分、勁草学園は選手交代で再び流れを引きもどした。ピッチに登場したのは、ドリブル軍団のなかでは異質な選手とも言える、長身のフォワード、背番号19番の鮫島琢磨だ。

ワントップに入った琢磨は、味方からのロングボールの競り合いに、ことごとく勝ち、先にさわった。勁草は無闇にドリブルに固執するのではなく、現実的な戦い方に修正してきた。

後半36分、前掛かりになった青嵐がカウンターを受ける。サイドから早めにゴール前に上げられたクロスに、センターバックに入った宏大と琢磨が走りながら競り合う。勝ったのは、二年生の琢磨。豪快なヘディングシュートがゴールネットを揺らし、青嵐の全国への夢を打ち砕いた。

「うっ、マジかっ!」

「デカイな、あいつ……」

ホリゾンブルーの集団の歌が、そこで初めて途切れた。

ゴールを決めた琢磨の周りに同じグリーンのユニフォームの選手たちが集まっていく。頭ひとつとび出た琢磨は、それでもはしゃいだりせず淡々と祝福を受けていた。その姿に、幼なじみのたしかな成長を、遼介は見た。

――3対0。

うなだれる青嵐イレブン。

それでも遼介たちは応援を再開した。なぜなら自分たちが試合に関わる方法は、それしかなかったからだ。

しかし、空しく時間は過ぎていく。

そして、タイムアップ。

——試合終了の冷徹な笛。

バックスタンドに陣取る青嵐応援団は、声を失ったように静まりかえった。

ハーフウェーライン近くに選手たちが集まって挨拶《あいさつ》を交わし、相手ベンチへ向かう。

その選手たちが、試合前と同じように、再びバックスタンドに向かって歩き出した。

勝者の足取りは軽く、青嵐応援団の前には、まず勁草学園の選手が並び、挨拶。

遼介は琢磨を見た。琢磨は厳しい表情を崩さず、まるで怒ってでもいるように、ただ前を向いていた。途中出場が不満だったのかもしれない。目が合うことはなかった。

続いて、勁草応援団への挨拶をすませた青嵐の選手たちが、宏大を右端に、横一列にバックスタンド前に整列した。

「気をつけ、——礼」

宏大の声に合わせ、ベンチに入ったメンバー二十名の頭が下がった。

青嵐のバックスタンドから静かな拍手がわく。隣の勁草学園のバックスタンドから万歳三唱の声が起こり、拍手はかき消されてしまった。

決勝トーナメント一回戦敗退という結果に、戦い終えた選手だけでなく、応援団も放心したような空気に包まれた。遼介自身、終わった、という実感が希薄だった。

肩を落とした選手たちはスタンドに背を向け、ベンチのほうへゆっくりもどり出した。

その背中に、大きな声が飛んだ。

「おい宏大よ、おれたちの応援はどうだった！」

叫んだのは、Aチーム入りできなかった三年の泉堂。思いがけない行動に、遼介は一瞬息が止まった。

宏大と、何人かの三年生の足が止まった。

宏大は首をねじるようにして振り返った。

バックスタンドがざわめき、緊迫した空気が流れるなか、キャプテンマークを巻いた宏大がひとり引き返し、応援団と再び対峙《たいじ》するかっこうになった。

「これって、やばくね？」

だれかの囁《ささや》きに、「なにも、今言わなくても」とベンチ入りできなかったAチームの三年生がつぶやいた。

けれど泉堂が言わずにいられなかった理由もわかった。新人戦敗退の際、宏大は応援の声が小さかったから負けた、と受け取れる発言をし、部内の対立を招いた。応援団の前に立った宏大のユニフォームには、緑色の汚れが目立った。スライディングをした際に、芝生で擦《こす》ってしまった跡だ。まるで雨のなかを傘も差さずに遠くから歩いて来たように、髪は汗で濡《ぬ》れ、ユニフォームは肌に張りついている。規定の80分を最後まで戦い抜いた顔は、疲労の色が隠せない。

「――今日の応援は」

宏大はスタンドに向かって声を張り上げた。「今まで自分がピッチに立ったなかで、最高の応援でした。でも、結果を出せなかった。そのことは、キャプテンとして申し訳なく思う。試合中、ピッチから見えたバックスタンドは、盛り上がってて、楽しそうだった。でも今日のピッチの上のおれたちのことは、そうは見えなかったはずだ。おれたちはサッカーを楽しめなかった。だから負けたんだと思う。

――応援ありがとうございました」

宏大は顔を紅潮させ、しっかり言い切った。

静寂のあと、泉堂の張り上げたコールが試合の終わったピッチに響いた。

サンキューコウダイ！　サンキューコウダイ！　サンキューコウダイ！

応援団の全員がその声に途中から合わせ、コウダイ・コールを叫んだ。

「まだ選手権があるからなー！」

泉堂の叫びに、歩き出した宏大が振り向き、小さくうなずくのが見えた。

横断幕や幟《のぼり》を片づけ終わったあと、遼介はコールリーダーを務めた三宅を見つけ、「お疲れさん。ありがとうな」と声をかけた。

「いや、礼を言うのは、おれのほうだよ」

頬に描いた「必勝」がにじんでしまった三宅は、真面目くさった顔をした。「マジで、リョウには感謝してる」声は潰《つぶ》れていた。

「なんで？」

「ほら、一年のとき、赤組と白組に分かれてたろ？」

「ああ、もうずいぶん昔の話のような気がするけど」

「あのときのこと、思い出してた。チーム間でのトレード話があってさ、試合で結果を出せないおれが白組、つまりはBチームとの交換要員になるように米谷のやつに言われた。そんなやり方にうんざりして、サッカーやめちまおうかって思った。でもなぜか、その話は立ち消えになった。噂では、Aチームである赤組に誘われた白組の選手が、断ったって話だった」

三宅はしもぶくれの顔で遼介を見た。その目は赤く充血していた。

「おれは正直驚いた。この青嵐サッカー部にも、そんな骨のあるやつがいたんだって、うれしくなった」

「へー」と遼介はとぼけた。

「そうさ、おれは忘れてなんかいない。まあ、結局おれはその後、白組に移ることになったけど、そういう選手がいるなら、Bチームでサッカーを続けよう、そう思えたんだ。それがリョウ、おまえだよ」

三宅は無理に笑おうとしながら、「あんときは、ほんとサンキュー」と口にした。

「ああ、なんか思い出したわ」

遼介も釣られたように笑った。

「あれから、いろいろ変わった。今日は太鼓を叩《たた》いていた米谷も変わったよな。おれもやつをヨネって呼べるようになった。自分で言うのもなんだけど、おれ自身もけっこう変われた。そのおかげで、今日はいい応援ができたと思うし」

三宅の言葉に、遼介は黙ってうなずいた。

「でも、やっぱさ、応援だけじゃ勝てねーんだよな。それを思い知った」

三宅はゆっくり首を横に振った。

「おれもそう思う。二週間後には、県リーグが再開される。おれたちは応援なしでも、リーグ戦で勝とうぜ」

遼介の言葉に、今度は三宅がうなずく番だった。


高校総体県決勝トーナメント一回戦敗退後、青嵐サッカー部ではBチームの三年生、堀越、五十嵐、森、河野の四名が引退。また、Aチームでベンチに入れなかった数名が静かにチームから去っていった。監督の鶴見は、それもひとつの選択であり、残念ではあるが彼らの判断を尊重する、とだけ話した。

Bチームにたったひとり残った泉堂は、その後も黙々と練習に励んでいた。その姿には、なにかをやり遂げようとする者だけが放つ鬼気迫るものがあった。来年の夏以降、自分はどんな立場にいて、どんな判断を下すべきなのか、遼介にとっても他人事《ひとごと》ではなかった。

七月一日、日曜日、県リーグ再開。

県3部リーグ第四節、対総和《そうわ》学院戦。遼介は先発で出場した。前半22分、この試合からBチームの選手として登録されたフォワードの藪崎健二の初ゴールをアシスト。試合終了の10分前、これまでとは立場が逆転した上崎響と交代するまでピッチに立ち続けた。そして後半35分、代わったばかりの上崎は絶妙のスルーパスを繰り出し、健二の2点目をアシストしてみせる。青嵐Bは2対0で完封勝利。

試合後、2ゴールを決めた健二は感極まったのか、声を上げて泣いた。Aチームで出場機会がなく、Bチームに自ら落ちてきた健二だったが、自分の選択に確信があったわけではなく、不安を抱えつつプレーし終え、涙腺《るいせん》が決壊したのだろう。

「サンキュー、遼介。すげえいいボール、おれ、さわるだけだったぜ」

涙を拭《ぬぐ》った健二は、1点目の遼介のアシストに感謝した。

この日は雨のため、観戦者の姿はほとんどなく、もちろんピッチに応援歌が響くことはなかった。

次の週末には学園祭があった。サッカー部員である遼介は部活が忙しく、クラスの出し物になかなか協力できなかった。一般公開日には、もしかしたら美咲が来るかもしれないと淡い期待を抱いたが、サッカー部のマネージャーを務める美咲もまた忙しい身のはず。今年からマネージャーになった、美咲と親しい葉子に様子を尋ねてみたい気もしたが、やめておいた。

——いつかまた、グラウンドで会えるかもしれない。

そう思うこともある。

美咲の通う野蒜《のびる》高校のサッカー部は、高校総体は県決勝トーナメントに進むことなく、一次トーナメントで早々に敗退していた。

晴天に恵まれた学園祭の模擬店でタコ焼きを買ったあと、遥翔に声をかけられ、近くにあるベンチに並んで座った。話題に上ったのは、震災後消息不明のままになっている樽井賢一のこと。遥翔が、遼介からメールで受け取った樽井の写真を同じ中学校に通っていた友人に送ったところ、その友人のそのまた友人から、〝これってサトケンじゃね？〟という返信があったという情報をもらった。

「サトケン？」

「そう呼ばれてた生徒に似てるらしい」

遥翔は慎重に言葉を選ぶようにして続けた。「で、そのサトケンという人物なんだけど、僕の友人の友人もとくに親しかったわけじゃないらしい。だから正確な名前もわからない。はっきりしてるのは、中学時代サトケンは、卓球をやってたってことくらいでね」

「卓球部か……」

「背はそこそこ高くて、卓球は上手かったらしい」

樽井は小柄だったし、中学ではサッカー部に入ったと暑中見舞い状には書いてあった。

遼介は黙ったまま首をかしげ、遥翔にタコ焼きを勧めた。

「たぶん人違いだろうね。顔が似てるって話だけど、写真は小学生のときのものだからね」

遥翔は、今ならそれが福島のものだとわかるイントネーションで話した。

「――ありがとう」

遼介は小さくうなずいた。

二人でタコ焼きを食べ終えたあと、遥翔は震災以来まだ帰っていない故郷について話しはじめた。遥翔が住んでいた町は、去年の八月に「警戒区域」の指定が解かれたらしい。それでも放射能の影響に対する不安は拭えず、両親が何度か一時帰宅しただけで、遥翔はまだ一度も帰っていない。両親がやっていたお弁当屋さんは当時のままだったが、ネズミだけでなく、何者かが侵入したらしく、金品が奪われていたという。

「笑っちゃうよな。震災後、節度ある行動が世界に賞賛されたなんて、ネットにはたくさん書かれてたけど、そんなにこの国って美しくて素晴らしいのかな。もう一年が経ったけど、なにも変わっちゃいないって、母さんは鬱《ふさ》ぎ込んでるよ」

遥翔は苦々しく言うと、さびしそうに笑った。

七月十五日、日曜日、県3部リーグ第五節、対青葉東《あおばひがし》高校。

試合前、対戦相手のなかに中学時代の元チームメイトであるシゲこと、山崎繁和《やまざきしげかず》がいるのを見つけた。両チームの挨拶《あいさつ》の際に顔を合わせたが、同じくスタメンのシゲは緊張した様子で目を合わせず、すぐに反対側のピッチに向かってしまった。

試合は、立ち上がりから地力に勝る青嵐Bがしっかりペースを握った。この試合、泉堂がひさしぶりにキャプテンマークを右腕に巻いた。このところ調子を落としている常盤が先発を外れ、照井と泉堂がセンターバックを組んだためだ。泉堂はディフェンスラインを高く維持し、的確なコーチングの声を要所で上げ、チームを統率してみせた。

この試合では、4－1－4－1のフォーメーションが試された。ディフェンダー四枚の前に守備的な中盤役として米谷が入り、その前の四枚の中央に、遼介と上崎が並んだ。そしてワントップは、前線でロングボールを受け、攻撃の起点となるターゲットマンになり得る、長身フォワードの健二。

試合は、終わってみれば4対0の完勝。二試合連続となる健二の2ゴール、米谷のふいを衝《つ》くミドルシュート、終了間際には遼介のクロスが、敵のオウンゴールを誘った。

スタメンにもどった上崎は、守備にも貢献し、仲間への要求を口にするようになった。自分はこう思っていた、おまえにはこう動いてほしかった、などとハーフタイムで遼介にも言ってきた。運動量も増えたが、それでもまだ試合中に気を抜く場面があり、そのときは遼介が遠慮なく「走れっ！」と上崎を怒鳴った。煙たそうな顔を見せながらも、上崎はその声に反応してみせた。試合後、上崎は冗談めかして仲間の前で口にした。

「リョウに怒鳴られると、不思議と走れんだよな。だからもっと言ってくれ」

試合終了後に声をかけたシゲには、「なんでおまえらが3部リーグとかにいるんだよ」と迷惑そうな顔で言われた。青葉東は同じリーグに所属する現在グループ首位の山吹高校Bとすでに対戦し、0対5で負けていた。

「山吹もそうだし、青嵐ももっと上のリーグでやれるだろ」

シゲはあいかわらずの濃いゲジゲジ眉毛《まゆげ》を八の字にした。

「けど、おれたちはBチームだし。シゲは、二年生でAチームのスタメンだろ。すごいじゃないか」

「あー、そういう言い方やめてくれる。うちにはもともとAもBもないし、なんか余計に空しくなるわ。でもそういえば、山吹のBには、星川《ほしかわ》はいなかったな」

「だろうな、あいつは1部リーグ所属のAチームにいるんだろ。勁草学園に行った琢磨もAチーム。インターハイの予選にも途中出場してた」

「山吹も勁草もベスト4まで勝ち上がったんだろ。すげーよな、あの二人は。今さら気づいたけど」

「たしかに……」

「そういう意味じゃ、遼介もがんばんないと」

シゲに言われてしまった。

それからシゲは、思い出したように樽井賢一の話をした。シゲは行方不明の樽井が震災で亡くなったと思い込んでいるようだった。小学生時代の知り合いが、ネット上の会話で、その手の書き込みをしていたらしい。樽井はすでに亡き者のように扱われていたそうだ。

「もう一年以上経つしな……」

そんなシゲのあきらめのにじむ言葉に、遼介は心で抗《あらが》いながら、「じゃあ、またな」と言って別れた。

ミーティング

火曜日、いつものようにフィジカル中心のトレーニング終了後、やけに機嫌のよい上崎響に誘われ、「肉のなるせ」に向かった。つき合ったのは遼介、Bチームに馴染《なじ》んできた健二、スカウティング班リーダーの小野君、これまでは上崎を敬遠していた巧の四人。

今日の12分間走、遼介はいつものようにスタートから先頭に立って飛ばした。毎回終盤に泉堂と米谷に追いつかれてしまうのだが、走り方は変えなかった。ところが今日は、残りタイム30秒を切っても遼介は先頭で風を切って走った。間もなく泉堂には追い越されてしまうが、それでも二位をキープしていた。

三嶋コーチの終了10秒前のカウントダウンの声がグラウンドに響きはじめる。その声が「ゼロ」を告げたとき、遼介は思わず「よしっ!」と声を上げた。初めて米谷から逃げ切ることができたからだ。距離にすれば数メートル。それでも勝つことができた。

立ち止まり、荒い呼吸を静めていく。顔から噴きだす汗の粒が、ポタポタと地面へ垂れる。すぐ横を通り過ぎた米谷が、「あー、今日は体調わるい」と言い訳がましくつぶやいた。

遼介が顔を上げると、眉間《みけん》に深いしわを寄せた米谷が、忌々しそうに視線を送っている。その形相に向かって、「次も勝つ」と遼介は宣言し、口元を微《かす》かにゆるめた。

Bチームの12分間走の走行距離順位は、一位泉堂、二位遼介、三位米谷、四位巧、そして五位に初めて上崎が入った。

「二位のリョウには、おれがコロッケをおごってやる」

ショーケースの前に立った上崎がえらそうに仕切る。「だから五位のおれには、このなかで一番遅かったやつがチキンカツをおごるように」

「なんだよ、それ、調子いいなぁ。それに二位のコロッケより、五位のチキンカツのほうが高いじゃん」

該当者である小野君の抗議も空しく、上崎はさっさと自分の注文をすませた。

「じゃあ四位のおれには、健二がおにぎりおごってくれ」と巧が便乗する。

「――マジか」

「まあ、長距離走ってのはさ、苦手だったんだよね、ジュニアユースのときから」

店先のベンチに先に座った上崎がだれにともなくしゃべっている。「短距離は小学生の頃からそこそこ速かった。セレクションにも種目としてあったから、意識してもいたしな」

「そういえば中学時代のトレセンは30メートル走のタイムを計ってたな。学校のマラソン大会は、何年か前に廃止になったけど」

口にしたのは、上崎と同じく持久走を苦手にしている健二。その顔には、痛々しいほどのニキビ痕《あと》が広がっている。できては指で潰《つぶ》してしまったのだろう。

「でもJリーグの試合だと、選手は一試合10キロくらい走るわけだろ。おれたちプロじゃないけど、やっぱサッカーのベースは走ることじゃん」

「さすが巧、いいこと言うね」

上崎は素直に認め、「で、健二は何位だった？」と尋ねた。

「おれは六位……」

「おれは五位、勝った！」

「さっきから何回それやれば気がすむんだよ、響は……」

健二が呆《あき》れながら頬をゆるませた。

上崎は五位だったことが、よほどうれしいらしい。というよりも、それをネタにチームメイトとの会話を楽しんでいるようにも見える。

全員がベンチに腰かけると、話題は県リーグに移った。七月十五日に行われた第五節の終了時点で、青嵐Bチームは三勝二分け、勝ち点11。暫定順位二位につけている。

「この数字はわるくないよね」

試合前のミーティングで敵チームの分析を発表するようになった小野君が声を弾ませた。

「そりゃあそうだろ、二勝三敗で勝ち点6のAチームと比べたら」

誇らしそうに巧が続ける。「Aは三連敗、こっちは三連勝だかんな」

「それにしてもAチーム、泥沼って感じですよね」

「インターハイの予選前から、このままでいいのかよって感じだったからな。まあ、それもあって、おれはBに移ってきたわけだけど」

おにぎりを手に、健二は渋い顔になる。

「それってどんな感じだったの？」と小野君が尋ねた。

健二は少し考えてから、重たそうに口を開いた。

「チームの方針はさ、基本的にはAもBも同じなんだよ。選手の自主性を重んじるっていうのかな。チームミーティングはキャプテンが中心となってやるだろ。選手同士でお互い評価し合うわけだけど、Aチームはどうもマンネリになってる感じがするんだよね。レギュラーもポジションもいつも同じ顔ぶれだし」

「それって、ぬるいってこと？」

「たとえば今日やった12分間走がいい例だよ。Aチームでは、走った距離の順位をこんなに言い合ったりしない。三年も二年も火花散らして競い合うなんてやつはいないし、どっちかっていったら、しかたなくやらされてるって感じだろ」

健二は受け口の顎《あご》をゆらした。

「まあ、たしかに12分間走はさ、12分のあいだに3キロ走ればそれでオッケーなわけだよね。それをリョウのやつがムキになって順位を競おうとするもんだからさぁー」

上崎は迷惑そうにチキンカツに噛《か》みついた。

「ムキになんてなってない」

遼介は静かに応じた。「おれはただ、全力でやりたいだけ」

「出たよ、火花を散らす全力少年。今のはジョークだって」

「けど、泉堂さんもそういうとこあるしな。米谷のやつも」と健二が言った。

「いや、12分のあいだに3キロ走ればそれでオッケー、というのはどうかな」

小野君がメガネのつるに手をやり指摘した。「みんなより距離を延ばせない僕が言うのもなんだけど、12分間走を毎回やるのには、それなりに狙いがあるわけだよね。順位を競うのが目的じゃない。けど、12分間で3キロ走るというのは、あくまでもサッカー部における最低の基準でしょ。もちろん、毎回3キロを走り続けてもなにがしかの効果はある。けど記録の向上は、その選手にさらに多くのものをもたらすんじゃないかな」

「たとえば、どんな?」

「長い距離を持続して走れば、まず持久力がつくよね。それに呼吸循環器系の発達をうながすでしょ。つまり試合中のスプリントのあと、呼吸の乱れた状態から早く回復して次のプレーに移ることができる。それに走ることによる血液の循環は毛細血管の発達もうながすから、柔軟でケガをしにくいからだづくりにもつながるらしいよ」

「なるほどな、さすが小野君」

上崎が感心してみせた。「同じ時間でより長い距離を走れる泉堂さんやリョウは、すでにおれたちより、そういうからだになってる、というわけだ」

「そうかも」

小野君はうなずいた。

「いや、おれはそれだけじゃないと思うね」

巧が口を挟んだ。「速く、しかも長く走れるやつは、やっぱ気持ちが強いんだよ。おれは長いつき合いだからわかる。たぶん遼介は、気持ちで走ってるんだ」

「それはおれも感じるわ」

健二がウーロン茶のペットボトルを傾けてから続けた。「なんだろうな、Aチームにはこの人うめーなって思う先輩はたくさんいる。でも変に大人な感じがするんだよ。冷めてるっていうのかな」

「まあBチームは、コールリーダーの三宅をはじめ、子供だからな」

遼介が真顔で言うと、笑いが起こった。

「Aチームではさ、宏大さんがよく、サッカーを楽しもうって言うんだけど、それって、そう簡単なことでもないだろ。それに自主的にっていうのも、どこかで甘さが出るような気がする。それほどおれら、自分に厳しくできないんじゃね？」

神妙に口にした健二の言葉に、全員が表情を硬くした。

たしかにその通りだ。サッカーを続けてきて思うのは、サッカーはプレーする年代によって変わっていく、ということ。当然のように、楽しさの意味も変わってきたような気が、遼介はした。

「まあ、おれたちはこのまま、競争しながら突っ走ろうぜ」

上崎が頰をゆるめずに言った。「で、次の公式戦はいつだっけ?」

「第六節は今週末。でもって夏休み中は、リーグ戦は一時中断。選手権の一次予選が始まるからね」

「早《はえ》ーよな。インターハイ終わったと思ったら、もう選手権の予選だもんな」

「といっても、うちのAチームは1部リーグに所属してるから、八月末の二次予選からの出場になるけどね」

「じゃあ、その間、おれらBチームはどうなるわけ?」

「一年のときはルーキーズ杯に参加したよな」

巧と健二が不安げに顔を見合わせる。

「サマー・フェスティバルに参加するらしいよ」

小野君が答えると、「えっ、夏祭り?」と健二が大きな声を出した。

「夏の大会合宿のこと」

小野君が言い直した。「案内が遅れてるみたいだけど、毎年参加してるらしい」

「いいねいいね」

健二が立ち上がって叫んだ。「大会合宿、サイコーじゃん!」

と、そのとき、「──ねえ、もう少し静かにしようよ」という声が降ってきた。

五人同時に見上げると、二階の窓からマネージャーの瞳が顔をのぞかせていた。

「なんだ、いたんだ……」

小野君が口を滑らせると、「そりゃあいるでしょ、ここが私ん家《ち》だもん」と瞳が言い返した。

「どうもすいませーん」

ばつがわるそうに健二が声をかけ、五人そろって頭を下げた。


夏期休暇に入った翌日、七月二十二日、日曜日、県3部リーグ第六節。

青嵐Bチームは、洲崎中央《すざきちゅうおう》と対戦。2対1で勝利を収めた。試合終了間際に貴重な決勝ゴールを挙げたのは、前節から常盤に代わってセンターバックに入った照井。キッカー上崎のコーナーキックを高い打点のヘディングで見事に決め、喜びを爆発させた。チームメイトの手荒い祝福を受けながら、照井は「チョーうれしい」をくり返し、アシストした上崎とも手を合わせた。

この日も先発でフル出場した遼介は、チームの成長に手応《てごた》えを感じていた。ピッチに立った選手だけでなく、Bチームの部員全員で勝利を喜び合うことができたからだ。試合後のミーティングでは、部員たちが活発に発言した。もちろん今日も勝ったからだろう。チームの雰囲気はわるくなかった。

「最後に、なにかあるか？」

キャプテンを務めた泉堂が言い、遼介が発言した。それは今日もベンチを外れた小野君のことだ。前日のミーティングで小野君は対戦相手についての貴重な情報をチームに与えてくれた。「洲崎中央は後半になると足が止まる」「セットプレーからの失点が多い」。その指摘がずばり的中した展開となった。遼介が話し終わると、今日試合に出た選手たちもそのことを認めた。

「――だとしたら、すごくうれしいです。僕だけじゃなく、ビデオ撮影をやってくれてる一年生も含めた、スカウティング班が勝利に貢献できたとすれば」

小野君はあくまで謙虚な態度で、「ありがとう、リョウ」とはにかんでみせた。


オフのはずだった翌日の月曜日、部員全員参加のミーティングが急遽《きゅうきょ》開かれた。

昨日、Bチームと同じく県リーグの試合があったAチームは、1対2の逆転負け。アディショナルタイムに決勝ゴールを決められてしまったらしく、校内にあるセミナーハウスの広間に入った二つのチームは明暗を分けた。静かになった室内では、おおむねチームに分かれて着席している。口のわるい米谷は、今日集められたのはAチームがリーグ戦四連敗を喫したせいだ、と吹聴《ふいちょう》していた。

しかし部員の前に現れた鶴見監督は、昨日の両チームの試合には一切触れず、夏休みに参加する大会合宿についての説明を始めた。

青嵐高校が参加する茨城県波崎《はさき》で行われる大会合宿には、全国から高校生で構成された約八十チームが参加する。大会は、三つのカテゴリーに分かれて行われる。カテゴリー1は、今年のインターハイの都道府県大会における成績がベスト8以上、つまり惜しくも全国大会出場を逃した強豪チームたち。そのためこの大会は、正式名称の「波崎スターダストカップ」とはべつに、〝裏インターハイ〟とも呼ばれているらしい。カテゴリー2は、同じくインターハイの成績がベスト16以上、あるいはカテゴリー1のBチーム。カテゴリー3は資格制限なしのオープンとなっている。

鶴見は淡々とした調子で説明を続けた。

「これまで青嵐は、全国大会には一度しか出場したことがない。それもまあ昔の話になる。一昨年《おととし》のインターハイは県ベスト4、去年はベスト8、そして今年は16止まりに終わった。言ってみれば成績は下降線だ。サッカーは結果がすべてじゃない、と言うこともできる。だとしても、このチームはもっとできるはずだ」

部員たちは姿勢を正して耳を傾けた。小柄な鶴見は穏やかな口調だった。しかしこの日、全部員が集められたのには必ず訳がある。それはインターハイ・県ベスト16やAチームが県1部リーグにおいて四連敗を喫したことと、決して無関係ではないはずだ。

「さて、今年も参加する波崎スターダストカップには、例年通り二チームで参加する手《て》筈《はず》をとっている。去年はAチームがカテゴリー1に、Bチームがカテゴリー2に参加した。しかし今年はカテゴリー1への参加資格を満たしていない。そこでどうすべきか、という話がコーチのなかで持ち上がった。我々が参加できるのはカテゴリー2、あるいは3のどちらかだ。申請の締め切りも迫っている。さて、どうしたものだろうか」

鶴見は言葉をいったん止め、部員たちに視線を送った。

鶴見が立っている一段高くなった壇上の両脇には、青嵐サッカー部のスタッフが勢ぞろいしていた。顧問の小泉《こいずみ》、Bチーム監督の鰐渕、一年生コーチの三嶋、OBでもあるゴールキーパーコーチの古川《ふるかわ》、ふだんは整形外科で働くトレーナーの岩永《いわなが》、アシスタントコーチたち。部員だけでなく、コーチも全員この場に立ち会わなければならない理由があるのだろう。果たしてそれはどんな理由なのか。遼介は注意深く話の行方をうかがった。

「諸君に意見があれば、ぜひこの場で聞かせてもらいたい」

壇上の鶴見はあくまで穏やかに問いかけた。

四十代後半、ベテラン指導者である鶴見は、現役時代は国体メンバーにも選ばれ、小兵ながらなかなかの強者だったらしい。インターハイ敗退後に引退した五十嵐の言葉を思い出した。鶴見について、見た目は穏やかそうだけど、ひとことで言えば、怖い人、と評していた。サッカー部全体のことを、すごくよく見ているのだと。

だが、一年生やBチームには、監督が自分を見てくれないと不満を抱く者も少なくない。実際にそのことを理由にしてサッカー部を去った者もいた。

クーラーの止まっている部屋はかなり蒸し暑く、空気がどんよりとしている。30秒ほどの居心地のわるい沈黙のあと、Aチームキャプテンの宏大が挙手をして立ち上がった。

「まず、応援で盛り上げてもらいながら、インターハイで県ベスト16に終わったことについては、責任を感じています。だからこそ、次の選手権は万全な準備をして臨むべきです。ですから、大会合宿に関しては、例年通りでお願いしたいと思います」

「――というのは？」

「Aチームがカテゴリー2に、Bチームがカテゴリー3に参加する、ということです」

宏大の答えに大っぴらに反応する者はいなかった。Bチームの一番前に座った泉堂は、両腕を組み黙り込んでいる。しかしその背中はどこか不満そうにも見える。

「宏大、それは例年通り、とは言わないいんじゃないか？」

鶴見は笑みを浮かべて問いかけた。

「え？」

「あらためて尋ねるが、君の考えは、Aチームが上のカテゴリーで出るべき、ということなのか？」

「はい、その通りです」

「理由は？」

「理由ですか……」

宏大は言葉に詰まり、日に焼けた頬を右手でさすり、自分の周囲を固めるように座ったAチーム三年生の顔色をうかがうようにした。だが、だれも視線を合わせず、助け船を出そうとしない。

「それは――」

宏大の裏返った声が室内に響いた。「Aチームだからです」

思わずといった感じで何人かが小さく笑いを漏らした。そのなかには、上崎がいたのはまちがいない。危うかった遼介も、ゆるんだ口元をすぐに引き締めた。

「我々Aチームのほうが強いからです」

宏大はすぐに言い直した。

鶴見は一切反応せず、宏大が着席するのを待った。引き続き部員たちに意見を求めることが予想され、室内の空気は緊張を取りもどした。ここで自発的に発言するとすれば、それは泉堂のような気がしたが、沈黙を守っている。

「じつは今、私のなかには、よくわからないことがある」

鶴見は質問にもどるのではなく、両腕を前で組み、新たな疑問の存在を口にした。

「それが、なんだかわかるかな？」

しかし漠然としすぎてだれも答える者はいない。そのことは鶴見自身も承知の上なのだろう。迷ってでもいるように、壇上をうろうろと歩きまわった。

さらに長い沈黙が続いたあと、鶴見が口を開いた。

「それはね、本当に君らAチームは強いのか、ということなんだよ。え、どうなんだ？」

室内の空気が一瞬で張り詰めた。

女子サッカー部らしき明るい声の集団が廊下をぞろぞろ通り過ぎていき、再びセミナーハウスは静けさに満ちた。

「答えられないようだな」

顔から笑みを消し去った鶴見が低い声を出した。「——いいだろう。その答えは、君たち自身に出してもらおうと思う。これでミーティングは終わる。全員グラウンドへ出よう。これから、Aチーム対Bチームの紅白戦を行う」

鶴見は腕を組んだまま足早に退室した。

続いてコーチたちも、なにも言わず部屋を出ていった。

まるで全員が息を止めてでもいたように、多くのため息が聞こえた。ようやく声を取りもどした部員たちで、室内はざわついた。「これから？」とか「昨日試合だったんだぜ」とか「マジかよ」といった不満げな声がAチームの三年生から漏れる。そんななか、一番先に立ち上がった泉堂が、「行くぞ」とBチームのメンバーに声をかけた。遼介も一刻も早くここから出て、グラウンドの空気を吸いたかった。

思い起こせば、去年も選手権の県予選前にAチーム対Bチームの紅白戦があった。しかしそれはルーキーズ杯後のタイミングで、夏休みも終わりに近づき、選手権予選の直前のことだった。

その紅白戦で副審を務めた遼介は、選手の負傷により出場する機会を得た。今ならわかる。あれは突発的な事態において得たチャンスではあったけれど、自分が選ばれたのは、決して偶然ではない。鶴見は、そして鰐渕は、遼介を見ていてくれたのだ。

紅白戦のキックオフ前、オレンジ色のビブスを身につけ、ベンチ前に集合したBチームの部員たちに鰐渕が語りかけた。

「昨日のリーグ戦のあと、鶴見先生と試合の結果を報告し合った。そのとき、Bチームは調子がいいね、という話になって、BチームにAチームで使えそうな選手がいるか問われた。わかるよな、おまえらもこの紅白戦の意味を。これは、おまえらが3部リーグとはいえ、結果を出しているからこそ与えられたチャンスだ。でもな、チャンスというのは、与えられて喜んでいる場合じゃない。モノにしなければ、なんの意味もないんだぞ。

──いいか、戦えよ！」

「ハイ！」

ひとつの塊となった声は、いつもよりかん高く響いた。

鰐渕を中心に扇形に集合した遼介たちは、緊張した面持ちでスタメンの発表を待った。昨日試合にフル出場した選手には、疲労が色濃く残っている。それは遼介にしても同じだ。が、もちろん先発に選ばれることを望んでいた。

まずゴールキーパーには、麦田からポジションを奪い返した西が選ばれた。右サイドバックは、果敢な攻撃参加と中学時代に身につけたロングスローに磨きをかけた巧。左サイドバックは、守備に安定感を見せている和田。センターバックは、腰痛から調子を落とした元キャプテンの常盤ではなく、前節で決勝ゴールを決めた照井。その身長はあるが足もとの技術に不安の残るテリーと組むのは、この紅白戦に人一倍闘志を燃やしている、ただひとり三年でチームに残った泉堂。そこまで名前を呼ばれた4バックのディフェンス陣は、すべて前日の試合に先発したメンバーだった。

続いてミッドフィルダーが発表されていく。右サイドには、余計な手数をかけずにシンプルなプレーを心がけ始めた庄司。左サイドには、前線から一列落ちた三宅。中盤センターには、チームメイトとの連係を深め、自らがより走ることを厭《いと》わなくなった上崎と、あいかわらず熱いプレーの米谷。

「布陣は4－2－3－1。トップ下は昨日と同じく、武井でいこう」

顎《あご》の無精鬚《ひげ》がのびた鰐渕が「リョウ」と書かれた青色の磁石をホワイトボードにパチンと置いた。

ワントップは、早くも青嵐Bチームの得点王の座に就いた健二に決まった。

「キャプテンは、泉堂」

最後に鰐渕が指名した。

青嵐Bチーム
紅白戦フォーメーション

4-2-3-1

「それじゃあ、スタメン組とそれ以外に分かれてアップを始めよう」

三嶋コーチの指示が飛んだ。

すでにグラウンドには真新しい白線でピッチが描かれている。四隅には公式戦さながらに、コーナーフラッグが凜《りん》と立っている。どうやらコーチたちは、今日紅白戦をやることを知っていたようだ。

「リョウ」

上崎が声をかけてきた。「この試合で、一緒にサクッとＡチームに上がろうぜ」

遼介はふっと笑い返した。

軽口を叩《たた》く上崎に呆《あき》れつつ、どんな場面でも過度に緊張しないその心臓には頼もしさを感じた。これまで度胸をつける経験を重ねてきた証拠だろう。

だが遼介は、この試合はむずかしくなる予感がした。Ａチームへの昇格を望む者は、なにも上崎や自分だけではない。多くの者が個人のアピールに走れば、チームとしての連係が乱れ、せっかくうまくいっているチームのバランスや雰囲気に悪影響を及ぼしかねない。とはいえ遼介も、どうすれば自分がアピールできるのか、さっきからそのことを考えてもいた。

三嶋コーチによるマーカーを使ったアップを終え、再びベンチ前に集合。瞳と葉子、二人のマネージャーも試合の準備を整えている。てきぱきと選手にボトルを渡す葉子から一本を受けとった遼介は、水分をいつもより多めに補給した。

鰐渕からは、基本的には昨日の試合と同じ戦い方を目指すように求められた。それは、ディフェンスラインを高く保ち、前線から積極的にプレスをかけるハイライン・ハイプレスの戦術だ。具体的な指示としては、「前半を失点０で終える」「絶対に走り負けない」「できれば先取点を奪う」この三点。

「いいか、こっちにはリーグ戦四連勝の勢いがある。Ａチームは四連敗で自信を失いかけてる。言っとくが、１部リーグも３部リーグもない。ＡもＢもない。おまえたちがやるのは、ただのサッカーだ。おまえらの結束した強さを、この試合で見せてやれ。

──スカウティング部長、なにかあるか？」

鰐渕に声をかけられた小野君は、ハッとした顔を見せてから、いつもの調子で話しはじめた。

「以前であれば、Aチームもこちらと同じく、ディフェンスラインを高く上げて前線との距離をコンパクトに保ち、高い位置からプレスをかけてくると思うんです。でもインターハイ敗退後、どうやら選手たちで話し合ったようで、そのやり方に修正が加えられたと聞きました。夏場に入ったということもあるかもしれません。無理はせず、ボールポゼッションを高めようという判断らしいです」

「その話なら、おれも聞いてる」

鰐渕が面白くなさそうに口を挟んだ。「彼らは自分たちでそういう選択をした。要するに、途中であきらめたわけだ」

「そうとも言えますね」

小野君が続けた。「たぶん向こうには、こちらの情報はないでしょう。とはいえ、身内ですから、だれがどんなプレーをするのかわかってる。だからこそ、そこを逆手にとれるよう、冷静に戦うべきです」

「オッケー、そこは各自注意しよう。とくにゴール近くでの安易なファウルをするな。セットプレーの得意なやつがいるからな」

日に焼けた顔の目をぎらつかせた泉堂が付け加え、先発メンバーたちがうなずいた。

試合開始の準備が整った午前十時過ぎ、両チームがピッチ中央に整列した。昨日試合があったため、Aチームはアウェー用の白のユニフォームを着用している。オレンジ色のビブスをつけた遼介の前には、同じ中盤のセンタープレーヤーである、ライバルの奥田が立っていた。奥田は、すでに次期キャプテン候補に名前が挙がっている。同学年では、ミッドフィルダーの遥翔、センターバックの月本、ゴールキーパーの大牟田の姿があった。

試合前、鶴見からどんな話があったのかは知らないが、レギュラーをそろえたAチームの選手たちは皆一様に顔から笑みを消していた。一年生のときは「肉のなるせ」に二人でよく行った遥翔ですら、目を合わせようとしない。

挨拶《あいさつ》のあと、わざわざ審判服に着替えてきた三嶋が、キャプテンマークを巻いた宏大と泉堂の前でコイントスをする。試合時間は前後半45分、計90分。ハーフタイムは15分とることが確認された。副審の持つフラッグは、部員ではなく二人のアシスタントコーチが手にしていた。要するにこの試合は、単なる練習試合ではない、ということだ。

天候は曇り。それでも最高気温が30℃近くになるという予報通り、すでに蒸し暑い。露出した肌には、うっすらと汗が浮いている。

泉堂のかけ声と共に、先に円陣を解いたBチームの選手がグラウンドに散っていく。

遼介は乾いた唇を舌で湿らせながら、健二と二人センターサークルに入り、真ん中にセットされたボールの前に立つ。去年の夏、飛び入り参加のかたちで紅白戦に出場したときのように、膝《ひざ》が震えたりはしなかった。

隣にいる健二が空を仰ぎ、大きく深呼吸をする。その肩越しには、コールリーダーとしてインターハイの応援を盛り上げた三宅の姿が見えた。

後ろに視線を移すと、上崎と目が合う。笑っているその目は、今にもウインクでもしそうだ。米谷はあいかわらず眉間《みけん》にしわを寄せ、こわい顔をしている。すでに右サイドの高い位置をとっている巧は手を叩きながら、「いこうぜ、いこうぜ」と仲間を鼓舞する。キャプテンマークを腕に巻いた泉堂が姿勢を正し、自分の頬をパンパンと二度両手で叩いた。

青嵐Bチームのチームメイトたちと共に、これから青嵐Aチームと戦える。そのことがうれしくてしかたない。ベンチには小野君をはじめ、出番を待っている仲間たちがいる。彼らのためにも、いいかたちで試合に入りたい。

失うものはなにもない。けれどこの試合が、サッカー部での自分たちの未来を左右することは間違いなさそうだ。

たかが紅白戦、されど紅白戦。

遼介の左の頬を、梅雨明けを思わせる生ぬるい風が撫《な》でたとき、試合開始の笛が高らかにピッチに響き、運命を試される90分が始まった。

アピール

試合に勝利するために、大切とされる時間帯はいつか。

そう問われたら、多くの模範的サッカープレーヤーはこう答えるだろう。

——立ち上がり、そして、終了間際。

なぜなら、その時間帯に試合が動く——ゴールが生まれることが多いとされるからだ。

ゴールとは、得点、あるいは失点を意味する。

ではサッカーの試合における立ち上がりと終了間際の時間帯とは、二つのタイミングなのかといえば、そうではない。サッカーには前半と後半がある。立ち上がりは二度、終了間際も二度、合わせて四つの、言ってみればヤマ場がある。

それでは多くの模範的プレーヤーは、実際にその大切な時間帯をどう使えばよいのか、その答えを持ち、実践できているだろうか。

Bチームの中盤センターにポジションをとった上崎は、試合開始早々、わかりやすいプレーを見せた。キックオフ直後にパスカットを許したが、すばやくボールを奪い返すと、陣取りゲームであるラグビーではお馴染《なじ》みのタッチキックの要領で、敵陣左サイド深くまで蹴《け》り込んでみせた。相手ボールでのスローインとなるが、ポイントはゴールラインまで約3メートル。Aチームの気勢を殺《そ》ぐことに、まずは成功した。

青嵐Bチームはディフェンスラインをハーフウェーライン近くまで高く押し上げ、ゴールキーパーの西もペナルティーエリアの外まで出てくる。右のミッドフィルダーの庄司、右サイドバックの巧はピッチの中央までしぼり、ボールサイドに寄せてきた。チーム全体でプレーゾーンを狭めることで、選手間の距離を短く保ち、相手にプレスをかけやすくする戦術だ。

Aチームのサイドバックが頭上に両手でボールを掲げている。スローインを投じようとするが、出しどころを見つけられない。周囲には、敵と味方が入り交じっている。Aチームの選手がマークを剝《は》がす動きをとるが、Bチームの選手も食らいついていく。スローを何度か躊躇《ちゅうちょ》した末、セオリーどおり、タッチライン際のなるべくゴールから遠い味方、Aチームのエースストライカー、三年の副キャプテン、椎名《しいな》に向かって投げた。

そのやり方は米谷が予測していた。肩でガツンと寄せ、椎名に思うようにコントロールさせない。椎名が胸で弾ませてしまったボールを上崎がマイボールにし、ワンタッチで縦に浮き球にして出す。敵の裏のスペースを狙ったそのパスは、見た目には強すぎるように映った。そのままラインを割り、ゴールキックになる。そう判断した選手たちの足が止まる。

が、遼介は、すぐさま反応していた。追いつける、と思ったわけではない。ボールがピッチの上にある限り、常に自分は追う。そう決めていたからだ。

タッチライン際でバウンドしたボールは、幸運なことに勢いを失った。いや、ラッキーなんかじゃない。キックをする際、上崎がボールに逆回転をかけていたのだ。

追いついた遼介は、すばやくボールを右足でコントロールし、顔を上げる。ゴール前への角度は、無いに等しい。それでもここはシュートだと瞬時に判断した。ゴール前にクロスを送り、だれかに合わせる選択肢は捨てた。味方を待てば、敵も押し寄せてくる。時間をかければ今空いているゴール前のスペースは埋まり、自分も敵の餌食《えじき》になりかねない。

——それに、試合は始まったばかりだ。

左足で踏み込み、迷いなく右足を軸足に巻き込むように蹴る。その蹴り方は、上崎から盗んだものだ。フリーキックで中村俊輔《なかむらしゅんすけ》が見せる足の振り方に似ている。右足から放たれたボールは鋭くカーブを描きゴールマウスに向かうが、バーの上を斜めに横切り、アウトオブプレーとなった。

その瞬間、遼介は天を仰いだ。

しかし、開始3分足らずで、両チームにおけるファーストシュートまでもっていけた。そのことは、Bチーム全体に、「やれる」という勇気を少なからず与えただろう。

「いいね、リョウ！」

上崎の声のトーンが高くなった。

「おい、最後まで追えよ！」

ゴールキーパーの大牟田がめずらしく吠《ほ》えた。

自分のミスだと認めるAチームの選手はいない。我関せずといった感じで、その場から離れていこうとする。上崎、あるいは遼介をだれがマークすべきだったのか、明らかにしようとはしなかった。

「切り替えようぜ！」

宏大の声が空しく響いた。

そのかけ声は、今はBチームのベンチに座る元キャプテンの常盤もよく口にしていた。聞こえのよい便利な言葉だが、責任の所在をうやむやにし、次には生かせない。

開始早々、肝を冷やしたAチームだったが、前半の10分を過ぎると、あわてずにボールを回し、キープを心がけるようになった。試合前、小野君が口にしたように、ボールポゼッションを高める戦術を意識してのことだろう。Bチームは、前線から健二、そして遼介が敵のボールを追うが、そこはAチームのレギュラーたち、県3部リーグの相手のように、イージーミスを犯してはくれない。けれど追うのをやめてしまえば、それこそ相手に時間を与えるだけでなく、余裕までプレゼントすることになる。

長身フォワードの健二は、持久力に秀でてはいない。それは健二自身が認めるところだ。布陣的にはワントップであり、最前線のセンターにどっしり構え、フィニッシュを決めるストライカー本来の仕事を優先すべきでもある。そのための余力も必要になる。

ならばだれかがその分余計に走るしかない。できるのは自分だ。遼介はそのことを自覚し、12分間走のときと同じように、最初からとばすことにした。

ショートパスでしっかりボールをつなぎ、キープしながら押し込もうとするAチームに対して、Bチームは引いてブロックを作って守る、という受け身の戦術はとらなかった。そのためディフェンスラインの裏のスペースが狙われだした。ディフェンスラインがずるずる下がらないためには、中盤より前の奮闘こそが求められる。本来二列目の遼介が前から追い回しをかけることには大きな意味があった。

ピンチの場面では、米谷がからだを張ったプレーを見せる。すでに彼のユニフォームは、ピッチに立つだれよりも汚れていた。

「サンキュー、ヨネ！」

泉堂がわざと太くした声で叫ぶ。「ナイスカバー！」

ハイライン・ハイプレスの戦術は、ハイリスクでもある。裏のスペースにロングパスを一気に通されるのが最も危険だ。それを防ぐには、敵のセンターバック、つまりは三年の小針《こばり》、二年の月本を警戒しなければならない。危険を察知し、タイミングよくプレッシャーをかけて、前線へのロングキックの精度を落とさせる必要がある。身長が180センチを超える月本のキックはさほど怖くない。一年のとき小野君がそのことを指摘した利き足でない左は、その頃からほとんど進歩が見られない。マークすべきは、月本の隣にいる小針だ。利き足である右、そして左足からも精度の高いロングボールを蹴ることができる。

しかし小針が狙った最初のロングパスは、ミスキックになった。月本からボールを受けた小針が顔を上げ、前線を確認しようとするのを見るや、遼介はダッシュし、小針の視界に猛然と入っていった。遠めからのスライディングは届かなかったものの、蹴ったボールは右に流れてタッチラインを割り、Bチームのスローインに変わる。

砂煙の向こうで、「チッ」と小針が舌を鳴らした。

「サンキュー、リョウ!」

米谷が叫んだ。その声は、昨日試合があったせいかすでに潰《つぶ》れている。

高い位置でプレスをかけボールを奪うには、その下地づくりが大切になる。サッカーは技術のみで戦うわけではない。時には心理戦に持ち込み、技術により支えられた自信を揺るがし、流れをつかむ必要がある。その最も有効なタイミングこそが、立ち上がり、と言えるかもしれない。

——ロングボールは狙われている。

敵にそう思い込ませることも、そのひとつだ。

試合開始から15分が過ぎ、お互いのやり方がある程度見えてくる。Bチームのマイボールの多くは、ボランチの二人、上崎と米谷を経由して展開されていく。とはいえ、縦に勝負のパスを入れるのは上崎の役目といっていい。絶妙なターンから、多彩なパスを味方に供給する。

一方、Aチームのボール支配は、左サイドに偏っている。ボールキープに長《た》けている左のミッドフィルダー、レフティーの遥翔にパスが集まることが多い。遥翔は二年生ながら、今やAチームに欠かせない存在にまで成長していた。

その両チームのキープレーヤーをだれがどのようにケアすべきか、そこでの個人、あるいはグループ戦術の共有と確認が両チームに求められた。

左利きの遥翔に対しては、Bチームは右のミッドフィルダーの庄司、右サイドバックの巧が声をかけ合い対応するが、元日本代表のドリブラーはそう簡単には止められない。遥翔は左サイドだけではなく、大胆になかへ切れ込んでこようともする。その場合は、上崎がマークに付き、元ナショトレ同士での豪華なマッチアップとなった。

三人に囲い込まれスピードをゆるめた遥翔は、足裏でボールを引きながら味方の様子をうかがうが、いったんゴールキーパーの大牟田までボールを下げる選択をした。足もとへのパスからのドリブルではスピードに乗り切ることができず、遥翔はめずらしく歯《は》痒《がゆ》そうな表情を見せた。

ピッチの至るところで、AチームとBチームの選手同士、激しい一対一《デュエル》が繰り広げられていく。バチバチと見えない火花を散らし、時にはスパイクの当たる乾いた音をピッチに響かせた。同じサッカー部とはいえ、ピッチに立てば、敵と味方に分かれる。立場を超えた、お互いのプライドがかかっている。

前半30分、Bチームは照井のパスミスを発端に、椎名にシュートを放たれるが、キーパーのほぼ正面を突き、西がしっかりボールをキャッチした。ミスは即、ピンチを生む。

「テリー、集中切らすな！　切らしたら終わるぞっ」

泉堂が面と向かって照井を怒鳴りつけた。

それに対して照井は、しっかりうなずき返した。

前半終了間際、ポジションのかぶる選手同士が激しくボールを奪い合うシーンがあった。Bチームの米谷とAチームの奥田の対決だ。一年の夏休みの紅白戦で、二人は同じ赤組でダブルボランチを組んでいた。その試合で赤組キャプテンを務めた米谷は、遼介へのファウルで二枚目のカードをもらい退場処分を受ける。試合には勝ったものの、奥田を中心にまとまりだした赤組から、米谷は追放される憂き目に遭った。その遺恨を感じさせる激しいやり取りになった。

厳しく寄せる米谷に対して、奥田は苛立《いらだ》ちを隠せない。太腿《ふともも》側面への膝蹴《ひざげ》り、通称〝ももかん〟が、一発くらい入ったかもしれない。苦渋の表情を浮かべた奥田が、米谷のビブスの胸元に手をかけ、前に引き倒そうとする。主審の三嶋はすでに笛をくわえているが吹かない。米谷はもちこたえ、逆に力みすぎの奥田がバランスを崩して手をつき、自らボールを失ってしまう。

直後にプレーが途切れ、奥田と米谷がにらみ合い、胸と胸とをぶつけ合った。奥田がなにか言ったあと、米谷はあからさまに地面にツバを吐いたが、文句は一切口にしなかった。

そのとき、前半終了の笛が鳴った。

ベンチにもどってきた米谷のビブスは、片側がちぎれて垂れ下がっている。

「いいねぇ、パンクな感じで」

横に並んだ上崎がちゃかした。


――ハーフタイム。

スコアは0対0。ピッチに立ったBチームの選手たちの顔は、日焼けで紅潮を隠しているが、流れた汗に砂埃《すなぼこり》が溶け、どの顔も薄汚れている。前日の試合で負った口には出さないケガ、連戦による筋肉痛、ため込んだ疲労もある。それでもAチームと初対戦した者たちの表情は、手応《てごた》えを感じているのか、明るく精悍《せいかん》に映った。

前半、敵にボールを保持される時間はたしかに長かった。しかしゴールは許していない。ボールは持たせていた。そんな強気な解釈をすることもできる。前からの追い込みをかけた遼介は、その後、自重すべきときは自重し、敵のセンターバック、小針と月本の二人への対応の仕方を変える工夫を見せた。

スコアブックをつけている瞳によれば、前半のシュートは、Aチームが3（枠内1）、Bチームは1（枠内0）に終わった。共にシュート数が少なかったのは、中盤での激しい攻防が長引いたことを物語っている。

ピッチで起こるあらゆる事象のスピードは、県3部リーグの試合とはどれも次元がちがった。けれどお互いのプレーの精度は高く、ゲームが途切れる機会は少ない。ボールも人も常に動いている。不慮の事故的なチャンスが生まれない代わりに、つまらないピンチもまた生まれにくい。だからこそ集中が途切れることがない。スピードに対応できれば、戦いやすいともいえた。

サッカーの試合というのは不思議なもので、対戦相手次第で個人やチームの能力が上昇したり下降したりする。そのことを遼介は感じていた。実力とは、力の差がある試合で発揮されるものではなく、高いレベルで拮抗《きっこう》する真剣勝負でこそ覚醒《かくせい》する。上崎のプレーを見ていて強く感じた。なにより上崎は気持ちよさそうにプレーしていた。いつもより動けている。

給水を終え、選手同士での話が一段落したところで、キャップを目深にかぶった鰐渕から声がかかった。

「よし、後半に向けてだけれども、この試合、引き分けは狙わないぞ。Aチームの弱点をおまえらに存分に突いてもらいたい。それがAチームの、延《ひ》いては、青嵐サッカー部のためだ。絶対に気を抜くな。もちろん遠慮などいらない。青嵐がさらに上で戦うためには、おまえらBチームの突き上げこそが必要になる。サッカー部を支えているのは、おまえらなんだ。引き続き、Bチームのプライドを持って戦おう」

鰐渕はためらいなく口にした。「いいか、勝ちにいくぞ」

熱を帯びた言葉に、選手たちは今一度気を引き締めた。

遼介はそのつもりでいた。ボールを支配されてはいるが、必ずチャンスはある。しかしそのためには、後半、なにかを起こす必要がある。そのことも強く感じていた。

「まず、後半の立ち上がりの10分を耐えろ。このまま失点0でいこう。前半同様、走り負けない。けれど、ぜったいに勝負を急ぐな」

「今のままでいい、ということですか？」

キャプテンマークを腕に巻いた泉堂が口を開いた。

「どう思う？」

「今のままだと、なかなかシュートまで持ち込めない気がします。実際、前半がそうでしたし」

「やり方は変えない」

鰐渕は即座に答えた。「後半、先に動けば、うちがやられる。敵は当然負けられない。いや、勝ちに来るだろう。自分たちが変えなくても、相手が変わる場合がある。要するに、泉堂の言う、『今のまま』ではなくなる。試合では、自分たちで変えることにこだわるな」

「はい」

泉堂は納得した表情でうなずいた。

「いいか、自分たちの力ばかりに頼っていたら、後半も耐えることしかできないぞ。試合には敵という相手がいるんだ。当然、敵にも力がある。その敵の力をもっとうまく利用しろ。強いチームというのは、そこがうまい。そうすれば突くべき敵の穴は、必ずどこかに開く。まず、ピッチで起きていることをしっかり見ること。その意識を強く持って、後半に臨むように」

鰐渕はそれだけ言うと、あとは選手たちに任せた。

遼介は、相手の穴について考えてみた。今思いつくのは、センターバックの月本だ。大柄な月本は、空中戦では強さを発揮するが、地上戦ではいまひとつ精彩を欠く。インターハイの負け試合の失点は、彼のミスが絡んでいた。Aチームで最も自信を失いかけている選手のひとりだ。

「思ったんだけどさ」

横に立っている上崎が耳元でささやいた。「この試合、あの人にとっちゃ、言ってみればラストチャンスだよね」

上崎の視線の先には、三年の泉堂がいた。

「なんとかならないかな。おれが言うのもなんだけど」

だれにとっても大切な試合の最中に、他人を気遣いだす上崎は、やはり変わり者だ。おそらく本気でそう思っているのだろう。純粋なのか、呑気《のんき》なのか。

「おまえなら、なんとかしてやれるんじゃないか」

遼介は言いながら、ピッチに出る前に自分の頬をパンパンと両手で叩《たた》く、泉堂の仕草を見ていた。

インターハイ敗退後、Bチームにひとり残る選択をした三年の泉堂は、さぞや孤独だろう。部内ではAチームの同学年とはつるまず、時には遼介らと談笑はするが、部室の片隅で黙ってスパイクの手入れをする姿をよく目にする。自由参加の朝練ではストイックに自分を追い込み、近寄りがたいオーラを放っている。

月初めにはAチームとBチームの選手の入れ替えが発表される。その掲示がなされる部室のホワイトボードの前に、だれよりも早く立つのが泉堂だ。しかし泉堂の名前が付いた赤い磁石はいつも同じ場所にあり、遼介と同じ枠のなかから動かなかった。

「勝つしかないだろ、この試合」

二人の会話を聞いていた照井が口を挟んできた。泉堂とセンターバックを組む照井は、怒鳴りつけられることも多いが、愚直なリーダーを慕っているようだ。

「理想的には、ウーノゼロだな」と上崎が口にした。

「uno-zero」とは、1対0を意味する。奪った1点を守りきる完封試合。イタリアサッカーの美学とも言われるスコアだ。完封で勝利できれば、Bチームの守備の要である泉堂は、高い評価を受けることができる。そしてBチームがAチームの守備陣を破り、ゴールを奪うことができれば――。

遼介は試合開始直後にシュートを放ったが、決めきれず、その後は前線からの守備に追われ、前半じゅうぶんなアピールができなかった。だからこそ後半は、自分にとって大切になる。Aチームに上がるためには、それこそ決定的な仕事を見せなくてはならない。やはり、わかりやすいのは、ゴールだ。

Bチームのベンチの動きを見つめた。個別に指示を送る鰐渕、アイシング用の氷の用意をするマネージャー、出番を待つサブの選手たち。そして後半への準備を整えるメンバー。

——勝ちたい。

このチームのために。

そしてこの仲間のために。

だが、それとは別に、自分のためにプレーしたい。

主審の三嶋が笛を短く鳴らした。間もなく後半戦が始まる。

「ヨネ、よく我慢してんじゃん」

ピッチに出て行く前、破れたビブスを取り替えた米谷に、上崎が声をかけた。

「今にも爆発しそうだぜ」

「わかるよ、その気持ち。でも、そこをうまく乗り越えれば、おごってやるよ」

「おごる？　なにを？」

米谷は訝《いぶか》しげに眉間《みけん》にしわを寄せた。

後半、Aチームはさっそく動いてきた。三年のフォワードに代わって、遼介と同学年の阿蘇が交代出場。一年時の紅白戦で対戦した際、ループシュートを決めたクールなテクニシャンだ。二年生フォワードとしては、一番手なのだろうか。同じ高さのポジションで阿蘇と向き合った健二の目が、鋭さをいっそう増した。そしてもうひとりの同学年、快足フォワードの速水《はやみ》俊太が、ピッチサイドで鶴見から指示を受け、遅れて入ってきた。俊太が立ったのは、フォワードではなく、右のサイドバックのポジションだった。

遼介が戸惑いを覚えたのは、そのことではなかった。前半は中盤の左サイドでゲームメイクを見せた遥翔が、俊太の前、右にポジションを移してきたのだ。なぜ左利きの遥翔を、あえて右に置いてきたのか。あるいはこれは心理的な揺さぶりだろうか。

「ワ、ニ、さんの言う通り、向こうから動いてきたな」

上崎の声がした。

遼介は、遥翔と重なるポジションの三宅を見て、「注意しろ」と目で合図を送った。三宅はうなずき返してきたが、本来のポジションはフォワードのせいか、どこか不安げにも映った。敵はそこが穴だと判断し、突いてくるつもりらしい。

後半の立ち上がり、様子をうかがうBチームに対して、Aチームはパスまわしのテンポを上げ、攻撃の圧力を強めてきた。その基点となったのは、前半とは逆、敵の右サイドに移った遥翔だった。

——敵の穴はどこに開くのか。

遼介は首を振り、そのウイークポイントを探した。

後半開始7分、照井のファウルで敵に直接フリーキックのチャンスを与えてしまう。

蹴《け》るのはもちろん遥翔だ。

　ゴールから左寄り約25メートル。放たれた遥翔の左足のシュートは、鋭く曲がりながら落ち、白い枠の左上のバーを叩いた。そのはね返りをすかさず奥田が狙うが、グラウンダーのシュートは左にそれる。遼介は余計な力を抜くように、長く息を吐いた。

「ファウル注意ね、落ち着こうぜ」

　ゴールキーパーの西の声はむしろ明るく、選手を安心させた。

　鰐渕から指示のあった後半開始10分が過ぎた頃、米谷が中盤での競り合いでセカンドボールを奪い、最終ラインまでいったん下げた。そのいくぶん弱めになったボールを敵のフォワードは追わなかった。

「追えよっ！」

　宏大が叫んだが、椎名は行こうとしない。

　後半から入った阿蘇が代わりにボールを追おうとすると、「いいよ、行くな」と椎名が声をかけた。それに対して、宏大は口をつぐんでしまった。キャプテンと副キャプテン、あるいはボランチとフォワードのそのやりとりは、ちぐはぐな印象を与えた。

　宏大には、どこか迷いがある。ミーティングでは「強い」と口にしたAチームは、その力を明確に示すことができていない。責任が重荷となっているように、宏大のプレーに切れがない。いつもより声も少ない。

　Aチームの前線の運動量が落ちてきたのはたしかだ。攻め疲れもあるだろう。その結果、泉堂、あるいは照井が落ち着いてボールをさばく場面が増えてきた。キックの精度の高い泉堂からタイミングよく縦のボールが敵の裏に入れば、Bチームにも一気にチャンスが生まれる。そのボールを呼び込むために、遼介は斜めに走る動き——ダイアゴナルランをくり返した。

だが、なかなかボールは出てこない。

健二はワントップながら、自分から中盤に落ちてボールに関わろうとするようになった。それはBチームのディフェンスラインが下がり始めているサインでもあった。ハイラインとは最早言えない。選手同士の距離を短く保つためには、ディフェンスラインを上げるか、前線が下がるしかない。そうしなければ間延びした陣形となり、中盤にスペースが生まれ、敵に使われてしまう。だが、攻め込まれている今の状況では、ディフェンスラインを押し上げるのは容易ではない。前線が下がらざるを得ない。刻一刻と、ピッチの状況は変わっていく。

そんななか、自陣左サイドでの攻防が続いた。遥翔によって攻略されつつある左サイドからボールを遠ざけることに、ディフェンス陣は躍起になっている。敵のストロングポイントでの勝負をなんとか避けたいのだろう。

しかしうまくいかない。それなのにベンチの鍔淵は、後半やられっぱなしの左サイドに手を入れようとはせず、まるで放置しているようにさえ見えた。

敵の力を殺《そ》ぐことばかりに腐心する展開。ポジションを右に変えた遥翔を怖れ、そこに意識が集まりすぎている。どうすればこの状況を打開できるのだろうか。

照井がクリアし、自陣右サイドに遠ざけたボールは、敵が奪い、再び左サイドへもどってくる。サイドチェンジのパスを受け、鋭いターンで三宅を置き去りにした遥翔は、縦にドリブルを仕掛け、サイドバックの和田に向かって突っかける。

「オーバー、来てるぞ!」

泉堂が叫び、ポジションを下げている米谷がその声に反応する。

なかに切れ込もうとする遥翔の外側を、敵の右サイドバック、スピード勝負ができる俊太が追い越す、オーバーラップの動きを見せた。

そのとき、遼介の目に、敵の穴がくっきり開くのが映った。ハーフタイムに鰐渕の言った、敵の力をもっとうまく利用しろ、という意味を即座に理解した。

前半、左サイドを崩しきれなかった遥翔を右に移したのは、鶴見監督のはずだ。それは左足での遥翔のドリブルが、どうしても左側に流れる性質があるからだ。前半の左サイドであれば、左足のドリブルはタッチラインのある外側に。縦への突破には、敵からボールを遠ざけることができメリットになるが、なかへの突破にはデメリットにもなる。

後半の右サイドであれば、左足のドリブルはゴールのある内側に向かいやすくなる。

鶴見監督が遥翔に求めているのは、縦ではなく、なか。サイドではなく、インサイド。クロスではなく、シュート。つまりドリブル突破による、ゴールだ。後半から投入した俊足の右サイドバック、俊太が攻撃に加わることによって攻めのバリエーションは増え、守る側はむずかしい判断を迫られる。

しかし右に偏らせた攻撃には、当然リスクもある。遼介が見つけた敵の穴、そのことにチームメイトは気づいているだろうか。敵に攻め立てられ、クリアで逃げているディフェンダーにはそんな余裕はなさそうだ。

――でも、あいつなら。

すでに狙っている気がした。

鰐渕が動いたのは、後半20分。右サイドのミッドフィルダーの庄司に代え、小野君。前半、遥翔に翻弄《ほんろう》された庄司は脚が攣《つ》ったらしい。顔をしかめ、顎《あご》から糸を引くように汗を垂らしながら、硬直させた右脚を引いている。遼介と目が合うと、一瞬悔しげな表情を見せたが、「頼んだぞ」という顔で親指を立てた。以前のようにライバル心むき出しの目ではなく、遼介は小さくうなずき返した。

そしてもうひとりの交代は、ゴール前で危うい場面を何度か作ってしまった照井。消耗しきった照井は、タッチライン際で両手を挙げた常盤に、自分の手を合わせることすらだるそうに見えた。

試合再開後、攻め込まれる味方左サイドに業を煮やしたように、ワントップがそちらに足を向けようとする。

「健二！」

遼介は呼び止め、前のポジションに残るよう促した。かといって、自分が助けに行くこともしなかった。見捨てたわけではない。あえて、その状況に賭《か》けたのだ。

――我慢しろ。

ディフェンスにはディフェンスの、フォワードにはフォワードの我慢がある。そのぎりぎりのバランスを見極めるのが中盤の選手、つまり自分の役目でもある。ピンチのあとにチャンスが訪れるのは、偶然ではない。攻めることはバランスを崩すことであり、時に判断力さえも鈍らせる。だがその熱狂は、長く続くとは限らない。味方の一声で我に返る場合もある。だからこそ、敵の穴を使う場合には、タイミングが大切になる。不用意に近寄って気づかせてはならない。

「残り10分！」

敵のベンチから声がかかった。

監督の鶴見がベンチの前に立ち、腕を組んで戦況を見つめている。

左サイドを深くえぐった遥翔からのクロスを、泉堂がヘディングで大きくはね返した。Aチームがチャンスを決めきれないのは、泉堂を中心とした守備陣の絶え間ない集中、それに加え、泥臭いがんばりがあってこそだ。シュート体勢に入られても、泉堂はからだを投げ出しゴールを死守した。中盤底のポジションであるはずの米谷は、すでにディフェンスラインに吸収され、声を荒らげつつ奔走している。

ぎらつく太陽がピッチを照らす。風が凪《な》ぎ、カサカサになった肌には、汗も浮いてこない。走り回る選手たちが巻き起こす小さなつむじ風さえ、肌を刺すように熱気を帯びている。ピッチに立った選手たちの疲れは、すでにピークに達しようとしていた。

上崎、そして遼介を経由し、前線の健二にひさしぶりにボールが届けられた。健二は、1秒でも長く味方ボールをキープして時間をつくろうとする。その合間を縫って、「アップ！」と叫びながら泉堂がラインを上げようとするが、健二が奪われたボールは再び敵の右サイドに渡ってしまう。

からだを左右に揺らすだけで三宅を抜いた遥翔が、彼の専用道路と化した右サイドをドリブルで駆け上がる。縦に蓋《ふた》をしようと和田が待ち構えるが、遥翔のさらに外側を俊太が追い越しにかかる。サイドに釣り出されたかっこうの米谷は、遥翔のマークに付こうとするが、縦を狙う俊太に惑わされ、一瞬迷いを見せる。

遼介には、遥翔の狙いが読めた。遥翔は、本職ではないサイドバックの俊太をおとりに使う気だ。

「なかだ、なか来るぞ！」

味方陣内までもどった遼介が叫んだ。

ドリブルで突き進む遥翔は、スピードをゆるめながら顔を上げ、俊太が向かう縦方向のスペースに一瞬視線を送った。そして左足で丁寧に、そのスペースにボールを送りだそうとした。

が、それは遼介が読んだとおりフェイクだった。遥翔はパスを出すように見せかけた左足のアウトサイドで、グンとなかに切れ込んできた。惑わされた米谷は、鋭いその動きに付いていこうとするが踏ん張りきれず、まるで見えない敵に投げ技を食らったように飛ばされた。和田が追いすがるが、遥翔に背中で進路を塞《ふさ》がれてしまう。

その間に、敵のツートップ、椎名と阿蘇がゴール前に走り込んでくる。

「おれが行く！」

叫んだ泉堂は、椎名のマークを離し、ゴール前に切れ込んでくる遥翔に向かう。しかし常盤はマークの受け渡しができず、ボールから遠くのファーに向かう阿蘇に付いていってしまう。阿蘇の動きは、ゴール前にスペースを作りだすことに成功した。右サイドバックの巧が中央へスライドし、そのスペースを埋めに行くが、遥翔と交差するように動いた椎名には逃げられてしまった。

ゴール前へドリブルする遥翔は、自分で決める、という強いオーラを放っていた。泉堂がマークに付いたのも無理はない。ペナルティーエリア手前、遥翔は小刻みなタッチのドリブルで斜めに横断を図りながら、シュート体勢に入り、今まさに左足を振ろうとする。泉堂がそうはさせじと、からだを投げだしてシュートブロックにいく。

派手な砂煙が上がった。

その瞬間、ボールはどこへも飛んではいかなかった。まるで消えてしまったように。

――いや、ちがう。

ボールはまだ遥翔の足もとにある。そのボールを遥翔の左足のスパイクが、つんと浮かせ、倒れ込んだ泉堂のからだの上を横切らせる。やわらかなループパスの先、ペナルティーエリアには、フリーにさせてしまった椎名が走り込んでいる。オフサイドかと思われたが、ファーに流れた阿蘇を常盤が深追いしたため、副審のフラッグは上がらない。

至近距離でのゴールキーパーとの一対一。

キーパーの西は完全にふいをつかれた。

――万事休す。

Bチームの多くの者が失点を覚悟したそのとき、なぜか椎名はワンタッチでシュートを打たず、トラップをした。確実に決めるため、それともなにかしらの演出の意図でもあったのか。しかしその余裕を誇示するプレーを見逃さない者がいた。椎名が止めたボールを、オレンジ色のビブスをつけた選手が、後ろからかっさらったのだ。狙っていたのは、あきらめずに中盤から守備にもどった上崎だった。

ほぼ同時に、遼介はダッシュした。スパイクの先を向けたのは、Aチームが開けた穴、敵の右サイドの裏。深い位置までドリブルで仕掛けた遥翔、そしてオーバーラップを試みた俊太の背後のスペースだ。

しかし上崎のからだは、ディフェンス陣がくり返しボールをクリアし遠ざけた、逆サイドを向いている。

「クリア！」と西が叫んだ。それが最も安全な策とも言えた。

それでも遼介は、上崎を信じて走った。

――あいつなら見えているはずだ。

上崎はからだを逆サイドに向けたまま、キック体勢に入る。腰を沈め、右足を大きく旋回させて蹴《け》ったボールは、自陣右サイドではなく、遼介の向かう左サイドへ強く放たれた。ひさしぶりの上崎のノールックパスは、ぽっかりと空いたスペースのタッチライン際へ、ゆるやかな弧を描き飛翔《ひしょう》してくる。

――必ず止まる。

今度は確信を抱いて走ることができた。

「もどれ！　もどれっ！」

敵のキーパーの大牟田が今日一番の大声を張り上げた。

ボールの落下点に向かったのは遼介、敵のセンターバックの月本。しかし月本は、端《はな》から先にボールにさわることをあきらめていた。安全にいこうと考えたのか、それとも弱気になったのか。

ワンバウンドしたボールに追いついた遼介は、ツータッチ目で迷わずゴールへ向かう。遼介の視界の斜め右前には、からだを半身にしてマークに付いた月本。その向こうに健二をマークする敵のセンターバック、小針。さらにピッチの奥から、敵の左サイドバックが中央へしぼって来るのが見えた。

「勝負でいいぞ！」

泉堂の声が、遼介の背中を押した。

月本との一対一。遼介はボールを右足インサイドで引きずるようにゴール側へ動かす。

ボールとゴールの対角線に立ちはだかる月本も、その動きに合わせ、股《また》を横に開いてサイドステップを切る。その股のあいだは、ステップの動きのなかで、ボール二個分開く瞬間がある。長身センターバックの弱点だ。けれど月本自身、そのことを重々承知している。

股のあいだにボールを通されることは、ディフェンダーにとって最も恥ずべき失態だ。絶対にやられたくないはずだ。

以前、ミニゲームで遥翔に股を抜かれた月本が、怒りに顔を紅潮させているのを見たことがあった。その横で笑っていたのは、センターバックを組む先輩の小針。身長が180センチに届かない小針は、優越感を湛《たた》えた顔で、空中戦では引けをとっている後輩をしきりにからかっていた。

遼介は、月本のその弱点を逆手にとることにした。わざと自分の視線を月本の股間《こかん》に向け、右足のスパイクを開き、インサイドで股のあいだにボールを通すふりをした。案の定、月本は両足を引き寄せ、股のあいだを閉じようとする。その刹那《せつな》、縦に仕掛ける。あわてた月本のからだの軸がぶれる。今度はすかさず止まり、逆を突く。その遼介の動きに、巨漢はもう付いて来られない。まんまと月本の背後をとることに成功し、ペナルティーエリアへと迫る。

――ゴールだ。

ゴールこそが、今必要だ。

それが最もわかりやすいAチーム昇格へのアピールになる。

健二が小針に近づいてから離れるプルアウェーの動きで、ファーに向かいフリーになろうとする。小針はその動きに惑わされず、健二のマークをいったん捨て、遼介のシュートコースを切りに来る。健二には敵の左サイドバックが付こうとしている。

「リョウ！」

ファーで健二が呼んだ。

たしかにパスを出せるタイミングだ。

でも、出さない。

右の中盤に入った小野君がゴール前へ走ってくるのが見えた。さすがに読みがいい。

「出せ！」と健二が叫ぶ。

――まだだ。

心のなかで答える。このチャンスを確実に仕留めなければならない。

小針は、背後の健二の声に一瞬びくりと反応するが集中を切らさない。いったん小野君までボールを下げ、小野君経由で健二にパスを届ける選択肢が浮かぶが、それでは時間がかかりすぎる。それに健二のポジションは限りなくオフサイドに近い。フラッグを手にした副審が、その位置をしっかり監視している。たぶん健二は待ちきれない。敵の左サイドバックがインターセプトを狙ってもいる。

遼介は、シュートコース、そして健二とのパスコースを切ろうとする小針に向かって、あえて仕掛けた。背後に迫った月本の圧力を感じながら、自ら二人のディフェンダーに前後をサンドされるかっこうになった。動きながら右腕を後ろにのばし、手のひらをアンテナに使って月本との距離を測り、寄せ付けないようにする。高校に入って磨いた、〝ハンドオフ〟のスキルだ。

小学生時代は、手を使うなと何度も怒られた。試合で手を使えばすぐ審判にファウルをとられた。今は不思議に思う。サッカーとは、手を使ってはいけない競技ではなく、いかにうまく手を使うか、という競技でもあるのだ。さもなくば、高いレベルでの一対一の駆け引きに、勝利することはできない。

月本のスパイクが、遼介の踵《かかと》をかすめた。ここで倒れれば、絶好の位置でのフリーキックが得られる。でも、そうするつもりはない。二人に挟まれたまま、自分の空間を死守し、ペナルティーエリアのなかにボールを運んでいく。

「リョウ、出せよ！」

健二がまた叫んだ。声には苛立《いらだ》ちがにじんでいる。

——目の前の小針を抜ければ。

そう考え、ボールを晒《さら》して誘うが、小針は迂闊《うかつ》に足を出しては来ない。さすがは三年、Aチームのディフェンスリーダー。うまく間合いをとってくる。

オフサイドの位置にいる健二が、ポジションを取り直した。その動きに合わせて遼介は視線を向け、健二にパスを出すように、マイナス方向にからだを開いてみせる。その瞬間、小針がパスを警戒し身構えるのがわかった。視線のフェイントもまた、上崎から盗んだスキルだ。遼介はふっと力を抜く。健二へのパスと見せかけ、ボールに密着させたスパイクの右足インサイドを押し出しながら左側へひねる。ボールは、小針の踝《くるぶし》に当たってしまったが、股のあいだを抜けた。

サンドされた二人のディフェンダーの隙間から、からだを抜こうとしたとき、なにかが引っかかる。狡猾《こうかつ》な小針の手がビブスをつかんでいる。遼介がその手を振り払ったとき、勢い余った月本が小針と正面衝突し、遼介もバランスを崩した。その視界に、ゴールキーパーの大牟田が飛び出してくるのが見えた。遼介は倒れかけるが、すばやく左手をつき、なんとかもちこたえる。しかし前のめりになった体勢のため、キーパーより先にボールにさわるには、足では間に合いそうもない。遼介は、転がるボールに向かって、頭からダイブした。

　額にボールを当てたが、次の瞬間、からだの左側に衝撃が走り、遼介は地面の上を流されていく。ボールに飛びつこうとしたキーパーの大牟田がぶつかってきたのだ。

——間に合ってくれ。

　あとは願うしかなかった。

　砂煙が舞い、埃《ほこり》のにおいがした。痛みに目をつぶったが、まぶたの裏に血管が薄く透け、その向こうに太陽を感じた。

　怒号、悲鳴、呻《うめ》き。

　荒々しい声が聞こえる。

その直後、強い調子の笛が鳴った。

――ＰＫだろうか。

それとも……。

そして、足音が近づいてくる。

「リョウ、決めたよ」

興奮した小野君の声は震えていた。「リョウのパス、僕が決めた！」

静かに目を開くと、そこに小野君の顔があった。長いあいだベンチを温め、チームを支えた者にしかできない、輝くような笑顔だった。

「間に合ったんだね、よかった」

遼介は揺らめく意識のなかでつぶやいた。

白いスポンジのようなものが現れ、頰を撫《な》でた。それはキーパーグローブの手のひらだった。

「だいじょうぶか？」

おっとりとした大牟田の声がした。「スマン、肘《ひじ》入っちゃったかな？」

大牟田の手を借りゆっくり立ち上がると、すぐ後ろに、味方同士で衝突した小針と月本がまだしゃがみこんでいる。股抜きを食らった小針が、射るような目でこっちを見ている。

遼介は小野君と右手を合わせ、自分の左肩をゆっくり回してみた。大きな支障はなさそうだ。

「遼介、ナイス！」

巧が背中をポンと叩《たた》き、急いで離れていく。

「リョウ、サンキュー」

三宅がこわばった顔をゆるめた。

遼介のプレーを称《たた》える声が続いた。でもそのなかに、遼介がパスを出さなかった健二の声はなかった。

絶妙のノールック・ロングパスを放った上崎は、主審の三嶋になにやらアピールをしている。ゴールは決まったが、その前のファウルは完全にPKの対象であり、なぜカードを出さないのか、と意見していた。もしかしたらそれは、時間稼ぎの演技なのかもしれなかった。

試合終了間際、Bチームはカウンター攻撃による、遼介のアシスト、途中出場の小野君のゴールで遂《つい》に1点をリードした。

格下のBチーム相手にゴールを許したAチームの選手たちは、怒りを露《あら》わにすることなく、どこかしらけた様子で黙り込んでいる。さすがの宏大も、ここで「切り替えようぜ」という言葉は使わなかった。攻撃をシュートで終われず、自分の裏のスペースを使われることになった遥翔だけが、悔しげにそっぽを向いていた。

試合再開前、責任をとらされるように、月本が同じ二年生の宮澤と交代した。

なんとかもぎ取った先取点。その1点を守りきるために、Bチームは残り時間、ゴール前にブロックをつくって守った。ベンチの鰐渕が動き、選手交代で時間を使った。ワントップの健二は敵のパワープレーに備え、ゴール前に下がる判断をした。

しかしAチームは、前線に身長の高い選手を上げ、ロングボールを放り込みゴールを狙うパワープレーはしなかった。最後まで自分たちの新しいやり方に固執しているようにも見えた。

泉堂が大きくクリアしたボールが、前掛かりになったAチームのディフェンスの裏に抜けた際、Bチームのカウンターのチャンスが生まれた。しかしBチームの選手たちは自重し、米谷が長いタッチのドリブルでボールを敵のゴールサイドのコーナーアークまで運び、敵に囲まれながら時間稼ぎをした。前半からやり合っていた奥田のスパイクがアキレス腱《けん》に入っても、米谷は声を上げず、眉間《みけん》にしわを寄せて耐えた。ボールがタッチラインを割り、マイボールでのスローインになる。

「キープだ、キープしろ！」

泉堂が叫び、時間稼ぎの指示を出し、チームの方針をはっきりさせた。アディショナルタイムを守り切り、勝ち切るのだと。

米谷がスローインしたボールを健二が再びコーナーアークへ運び、米谷と一緒になって再び時間稼ぎをくり返す。

「紅白戦だぞ。そこまでして勝ちてえのか」

奥田が吐き捨てる。

だが、遼介の答えは、「イエス」だ。おそらく米谷も健二も泉堂も、このピッチに立ったBチームの選手だけでなく、ピッチに立てずにベンチにいる仲間も含め、すべての者が同じ思いのはずだ。なんとしても勝ち切りたい。この試合をものにしたかった。

執拗《しつよう》にボールキープを試みる米谷のふくらはぎに蹴《け》りを入れた小針の背中を、健二が突き飛ばした。三年と二年のにらみ合いとなるが、今はBチームの健二は一歩も引かない。

「まあまあ」と言いながら上崎が割って入る。その顔はしたたかに笑っている。

結局、健二がファウルをとられ、Aチームのフリーキックとなるが、彼らの動きはどこか緩慢に映った。宏大はすでに声を失ってしまった。

「最後まで切らすな!」

そう叫んだのは、最終ラインに仁王立ちした泉堂だった。

フリーキックでのゲーム再開直後、試合終了の笛がピッチに響いたとき、Bチームの選手は全員その場にへたりこんだ。遼介も例外ではなかった。両脚をのばして地面にぺたりと腰を下ろした遼介は、からだを弛緩《しかん》させ大の字になった。

見上げた空には雲ひとつない。乱れた呼吸が徐々に収まり、胸の鼓動がそれに重なる。喉《のど》はカラカラだ。もう一歩も走れそうにない。

でも、生きている感じがした。

——勝った。

おれたちはAチームに勝ったんだ。

ふつふつとこみ上げてきたのは、せつない感情や、涙ではない。開いた口からこぼれたのは笑いだった。

「勝っちゃったよー」という無邪気な小野君の声が聞こえた。

ピッチに迷い込んだ白い蝶《ちょう》が、お疲れさまとでも言うように、遼介の鼻先をかすめて飛んでいった。

「っしゃあー」

と叫んだ米谷の声が、あっという間に、青空に吸い込まれるようにして消えた。


試合後、両チームの選手のほか、全部員がグラウンドに集められた。

「大変興味深い試合だった」

Aチームを指揮した鶴見は口にし、穏やかな笑顔を見せた。その表情がなにを意味するのかは、わからない。

「君たちにひとつだけ言っておく。私たちがやっているスポーツは、なんだ？　もちろん、その答えは、サッカーだ。そのサッカーに、やたらと名前を付けたがる者が最近増えている。多くはメディアの連中だが、青嵐サッカー部のなかにもそういう者がいる。そういう真似は、私はかえって本質を見失わせると思う。わかりやすくすることや、単純にすることは、自由を制限したり、可能性を奪ったりする場合もある。サッカーには、パスサッカーも、ポゼッションサッカーも、ドリブルサッカーもない。そんなのは幻想だ。あるのは、ただのサッカー。青嵐はスタイルがないと批判する者もいるらしいが、そんな外の声は気にする必要はない。青嵐のサッカーは、ただのサッカー。それでいい。それが、青嵐のサッカーなんだ。そういう意味では、今日、青嵐のサッカーをしたのはどっちのチームだろうか」

鶴見はそこで言葉をいったん切ると、「この場でAチームへの昇格者を発表する」と早口で続けた。突然の監督の言葉に、Bチームの部員たちに緊張が走った。遼介の前にいる泉堂の喉が、ゴクリと動くのが見えた。

「Bチームからの昇格者は、二名だ」

鶴見は一転ゆっくりとした口調で発表した。「まず、紅白戦だけでなく、リーグ戦においても、Bチームのディフェンスラインを統率しているセンターバック、三年、泉堂」

やはり選ばれたか、という空気が流れた。

そして、もうひとりは――。

部員たちは固唾《かたず》を呑《の》むようにして待った。

「もう一名は、Bチームにおいて、どうやら自分に足りないものを見つけた選手だ」鶴見は言った。「二年、上崎」

その瞬間、思わず遼介はうなだれてしまった。泉堂の昇格には文句のつけようがない。同じ中盤のポジションを争う上崎にしても、まだまだ敵《かな》わない部分はある。でも、すべての部分で負けているとは認めたくなかった。実際に試合では、決勝点のアシストもした。あわよくば自分が、と思っていた。

「ほかにも候補に挙がった者はいたが、今回はこの二名とした。尚、大会合宿の参加カテゴリーについては、後日発表する。——以上だ」

ミーティング終了後、Bチームの選手たちは自然と泉堂のまわりに集まり、Aチーム昇格をボトルの水をかけて祝福した。インターハイ後、Bチームの三年生が退部するなか、ひとり残った泉堂は、喜びは控え目ながら、チームメイトに感謝の言葉を口にした。しかしまだ自分はAチームに上がったに過ぎず、勝負はこれから、と付け加えることを忘れなかった。

「——リョウ」

気持ちの切り替えができない遼介に、泉堂が声をかけてきた。「おまえのAチーム入りは見送られたけど、今日の紅白戦、よかったぞ。あのピンチの場面は、上崎に救われた。でもそのあとのカウンターは、おまえのボールを引き出す動きがあってこそだ。よくあのスペースを狙ってたな。上崎がボールを奪ってからのカウンターは、味方のおれでさえ、意表をつかれた。そこからのおまえの突破、Aチームのセンターバック二人を混乱に陥れたプレーがあったからこそ、同じポジションのおれがAチームに上がれたんだと思う。サンキューな」

遼介は自分になにが足りないのか、問いたい思いを抑え、「おめでとうございます」と笑顔をつくった。

結果的には、そう映ったかもしれない。でも遼介にすれば、泉堂のためではなかった。自分がAチームに上がりたい気持ちが出たプレーだった。ゴール前のチャンスで、遼介からパスをもらえなかった健二は、そのことに気づいただろう。健二とは、あのあと言葉を交わしていない。試合出場機会を求めてBチームに移った健二にしても、この紅白戦は絶好のアピールの場のはずだった。

でも、そのことに触れるつもりはない。後悔もしていない。少なくとも自分は、やりきったのだ。

――また、上がれなかった。

一年生が整備を始めたグラウンドを遼介は見つめ、小さくため息をついた。

「でもさ、おれも泉堂さんも、Aチームに上がったら、どうなるわけ?」

Bチームの選手が帰ろうとしないなか、上崎がなにやら話しはじめた。

「どうなるって?」

「公式戦だよ」

「選手権の県一次予選なら、もう始まってるよ。青嵐は二次予選からの出場だから、初戦は八月下旬」

　小野君がいつものように答えた。

「そうじゃなくて、県リーグは？」

　上崎は苛立《いらだ》たしげな声になる。

「県リーグの再開は、九月に入ってから」

「おれも出られんのかな？」

「Aチームの所属する県1部リーグは、登録の問題があるから、むずかしいかもしれないね」

　小野君は慎重に言葉を選んだが、たぶんわかっているのだろう。

「ちがうよ、県3部リーグ。Bチームのほうだよ。残りあと三試合だよな」

「なに言ってんだよ」

　巧が呆《あき》れ声になる。「おまえ、Aチームに昇格したんだぞ」

　その声を無視するように上崎は続けた。「Bチームは、まだ優勝の可能性あるんだよな？」

「もちろんあるよ」と小野君。「三試合残して、青嵐Bは、四勝二分けの勝ち点14。現在首位の山吹高校Bは、五勝一分けの勝ち点16。その差は2。このまま勝ち点差2のままでいけば、優勝は最終節、青嵐B対山吹Bの勝敗で決まる。2部に昇格するためには、ウチは勝つしかない」

「じゃあ、最終節だけでも、おれはBチームにもどって試合に出たい。ていうか、出られるよな?」

そのことを懇願するように上崎の表情がゆがんだ。

その問いかけにはだれも答えられなかった。

Aチームに昇格した上崎は、今後Bチームとは別行動となり、たとえ出場資格がなくても、県1部リーグの試合に帯同することになるだろう。それは泉堂にしても同じことだ。大切なのは、3部ではなく1部。Bチームではなく Aチーム。それがチームにおける不文律なのだ。

「どうなの、小野君?」

上崎が指名して尋ねた。

「それは正直むずかしいと思うよ。残念だけど……」

「なんだよ、それ」

上崎がうっとうしそうに長髪を振った。「——やめようかな、上がるの」

「えっ?」

「ちょっと行って来るわ」

「おい、待てよ。どこ行く気だよ」

照井が呼び止めた。

「鶴見さんに掛け合ってくる」

「やめとけって！」

「──上崎！」

米谷が怒鳴った。

上崎は立ち止まり、元チームメイトのほうを見た。悄然《しょうぜん》としたその顔は、今にも泣き出しそうだ。こんなになで肩だったっけ、こいつ、と思うほど両肩が落ちている。

「おまえの気持ちもわからなくはない」

米谷が目を合わせずに言った。「おれたちは、Bチームで一緒に戦ってきた。泉堂さんやおまえがいなくなるのは、たしかにイタい。でもな、おれたちひとりひとりは、Aチームに上がるためにがんばってきたんだろ。だれかを蹴落《けお》としてでも、上に上がろうって。少なくとも、おれはそう思ってやってきた。今日の試合も、そのために戦った。でも認めてはもらえなかった。上崎はBチームのなかから選ばれたんだ。言ってみれば、おれたちの代表でもあるんだぞ」

「ヨネ……」

「おれもそう思うよ」

「リョウ……」

「もちろん、3部リーグの残り三試合は、厳しい戦いになるはずだ。でも、おれたちはリーグ優勝して、絶対に2部に昇格してみせる」

遼介は、上崎をにらむようにして続けた。「だからおまえは、二度とBチームにもどってくるな」

「そうだ、もどってくんな」

米谷が罵《ののし》るように言葉を浴びせた。

すると、Bチームの選手が口々に同じ言葉をくり返した。

「――わかったよ」

上崎はつぶやき、さらに顔をゆがめた。

どこからか嗚咽《おえつ》が聞こえた。

「なんでおまえが泣いてんの？」

照井がつっこむと、「だって、なんかさ、青春じゃん」と三宅が顔を上げた。

「Aチームに勝ったのによ、泣くバカいるかっ」

そう言う米谷自身が洟《はな》をすすった。

気がつけば、集まったBチームの選手たちが、日に焼けた頰を濡《ぬ》らしながら笑っている。どの顔も緊張を解き、そして開けっぴろげだ。仲間に涙を隠そうとはしなかった。

「――そうだ！」と米谷が突然叫んだ。

「え？」

「上崎、おまえ、おれにおごるって言ったよな」

「ああ、言ったね……」

と上崎は答えた。「でも、おれはチーム最大のピンチを救った、救世主だからな。コロッケおごるから、だれかチキンカツよろしく……」

誇り

八月十日からの三日間、茨城県波崎で〝裏インターハイ〟の別名を持つ、「波崎スタ―ダストカップ」が開催された。青嵐高校サッカー部は、その大会に例年通りAとBの二チームがエントリーし、各地から集結した強豪校としのぎを削った。

紅白戦前のミーティングで問題となった二チームの参加カテゴリーについては、蓋《ふた》を開けてみれば、AチームとBチーム共に同じカテゴリー2に所属していた。カテゴリー2の参加資格は、今年のインターハイの都道府県大会における成績がベスト16以上、あるいはカテゴリー1（ベスト8以上）のBチーム。同じ高校から複数のチームがエントリーすることが、どうやら認められたようだ。

そのことを事前に知っていたのであれば、ミーティングでの鶴見の話は、演技とも受け取れた。あの紅白戦は、鶴見が講じたチーム立て直しの策だったとも受けとれる。

大会に参加した青嵐A、青嵐Bは、異なるリーグで予選を戦い、予選における順位別の決勝トーナメントでも直接対戦することはなかった。成績は、両チームとも予選リーグで上位に食い込めず、二日目以降は下位のトーナメントにまわった。

キャプテンの泉堂と上崎の抜けたBチームは戦力がダウンし、苦戦を強いられた。そのチームのなかで、遼介は全試合にほぼフル出場し、ひさしぶりにキャプテンマークを左腕に巻いてプレーした。

大会合宿の初日、泉堂が抜けたセンターバックのポジションについた常盤がキャプテンを辞退し、その場で「リョウがいいと思う」と口にした。

米谷を始め、ほかの選手から異論は出てこなかった。

「やっぱ、おまえしかいないべ」

紅白戦以降、わだかまりが残っている気がした健二が言ってくれた。

以前は、その役目に消極的な遼介だったが、今は自分がやるべきだと自覚し、Bチームのキャプテンを受けることに決めた。

Aチームへ上がりたい。

その気持ちは変わらない。

でも今は、このBチームで結果を積み上げていこうと決心した。Bチームとしての最大の目標は、県3部リーグ優勝、県2部リーグ昇格。そしてひとりでも多くのチームメイトが、Aチームへ昇格すること。

そんな遼介の変化に気づいてか、鰐渕からは、今も変わらずに付けている背番号「19」について、こう言われた。「おまえの背番号は、このチームで、10番と9番の役目をできる者、という意味なんだぞ」と。

試合時間が70分とはいえ、三日間で五試合という過密スケジュール。一勝一分け三敗という結果は、厳しいものであったが、個人的には手応《てごた》えを感じる場面もあった。同組には、被災地、東北から参加したチームがいた。県リーグ1部の上にあるプリンスリーグに所属している、ふだん対戦できないチームもいた。スペインのバルサのようなサッカーを目指しているチームとも戦ったし、関西弁でまくし立て、よくしゃべるチームとの対戦では集中力を欠き、セットプレーでまんまとゴールを奪われてしまった。全国各地から集まった強者《つわもの》たちは、それぞれに個性があった。

合宿所であるホテルでは、Aチームも Bチームも関係なく、部内での交流を深めた。紅白戦ではひとり悔しげにそっぽを向いていた遥翔からは、「リョウも早くAに上がってこい」と激励された。

青々とした芝生のピッチの上で過ごした真夏の三日間は、遼介にとっても、チームにとっても、濃密で特別なサッカーの時間となった。

合宿最終日、最終戦で勝利を収められなかったBチームのミーティング後、遼介が水飲み場で敵のマーカーに削られた足首を冷やしていると、マネージャーの葉子が後ろから、「お疲れ」と声をかけてきた。

「お疲れ」

遼介はなにげなく返し、葉子のほうを見なかった。

「ケガ、だいじょうぶ？」

「うん、問題ない」

「遼介は、変わってないよね」

「なにが？」

「Aチームに上がれなくても、腐らずにがんばってる。Bチームのキャプテンになって、最後までチームを引っぱってた」

遼介は黙っていた。試合直後ということもあり、疲れてもいた。

「私さ、マネージャーになってから、こんなの絶対ムリって、何度も思った。なんで私が自分の時間をなげうってまで、やらなきゃいけないのって。それにサッカーって、私が遠くから見てたときほど、かっこいいだけじゃなかった。でもさ、とくにBチームのみんなを見てると言い出せなかった。自分よりがんばってる人に、『辛《つら》い』なんて言えないもんね」

「やめるなら、早いほうがいいぞ」

遼介は蛇口から出る水を止めた。「三年になれば、受験の準備もあるだろうし、試合も多くなって、もっと忙しくなる」

少しの間を置いて、わざとらしいため息が聞こえた。

「なんで遼介は、いつもそうなのかな。私に対してつっけんどんだよね」

それはこっちのせりふだと思い、振り返ると、葉子がこちらを向いて立っていた。大きく見開いた瞳《ひとみ》が、遼介をとらえている。両手には、ビブスやタオル、救急箱などが入ったカゴを提げている。その肌は、選手たちと変わらないくらい、日に焼けていた。

「よくやってくれてる。そう思ってるよ」

遼介の声が小さくなった。

「だったら、最初からそう言ってよ。私、やめないから」

葉子は「イッ」と顔をしかめ、その場から離れていった。

そういえば、サッカー部のマネージャーになった美咲と会ったのは、去年の同じ頃だった。あれから一年が経った。美咲の通う野蒜高校サッカー部は、決して強くはない。グループの異なる県3部リーグで、残留するのが目標であるようなチームだ。そのチームで、今もマネージャーを続けているのだろうか。葉子と同じように日に焼け、選手たちのサポートをしているのだろうか。その姿を想像しかけたが、未《いま》だAチームに上がれない自分の立場を思い出し、水道の蛇口をもう一度ひねった。

サッカー部のマネージャーになった美咲は、もしかしたらおれのことが好きだったんじゃなくて、サッカー自体が好きだったのかもしれない。美咲には、チームが思い通りに勝てなくても、できればサッカーが好きなままでいてほしい。

遼介は両手で水をすくい、勢いよく顔を洗いながら思った。


大会合宿が終わった二日後、練習の帰り道、いつものように富士見川沿いのサイクリングロードを自転車で急いだ。夕方の風が心地いい。道端にはカンナの赤や黄色の花が咲いている。途中、地震で倒れていた石碑が、元通りになっているのに気づいた。

家に帰ると、自分の部屋の机の上に葉書が一枚あった。

差出人の名前は、佐藤《さとう》賢一。

「サトウケンイチ?」

つぶやいて首をひねったあと、もしやと思い、裏返すと、見覚えのあるへたくそなサッカーボールが描かれていた。

暑中お見舞い申し上げます。

毎日、暑い日が続きますね。

お元気でしょうか?

震災のあと、親戚《しんせき》の家などを転々とし、その後、母と一緒に福島にもどってきました。僕は元気です。じつは、けっこう前に苗字が変わりました。サッカーは、今はやっていません。中学に入ってすぐ、やめてしまいました。隠していて、ごめん。きっと遼介は、今も続けているのでしょうね。がんばってください。

住所は福島県いわき市。その下に、ケータイのメールアドレスが書き込まれていた。

「——母さん」

遼介は葉書を手に、綾子のいるキッチンへ急いだ。

「これって樽井だよ。今はなぜか苗字が佐藤になってるけど、これって賢一からだよ」

「そうだよね、そうだろうと思って机に置いたの」

「あいつ、無事だったんだ」

遼介は口元をゆるめながら、安堵《あんど》のため息を漏らした。

「ほんとにね、よかったね」

綾子は涙ぐみながら、うんうん、とうなずいてみせた。

遼介はもう一度、遠く離れた友からの便りを読んだ。

その葉書は、約一年半連絡の取れなかった小学生時代の元チームメイト、ザル井《い》こと、樽井賢一からの暑中見舞い状にちがいなかった。字は少しうまくなっていたが、あいかわらず絵はへたくそだった。

その夜、元チームメイトの哲也《てつや》やシゲからメールが届いた。彼らの元にも、サトウケンイチから暑中見舞い状が届いたとのことだった。

〝心配かけやがってよ。〟とオッサはメールに書いて寄こした。〝いつかみんなで集まろうぜ。できたら、高校を卒業する前にでも、一度さ。〟

その夜、遼介はさっそく賢一にメールを送った。

〝ご無沙汰《ぶさた》です。暑中見舞い状届きました。ありがとう。

賢一のことは、みんな心配してた。無事でなによりです。

賢一は、もしかして「サトケン」って呼ばれてたんじゃないか。それと卓球をやってただろ？　サッカーをやめたことは気にするな。元気ならそれでいい。今は卓球をやってるのか？　オッサがみんなで集まりたいって言ってるよ。とにかく、連絡ありがとう。〟


八月二十四日、第91回全国高校サッカー選手権大会県二次予選初戦。青嵐高校は、県一次予選を勝ち抜いてきた私立高校と対戦、2対0で勝利した。不安定だったディフェンスラインには、大会合宿で月本からポジションを奪った泉堂が入り、完封勝利に貢献した。

二日空けた二十七日には、県ベスト16を懸けての試合に臨んだ。先発メンバーには、泉堂だけでなく、風に髪をなびかせる上崎の姿があった。遼介らBチームの選手は、コールリーダーの三宅を中心に、スタンドから声を嗄らして声援を送った。ついこないだまでBチームのメンバーだった二人の活躍は、自分たちのことのようにうれしく、応援にも力が入った。

その試合、遥翔の左足フリーキックで先制した青嵐は、後半に追いつかれるが、上崎との壁パス――ワン・ツーで抜けだした阿蘇がゴールを決め、2対1で逃げ切り、県ベスト16へ。

試合終了後、応援団の前に整列したAチームの選手たちは、笑顔で挨拶《あいさつ》をした。その明るい表情は、失いかけた自信を取りもどしたかに見えた。

続く決勝トーナメント初戦は、約二ヶ月あいだを置いた、十月二十七日に決まった。

九月に入り、県リーグが再開。遼介ら青嵐Bチームは、県3部リーグ、九日の第七節に3対1で勝利し、山吹高校Bに続く二位をキープした。

一方、一試合早く消化している県1部リーグにおいては、下位に低迷する青嵐Aチームが勝ち切れず、いよいよ残留争いに巻き込まれてしまった。現在の順位は、十チーム中、七位。八位以下は2部に自動降格という規定になっている。今やAチームになくてはならない存在の二人、泉堂と上崎は、登録の関係上、試合に出場することができない。

二十二日の第八節、遼介ら青嵐Bチームは、山吹高校Bが唯一引き分けた流北《りゅうほく》高校と対戦。県3部リーグとはいえ、リーグ戦もいよいよ大詰め、優勝の行方を左右する試合のせいか、会場にはいつもより多くの観戦者が集まっていた。

リーグ優勝を目指す青嵐Bにとって、なんとしても勝たなければならない一戦は、0対0のまま後半に入り、緊迫した展開となった。

後半30分過ぎ、米谷が敵のボールを粘り強いマークで奪取し、遼介にボールを預けた。遼介は右サイドにパスを出すふりをしてから、自らドリブルで前へ、敵のディフェンスラインの乱れに乗じて、その裏へ抜け出そうとする健二とアイコンタクトを交わし、センターバックのギャップにスルーパスを通す。ファーストタッチでキーパーとの一対一を作りだした健二は、右足で豪快にシュートを放ちゴールネットに突き刺した。

ゴールを決めた健二は雄叫《おたけ》びを上げたあと、猛然と遼介に向かって走ってきた。その勢いに戸惑う遼介を、健二は強くハグした。

「完璧《かんぺき》なパスだ。タイミングバッチリ、さすがはリョウ！」

チームメイトたちが集まり、次々に健二のゴールを祝福した。

結局、その1点が決勝点となり、青嵐Bは第三節から始まった連勝を6にのばし、負けナシで最終節を迎えることになった。試合終了間際の劇的な勝利に、ベンチを含め、チーム全体が大いに盛り上がった。

「あとひとつ勝てば優勝」

「2部昇格いただこうぜ」

優勝に王手をかけ、そんな声が次々に上がった。

しかし、思わぬ事態を知らされたのは、試合後のミーティングでのことだ。この日、青嵐Aチームは県1部リーグ最終節の試合を、ほぼ同時刻に戦っていた。対戦相手は、遼介らが最終節で戦う山吹高校、そのトップチームであるAチーム。同じ公立高校として、常に比較されるライバル校。この試合に勝てば、青嵐Aは1部残留が決まる。負ければ2部降格。絶対に落としてはならない一戦だ。

「少し前にAチームの試合について報告を受けた。開始早々、試合が動いたそうだ」

鰐渕はサングラスをかけたまま、ミーティングの最後に話しはじめた。「先取点を挙げたのは、青嵐。遥翔のコーナーキックから、宏大がヘッドで決めた」

鰐渕を取り巻いたBチームの選手たちから、「オーッ！」と喜びの声が上がる。

「さすが宏大さん、キャプテンだぜ」

三宅が高い声で調子づいた。

鰐渕は咳払《せきばら》いをしてから続けた。「試合は1対0のまま、後半も進んだ。80分過ぎから、山吹はシンプルにボールをゴール前に放り込んできたそうだ。いわゆるパワープレーだ。アディショナルタイムに入って、こぼれ球を拾った山吹の選手がドリブルで仕掛け、ペナのなかに進入してきたらしい。その際、マークに付いた選手の足が掛かったとかで、ファウルをとられた」

「え？」

選手たちの顔から笑みが消え、私語が止んだ。

「PKを決められ、同点。引き分けたそうだ」

「引き分けなら、どうなるんですか？」

照井がすかさず尋ねた。

「他会場の結果次第だな」

鰐渕の表情は硬く、口調は重かった。「今、その報告を待ってるところだ」

「えっ」

三宅の声が一転、低くなった。「マジすか……」

そのとき、FIFAのアンセムが近くで鳴り出した。鰐渕のケータイの着信音だ。

鰐渕は選手たちに背中を向け、ケータイを耳に押し当てた。「はい」「はい」という単調な返事をくり返したあと、背中をまるめ、「わかりました。私のほうから伝えます。お疲れさまでした」と言って通話を切った。

鰐渕はBチームの選手たちに向き直ると、荒れた唇をなめてから、「降格が決まった」とだけ言った。

「降格？」

「え、どういうこと？」

「Aチームが2部に落ちるってこと？」

「じゃあ、どうなるの？　おれたち」

口々に不安げな声が漏れた。

「それはですね……」

沈黙している鰐渕に代わって、小野君が説明してくれた。

「県リーグは、同一グループに同じ組織のチームが入ることはできない、という規定があります。次節、僕たちが山吹Bに勝って優勝したとしても、青嵐Bチームは2部に昇格することはできません。なぜなら、来期Aチームが2部に落ちてくるから」

「嘘だろ？」

健二がつぶやいた。
小野君は黙ったまま首を横に振った。
「なんでなんだよー」
声をしぼり出し、米谷が頭を抱え、しゃがみ込んだ。
Bチームの選手たちは言葉にならない声を漏らし、その場に立ちつくした。
信じられなかった。こんなことって、アリだろうか。
おれたちは、こんなにがんばってきたのに。
今日の試合も最後まであきらめず、走り続け、土壇場で勝利をもぎ取ったというのに。
あとひとつ勝てば、優勝なのに。
——なぜ。
遼介は、頭が真っ白になった。

県3部リーグ第八節に勝利した青嵐高校Bチームは、六勝二分、二位をキープ。最終節、首位に立つ山吹高校Bチームとの対戦を一週間後に迎えることになった。しかし県1部リーグに属するAチームの降格が決まり、Bチーム最大の目標、2部昇格の夢はあっけなく潰《つい》えた。最高潮に達しかけたBチームの士気は、一気に萎《しお》れてしまった。
オフ明けの火曜日、Bチームの放課後の練習は盛り上がりに欠け、多くの者が立ち直れないでいることが容易に見て取れた。それでも最終節は迫っている。なんとかチームを立て直さなくてはならない。少なくともキャプテンを任された遼介が、うつむいている場合ではない。遼介は自分に言い聞かせ、すぐに動いた。

まずは、小野君にあることを頼んだ。小野君であれば、その意図を汲《く》み、うまくやってくれる。そう思っての人選だ。

「なるほど、それは面白いアイデアかも」

小野君は快く引き受けてくれた。

「それから、最終節に向けて決起集会を開こうと思うんだけど」

「へー、いいんじゃない。そういうの、今までなかったし」

小野君はうなずくと続けた。「泉堂さんと上崎君のことなんだけど……」

「え？」

「二人は、結局県1部リーグの試合には出られなかった。3部の試合なら、登録上なにも問題はないはず。鰐渕さんに頼んでみたらどうかな。正直、前節はなんとか勝ったけど、相手がBチームとはいえ山吹高校となれば、さらに厳しい戦いになるのは間違いない。とくに上崎君は、こっちの試合に出たがってもいたしね。力になってくれると思うんだ」

たしかにその通りだ。上崎には「二度とBチームにもどってくるな」と突き放してしまったが、紛れもなく一緒に戦ってきたチームメイトであり、リーグ戦の登録上はBチームの選手なのだ。

「決起集会のことも含めて、鰐渕さんに相談してみるよ」

前言を撤回することになるが、チームのためになるならと遼介は考え直した。

帰り際、マネージャーの瞳と葉子をつかまえ、Bチームの決起集会を開くことを相談してみた。

「みんな凹《へこ》んでるからね」

「いいねいいね、やろうやろう」

二人は賛成し、協力と参加を約束してくれた。


決起集会の会場は、マネージャーである瞳の実家、「肉のなるせ」にすんなり決まった。念のため鰐渕に許可を取り、部員だけでの集まりとさせてもらった。

木曜日の練習後、午後七時からきっちり1時間。立食形式の集まりの会費は三百円。瞳に案内された店舗裏にある庭は意外に広く、じゅうぶんなスペースがあった。二つ並べたピクニックテーブルの上には、コロッケなどの揚げものだけでなく、おにぎりやサンドイッチ、マカロニサラダなども用意されている。

その場には、揚げたてのチキンカツをほおばる上崎の姿があった。遼介が鰐渕に相談する前に、水曜日の朝練から、上崎はBチームの輪の中に入ってきたのだ。

「わりいけど、もどってきちゃった」

上崎はそう言って、みんなを驚かせた。

しかしそれは上崎がBチームに落ちてきたわけではなく、また勝手な行動でもなかった。対山吹高校B戦に向けた、鶴見監督による一時的な措置だという。

上崎は残留か降格かを決める県1部リーグ最終節、対山吹高校A戦をベンチではなく、競技場のスタンドで観戦していたらしい。試合後、他会場の結果によりAチームの降格が決まると、その発表の場で、上崎はひとり涙を流していたと聞いた。小学生時代のチームメイトでもある、Aチームのセンターバックの宮澤が、「ああいうタイプじゃなかったんだけどな」と首をかしげながら教えてくれた。

「まあ、泉堂さんはしかたないよ。前日には選手権に向けた強化試合が組まれてる。あの人、今やAチームの鉄板のレギュラーだから」

「上崎だって、レギュラーじゃねえの？」

米谷の問いかけに、「やっぱ、相性ってあるんだよな」と上崎は意味深な言葉を返した。

「それって、一緒に組むボランチのこと？」

「それもある。でも、それだけじゃない。もちろんおれもAチームに合わせていかなくちゃ、マズイんだけどね」

ふーん、と米谷は鼻を鳴らした。

決起集会とは言ったものの、遼介はキャプテンとして、その席でことさら最終節へ向けての話をするつもりはなかった。腹が満たされるにつれ、自然とそういう話題になればと考えていた。

「やっぱさ、次負けたら、言われちゃうわけよ。Aチームが1部に残ろうが、Bチームは結局上がれなかったじゃん、て」

前節、右ハーフで先発した庄司の言葉に、「たしかに」と左ハーフにポジションを移した三宅が応じた。「でもそれは、絶対言わせたくない」

理不尽に踏みつけられた、Bチームといういわば雑草は、いつまでも下を向いてはいなかった。悔しさをバネに、すでに顔を上げている。

選手たちが口々に最終節への思いを漏らすなか、マネージャーの瞳と葉子は食事もろくにとらず、話の輪にも入らず、いつもグラウンドでそうしているように、食べ物や飲み物の補充に動き回っていた。キャプテンという立場になって、ようやく遼介にもチームを見渡す意識がもどりつつある。それは長年、やってきたことでもあった。

予定の1時間は、あっという間に過ぎた。まだ盛り上がっていたが、遼介が会の終わりを告げた。

最後に遼介が挨拶《あいさつ》をして締めるつもりでいた。でもそれはやめて、日頃から世話になっている二人のマネージャーから言葉をもらうことにした。

「え？　そんなの聞いてないし」

葉子が口をとがらせれば、「いいって、私たちなんか」と瞳も顔の前で手を振り遠慮する。

「いや、ここはいつもお世話になっている、瞳ねえさん、葉子ねえさんに、ぜひ締めの言葉を」

三宅が真面目くさって一同を笑わせた。

「しょうがねえ、じゃあ弟分たちのために」

瞳も負けずに笑いを取った。「最終節、がんばってください。対戦相手の山吹高校は、私の兄が青嵐サッカー部にいたときもウチとは常にライバルでした。兄が選手権予選で対戦したときは、PK戦で敗れたそうです。むこうも公立高校。でも全国に行った回数は、あっちのほうが上。今回Aチームが山吹高校と引き分けて2部降格となったことは、兄もとても残念がってたし、私も悔しいです。ぜひAチームの仇《かたき》を、Bチームのみんながとってください。ついでに兄の仇も」

瞳の話は笑いを誘ったが、この一戦は、単なる消化試合ではないことを物語ってもいた。対戦相手である山吹高校は、我々が負けてはならない宿敵なのだ。

続いて葉子。「ええ、こんなふうにみんなの前で話す機会はこれまで一度もなかったから、ちょっと緊張してます。まだ約半年の新米なんですけど、私はBチームのマネージャーになってよかったと、今は思ってます」

葉子はそこで言葉に詰まってしまう。

みんなが注目するなか、葉子は目尻《めじり》を指先で押さえ、涙をぬぐった。「正直私には、できることは限られてます。これまで、人のためになにかをしたことなんて、なかったからかもしれません。日曜日はみんなと一緒に戦うつもりでベンチに入ります。2部に上がれなくなって、私もすごく悔しかったけど、ぜひ優勝目指してがんばってください」

選手たちは口元を引き締め、二人のマネージャーに盛大な拍手を送った。

とはいえ、自分たち選手が、マネージャーに返すべきものは、拍手や感謝の言葉ではない。そのことは、皆承知していた。

——絶対に勝とう。

たとえ2部に上がれなくても。

優勝をしよう。これまで支えてくれた、多くの人たちのために。

言葉に出さなくても、そういう空気がチーム全体に膨らんでいくのがわかった。

「まあ、三百円で結束できたから、安くついたね」

帰り際、麦田は言っていたが、出された料理はどう見てもその会費だけで賄えるものではなかった。「肉のなるせ」を辞す際、遼介が部員の代表として、瞳の両親に感謝の言葉を伝えた。いつもは店の奥に引っ込んでいる店主の父がわざわざ出てきて、「そんなもん気にしない気にしない。がんばってな、応援してるから」と笑顔で激励してくれた。

「これで、新しいやつ買え」

玄関に座ってスパイクを磨いている遼介の背中に、父の耕介が声をかけてきた。顔の前に差し出された耕介の右手には、畳んだ一万円札が握られている。

「いいよ、まだ使えるし」

とっさにそう答えてしまったものの、手にしたスパイクは傷みが激しく、爪先《つまさき》とソールのあいだに隙間ができ、スタッドもかなり磨《す》り減っている。

「とりあえず渡しとくから」

耕介は、手を引っ込めようとしない。

「――わかった。ありがとう」

遼介は耕介の顔を見てうなずき、お札を受け取った。

「ストッキングとかは、どうなんだ？」

「うん、だいじょうぶ」

「必要になったら、遠慮なく言ってくれよ。残念ながら、明日の試合は仕事で観に行けないけど」

耕介はそう言い残し、リビングのほうへ行ってしまった。

公式戦用に指定されたホリゾンブルーのストッキングは一足しか持っていない。とっくの昔に穴が開いている。当然といえば当然だ。洗濯に出したとき、母の綾子が「縫おうか」と言ってくれたが、縫い目が足にさわるのを嫌い断った。穴は親指だけでなく、小指にもできた。その穴は次第に横に広がり、今はつながってしまった。指先だけではない。踵《かかと》にも丸く大きな穴が開いている。でも、そんなストッキングを使っているのは自分だけじゃない。米谷もそうだ。

Jリーグの下部組織に所属していた上崎の話では、当時はスパイクもストッキングもクラブから支給されたらしい。そのことを自慢げに話していた。でも今使っている上崎のスパイクはかなり傷んでいたし、ストッキングにも穴が開いている。そのことを以前は恥じて隠そうとしていた。どうやら今は平気になったようだ。

そんなチームメイトの姿を思い出し、遼介はふっと笑った。

ブラシで土を落とし、クリーナーで丁寧に汚れを取り、最後にから拭《ぶ》きをして、スパイクをシューズ袋にしまった。


九月最後の日曜日、県3部リーグ最終節。天候は晴れ。台風が近づいているせいか南東のなま暖かい風が強く吹いている。予報では正午までに気温は30℃近くまで上がると伝えていた。

午前八時、青嵐高校サッカー部Bチームは、いつもより30分早く、試合会場である対戦相手の山吹高校に到着。体育館通路の日陰に集まり、試合前のミーティングを進めた。監督の鰐渕からは、具体的な戦術云々というより、この試合の位置づけ、そして戦う意味について話があった。

傍らにあるホワイトボードには、すでに試合の布陣が記入されている。先発メンバーは昨日の練習後、いつものように選手たちでの話し合いによって決まった。ひとつ問題になりそうだったのが、Aチームからいわばレンタルされたかっこうの上崎の扱いだった。

しかし、答えはあっさり出た。上崎は、県3部リーグの全九試合の内、第六節までの六試合に先発出場を果たし、勝利に貢献した。本人の出場の意志も強く、この試合に必要な選手であることをだれもが認め、先発が決まった。その場にいた上崎はいつになく真面目な顔で、出るからには必ず結果を出す、とチームメイトの前で約束した。

試合前のミーティングの最後に、鰐渕が時計を気にしてから声をかけた。

「小野、準備してくれ」

小野君はどこからか借りてきた机を運び、その上に持参のノートパソコンを開き、

「試合前に見てもらいたいものがあります」そう言ってみんなを近くに集めた。

パソコンの画面には動画が映し出された。ホームグラウンドの見慣れた風景に、「我らが青嵐高校サッカー部」というタイトルらしきホリゾンブルーの文字が表示された。

「じゃあ、始めます」

小野君が、カチリとマウスをクリックする。

スピーカーから「シャキーン！」という大袈裟《おおげさ》な衝撃音が響き、「ドカーン！」となにかが画面に落ちてくる。

それは、立体的な「B」の大きな文字。常に自分たちのチームに冠として付いてまわ

る、本物ではないという位置づけ。しかし「B」の文字が落下し、舞い上がった砂煙が消えた途端、「我らが青嵐高校サッカー部B」に変わったタイトルは、メタリックゴールドに輝き出し、炎に包まれる。

「おおーっ」

笑いの交じった感嘆の声が前列の選手から漏れた。

——画面が切り替わり、映し出されたのは、小野君たちスカウティング班が撮影してきたBチームの試合のシーン。しかし切り取られた動画は、なぜか冴《さ》えないシーンの連続。言ってみれば、Bチームのミスの場面集だ。

前方に注意を向けた遼介が、後ろからあっさりボールを奪われてしまう。上崎が途中でボールを追うのをやめ、タッチラインを割って相手ボールになる。照井の不用意なバックパスは、危うくオウンゴールになりかける。ファウルを犯した米谷がイエローカードを提示され顔をしかめる。敵のフリーキックの場面では、ゴール前に壁をつくるのが遅れ、早いリスタートからゴールを決められてしまう。

「あいたたた……」

三宅がおかしな声を出す。

画面には「We are B」の文字。

それはまさにBチームの試合ぶりと言えた。

選手たちは苦笑し、戸惑い顔になる。

辛辣《しんらつ》な導入部分に続いて、今度はAチームが登場する。画面に「県1部リーグ最終節・対山吹高校A。アディショナルタイム」と白抜きのテロップが流れる。

1点をリードした青嵐高校Aチームに対して、試合終了間際、山吹高校Aチームはパワープレーを仕掛け、ゴール前にロングボールを放り込んでくる。セカンドボールを奪った山吹色のユニフォームの選手がペナルティーエリア内に進入した直後、芝生の上に倒れる。笛をくわえた主審がペナルティースポットを指さした。

見ている選手たちから、「あー、これか……」とため息が漏れる。

後ろから足をかけ、ファウルを犯してしまったのは、青嵐Aチームの奥田だとわかった。Bチームとの紅白戦では、米谷と散々やり合ったミッドフィルダーだ。奥田はファウルをしていないと主審に主張するが、映像ではたしかに足がかかっている。主審は毅《き》然《ぜん》とした態度で、奥田にイエローカードを提示し、続いてレッドカードを取りだした。奥田はこの試合、すでにイエローカードをもらっていたようだ。

青嵐AはそのPKを決められ、プレー再開直後にタイムアップ。選手たちはうなだれてベンチにもどってくる。

その失点により、Bチームの2部昇格の目標は閉ざされたわけで、映像を見つめるBチームの選手たちは黙り込んだ。

画面が切り替わり、今度は静止画が連続して映し出される。バックには音楽が流れ始めた。使われているのは応援歌の原曲だ。

冬場の走り込み。

春の強い風のなかでの中学生との試合。

夏の砂浜でのフィジカル強化。

放課後の体幹トレーニング。

火曜日の12分間走。

県3部リーグ開幕。勝ちきれない試合が続く。

一緒にプレーした堀越ら先輩たちの引退試合。

リーグ戦での連勝。

突然決まった、Aチームとの紅白戦。

夏の大会合宿最終日に、初めて撮ったチームでの集合写真──。

──それらはどれも、Bチームの象徴的な日々のカットだった。

そして、画面は再びBチームの試合映像に移り変わる。

「おっ」と声が出る。

場面は一転、好プレーが続いた。

米谷の激しい相手への寄せからのボール奪取。

空中戦、高い打点での照井のヘディングが敵に競り勝つ。

上崎のワンタッチでのターン、そしてノールックパス。
遼介の果敢なドリブル、股《また》抜きでの突破。
小柄なキーパー麦田が見せたビッグセーブ。
健二がシュートを豪快にネットに突き刺し、雄叫《おたけ》びを上げる。
選手交代の際、ピッチサイドで手を合わせる庄司と小野君。
肩を組んだホリゾンブルーのユニフォームの円陣。
ベンチに入れず応援にまわっている部員。
額に巻いたキネシオテープから血がにじんでいる元キャプテンの泉堂。
サングラス越しに、ピッチを見つめる鰐渕。
主審をやっている三嶋コーチ。
ピッチの上に、給水用のボトルを置いていく、日に焼けた二人のマネージャー。
物陰に隠れるようにして試合を観戦する保護者。
ビデオには、Bチームのすべての選手、スタッフ、関係者が登場した。
――続いて県3部リーグで挙げた、すべてのゴールシーン。
「よし！」
「いいねっ」
明るい声が上がる。
選手たちは食い入るように画面を見つめた。

それは初めて見る、遼介が小野君を見込んで頼んだ、青嵐Bチームのための〝モチベーション・ビデオ〟だった。

画面には、Aチームの試合のために応援の練習をするBチーム部員の姿が映し出された。応援歌のシーンはしっかり音も入っている。アメリカフウの木立を背に、何度もくり返し歌い、真剣に取り組んでいる姿。上崎が独唱するシーンも映った。

やがて場所は競技場に変わり、緑の芝生のピッチが映し出された。額にブルーの長い鉢巻きを締めた三宅が音頭を取り、スタンドでの大合唱が始まる。カメラは応援風景をしばらく映したあと、公式戦の試合が始まるピッチに向けられる。

青々とした芝生のピッチ。その試合開始前の風景に、挿入された太字のテロップが右から左に流れていく……。

いつか自分たちも、この場所に立とう。

そう遠くない未来に。

そのために、今日、絶対にこの試合に勝て。

芝生のピッチが、再び土のグラウンドに変わり、大きな文字が映し出された。

Pride of B

——ビデオはそこで終わった。

あたりに静けさが満ちたそのとき、遼介はこみ上げてきた熱い感情を抑えず、大声で叫んだ。

「さあ、いこうぜっ！」

「いこう、いこう！」

チームメイトが応《こた》え、手を叩《たた》き、次々にピッチへと向かう。

スタメンを外れた小野君の右手に、遼介は右手を合わせ、「パチン」といい音を鳴らした。ベンチに入れない部員たちが一列に並び、選手たちと手を合わせ送り出した。

試合会場は完全アウェーのはずだった。それを覚悟していた遼介の耳に、聞き慣れた歌が聞こえてきた。ベンチの反対サイドから風で運ばれてきたその曲は、さっき見たモチベーション・ビデオにも流れていた「スタンド・バイ・ミー」。

選手たちが目を向けた場所には、いつの間にか、いくつものホリゾンブルーの幟《のぼり》が立っている。その前に、青嵐カラーのポロシャツで統一された一団が陣取っていた。

「あれって、Aチームじゃね？」

巧が目を細める。

「ほんとだ……」

ブルーの鉢巻きを締め、一番前に立っているのは、Aチームキャプテンの宏大。その横で大きなからだを縮めるようにして、キーパーの大牟田が太鼓を打ち始めた。小柄な遥翔がブルーのメガホンを振っている。元Bチームキャプテンの泉堂の姿もあった。一年生部員の横で、監督の鶴見が両腕を組んでいる。

青嵐サッカー部全部員が、このアウェーの地に集結していた。

「やってくれるね、宏大さん」

上崎の言葉に、三宅がにやついた。「おれより似合ってるぜ」


センターサークルの中心に健二と二人で立った遼介は、その場でステップを踏み、両肩をすとんと落とし、フーッと息を長く吐いた。

今年の春、県リーグの開幕戦は先発できず、第二節はベンチにも入れなかった。第三節では先発するが、試合中にチームのエースである上崎と衝突し、チームに波風を立ててしまった。そんな自分が最終節、スタメンで上崎と共にピッチに立ち、左腕にキャプテンマークの腕章を巻いている。

「立ち上がり、集中！」

巧の声が聞こえた。

「やるぞ！　やるぞ！」

米谷が手を叩き、チームを鼓舞する。

横風に髪をなぶられながら、遼介は砂埃《すなぼこり》が舞う土のピッチに立つ仲間を眺め、小さくうなずいた。

主審の笛が鳴り、健二が前に出したボールを、遼介が自陣にもどす。上崎が大きく敵陣左サイド深くに蹴《け》り込み、前半40分が始まった。

風上に立ったホリゾンブルーのユニフォームは、序盤から果敢に攻め込んだ。その背中を青嵐応援団の歌声が押す。

ファーストシュートを放ったのは、青嵐B。中盤センターの上崎が、遼介とのパス交換を生かして、積極的に前へ仕掛け、攻撃の口火を切るミドルシュートを放つ。左足のシュートは惜しくも枠を外れるが、このゲームに懸けるBチームの選手たちの気持ちを代弁するかのようだ。

上崎はいつもより高めのポジションをとった。遼介は、上崎よりさらに高い位置、セカンドトップのような役割でパスを引き出し、あるいはスペースをつくる動きをみせた。

しかし伝統の山吹色のユニフォームは、次第に圧力を強めてくる。これまで3部リーグで戦ったどのチームよりも基本スキルを備え、戦術的統制がとれている。その山吹Bチームのなかに、遼介の元チームメイト、幼なじみの星川良《りょう》の姿はない。勁草学園の鮫島塚磨と同じく、やはりAチームに属しているからだ。

——負けられない。

あらためて気持ちを強くする。

相手ボールになるや、青嵐Bは積極的にプレスをかけた。ワントップの健二、遼介、さらに中盤の選手が連動し、相手に時間を与えず、高い位置でボールを奪いにいく。その動きに、運動量を増やした上崎もしっかり参加している。以前、「風の強い日は、サッカーには向かない」と口にした上崎だが、そんな苦手意識は微塵《みじん》も感じさせない。

青嵐Bは立て続けにシュートチャンスをつくる。しかし決めきれない。前半12分には、健二のシュートがネットを揺らすが、副審のフラッグが遅れて上がりオフサイドの判定。18分、またしても健二がシュートを放つが、ボールはクロスバーをかすめ、ピッチの外に出てしまう。健二は天を仰ぎ、身もだえるようにして「あーっ」と叫んだ。

山吹高校Bは、山吹Aのスタイルを踏襲するチームであり、ショートパスをつなぎ、ポゼッションを高め、青嵐ゴールに迫ろうとする。それでも風上に立つ青嵐Bは攻勢をゆるめることなく、何度も押し返していく。

屋外で行うサッカーは、自然の影響をまともに受ける。なかでも風は、最もむずかしいファクターのひとつだ。時に味方にも、敵にもなり得る。青嵐Bは、追い風をうまく使えているように映った。

ゲームが動いたのは前半の終盤。それまでパスをつないでいた山吹Bが一転、青嵐B

のディフェンスラインの背後にボールを放り込んできた。ペナルティーエリアの外にポジションをとっていたキーパーの西がクリアしようと前へ出かけるが、途中で引き返し、あわててゴールにもどりだした。高く舞い上がったボールは勢いを失い、押しもどされていく。センターバックの照井と常盤も風を読み切れず、出足が遅れてしまう。押しもどされ、地面に弾んだボールの落ち際を、山吹Bのフォワードが右足で強く叩いた。ドライブのかかったシュートは、背走する西の頭上を越え、そのままゴールに吸い込まれてしまった。

照井はその場に立ちつくし、常盤がしゃがみ込んだ。

前半26分、攻勢をかけていたはずの青嵐Bは、あっけなく先制点を許してしまった。

「――風か」

遼介はつぶやいた。

味方に思えた追い風が、ふいに牙《きば》を剝《む》いた。アンラッキーなゴールだが、状況を判断した狙いのあるミドルシュートでもあった。

「ここからだぞ！」

遼介がすかさず声をかけ、うつむきかけたチームメイトの顔を上げさせる。

「やろう、やろう！」

米谷が手を叩き、集中を切らさずゲームを再開させた。

5分後、青嵐Bが敵陣深い位置でのスローインを得る。右のピッチサイドに立ったのはサイドバックの巧。先週、自分たちで考えたセットプレーの練習をくり返し行った。そのなかで取り組んだパターンをさっそく試すことにして、遼介はチームメイトに向かって暗号を口にした。その暗号が、味方によって伝達されていく。

ボールを手にした巧はうなずくと、タッチラインから後ろに五歩下がった。

スロワーの巧がスタートを切った瞬間、長身の照井がニアへ走り出す。少し遅れて米谷もダッシュ。巧のロングスローはマークを引き連れた照井ではなく、その背後の米谷に向かう。

米谷がつんとヘッドでスラしたボールは、密集地帯の上空を横切りゴール前へ。そのボールを待ち構えていた健二がヘディングで強く叩く。そこまでは練習通り。

だが、健二のシュートはまたしてもクロスバーを直撃する。「カン!」と音を立てたボールは、遼介の前へはね返ってきた。

そのボールを右足インサイドのボレーで直接ゴールネットに叩き込んだ。

遼介は小さくガッツポーズ。

――まずは同点。

健二は悔しそうな顔を見せたが、「サンキュー」と遼介と手を合わせる。

巧が親指を立て、こちらを見た。

青嵐応援団から大きな声援が上がり、応援歌「愛してる・青嵐」が始まった。

――前半で1対1の同点に追いついた青嵐B、ハーフタイム。

鰐渕からは、絶対に勝って終わろう、という言葉を最後にかけられ、選手たちはピッチに送り出された。勝利すれば、勝ち点3を得て、3部リーグ優勝が決まる。

しかし風下に立った後半、青嵐Bはなかなかシュートまで持ち込めない。交代によりフレッシュな選手がピッチに送り込まれるが、効果的な攻撃を組み立てられず、チームに焦りの色がにじむ。

お互い決定機のないまま時計が進み、残り時間約15分。引き分けでも優勝が決まる山吹Bが、前の枚数を減らして守りを固めだした。

青嵐Bはなんとしても、もう1点が欲しい。セットプレーだろうが、敵のミスからだろうが、それこそ風のイタズラだろうが……。

そんな膠着状態《こうちゃくじょうたい》のなか、そのプレーは遼介の目の前で起きてしまった。

後半32分、ゴール前で遼介とのワン・ツーを決め、ドリブルで仕掛けた上崎がペナルティーエリア内で倒れ込んだのだ。

その直前、山吹色のユニフォームの選手のスライディングが上崎の足もとにたしかに入った。弾《はじ》かれたボールが上崎の左足に当たり、ゴールラインを割った。主審は強く笛を吹き、数歩歩いたあと、ペナルティースポットを指さした。

「よっしゃ、PKだ！」

米谷の声が聞こえた。

同時に、ピッチサイドで応援を続けていた青嵐応援団が色めき立った。

「ないよ、ないでしょ！」

スライディングをした山吹Bの5番が、両手で球体を描くようにして、今のはボールにいったのでありファウルはない、と主張している。今にも泣き出しそうなくらい、悲痛な表情をしている。

たしかに遼介の目にも、そう映った。スパイクの先で弾かれたのは、上崎の足もとにあったボールであり、からだではなかった。

上崎はストッキングを直したあと、ゆっくり立ち上がろうとしている。

その唇の端は、奇妙にゆがんでいた。

──まさか。

おまえ──。

以前小野君が口にした、「ダイバー上崎」という不名誉なあだ名を思い出した。上崎自身が、「肉のなるせ」の店先で、相手にファウルを受けたように自分から転んでみせるプレーを過去にやった、と遼介に告白をした。そのとき、上崎はこう言ってもいた。

「あれはくせになるんだ。苦しいときに、その苦しさから解放され、楽になれる」

なま暖かい風が強く吹き、乾いたグラウンドの表面を砂が流されていく。飛ばされた粒子がふいに頬を叩《たた》き、強く目をつむる。悪寒のような緊張が、遼介の背筋を走った。

遼介は、同じ色のユニフォームを着た10番の背中を見つめるしかなかった。

立ち上がり、ボールを手にした上崎は、首を小さく横に振った。ピッチでは、ゴールキーパーをひとり残して、両軍の選手がペナルティーエリアの外に動き出し、ＰＫの準備が進もうとしている。

するとと上崎はペナルティースポットへは向かわず、主審に歩み寄り、何事か告げた。主審が驚いた表情を浮かべ、上崎に問いかける。上崎は何度かうなずき、手にしたボールを主審に渡した。

何事かと選手たちが注目するなか、主審はボールを足もとに落とし、両手を大きく交差させるジェスチャーを見せたあと、叫んだ。

「ノーファウル、ゴールキックから始めます」

ＰＫの判定がくつがえった。

観戦者たちがざわめいた。

ベンチの前で、鰐渕が両腕を組んで仁王立ちしている。

「――わるい」

近寄ってきた上崎はばつがわるそうに口にした。「自分で転んじゃった」

どうやら上崎が主審に、今のはファウルではなかったと自己申告したようだ。

「――問題ないよ」

遼介は、上崎に笑いかけた。「まだ時間はある。やり切ろう」

「なんだよ、マジかよ！」

米谷が不服そうに両手を広げ、走って自分のポジションへもどっていく。

「切り替えようぜ！」

常盤が叫んだ。

――そうだ、ここは切り替えるしかない。

「やろう！　やろう！」

遼介は手を叩き、チームメイトを鼓舞した。

ゴールキックでの試合再開後、山吹Bがサイド攻撃を仕掛けてくる。自陣ゴール前にクロスが上がり、照井が敵のフォワードとの競り合いに勝つ。その空中戦のセカンドボールに米谷が頭から食らいつく。敵の選手が足を高く上げ、主審の笛が鳴り、青嵐ボールの間接フリーキックになる。

「ヨネ！」

上崎が呼んだ。

米谷はボールを止めて、すばやくパスを出し、上崎にボールを預けた。

残りの試合時間はあとわずか。

上崎はドリブルで前へ。敵のショルダーチャージをまともに受けるが、ボールを離さない。さらにマークが付き、挟まれる。センターサークルを越え、スピードに乗ったとき、相手にユニフォームを引っぱられるが、それでもプレーを続け、倒れなかった。

――運べ、上崎。

ボールを届けてくれ。

「プレーオーン！」

アドバンテージを見ていた主審が声をかけ、ファウルを流した。

健二と交差するようにして遼介が左斜めに、ダイアゴナルに動き出す。

遼介は首を振り、上崎を見る。

一瞬、目と目が合った。

遼介が狙うスペースへ、上崎の右足から放たれたスルーパスが糸を引くようにのびてくる。

敵のボランチが足をのばすが、わずかに届かない。

ディフェンスラインから飛び出した遼介が、敵の裏のスペースでボールを受け、ファーストタッチでゴールへ向く。疲れの見える山吹Bのセンターバックより一歩前へ、抜けだすことに成功した。

――来いっ！

遼介はドリブルでボールを運ぶ。

左側からペナルティーエリアに迫り、キーパーとの一対一をつくりにいく。同点弾を決めた遼介を警戒し、キーパーはゴールのニアのシュートコースを切りにくる。遼介はさらにキーパーに向かってドリブルを仕掛け、注意を惹《ひ》く。

キーパーの直前まで迫ったとき、シュート体勢に入った遼介は、蹴《け》るふりをした右足のアウトでボールを中央へ流した。そのパスを、走り込んできた上崎が右足インサイドでとらえる──。

「もらったあーっ！」

上崎が胸を反らし叫んだ。

シュートは、ゴールネットに突き刺さった。

「来たっ！」

遼介は両手を強く握りしめ、ガッツポーズをとった。

チームメイトが上崎と遼介のまわりに集まってくる。上崎は満面の笑みで、ファウルを受けた直後にすばやくリスタートした米谷を指さし、「コロッケ！」と叫んだ。頭や背中を叩かれる手荒い祝福を受けながら、遼介は左腕のキャプテンマークの位置を直した。

自軍ベンチの選手たちが総立ちになり、歓喜している。遼介はベンチに向かって、こぶしを突き上げてみせた。

青嵐応援団から、「上崎コール」が起こった。

試合終了の主審の笛が鳴るまで青嵐Bは集中を切らさず、相手のパワープレーからゴールを守り続けた。試合は、遼介のアシストによる上崎のゴールが決勝点となり、青嵐Bが2対1で競り勝ち、最終節に勝ち点3をつかみ取った。

遼介の肩に、上崎が腕をまわした。

「あそこでよく倒れずに、スルーパスを出せたよな」

遼介が得点シーンを振り返ると、「なに言ってんだ。簡単にピッチに倒れるなって、おれにえらそうに言ったのはどこのどいつだ」そう言って上崎は笑ってみせた。

両チームが整列し、挨拶《あいさつ》をしたあと、悔しげな表情を浮かべる山吹Bの選手の列から、ひとりの選手が上崎に歩み寄った。それは自陣ペナルティーエリア内で上崎にスライディングを仕掛け、一度はファウルを宣告された5番の選手だった。気を利かせて離れると、二人は一言二言言葉を交わし、握手をして別れた。

「いい試合だったな」

遼介はつぶやいた。

「ああ、すごくいい試合だった」

嚙《か》みしめるように、上崎がくり返した。「なんたって、おれのゴールで勝ったしな」

「チキンカツ、おごらせてください！」

ベンチから小野君が走ってきた。

敵のベンチへの挨拶のあと、青嵐Bチームのすべての選手が、応援してくれたAチームや一年生、保護者らの集まった反対サイドへ向かった。

一番端に立った遼介は、Bチーム全員がきちんと整列するのを確認してから、声を張り上げた。

「Bチーム、優勝しました！」

て泣いた。

それまで我慢していた遼介は、こみ上げてくるものをこらえきれず、両手で顔を覆っ
「今日はたくさんの応援、ありがとうございました」
泉堂の声が心地よく鼓膜に響いた。「それでこそ、おれのいたBチームだ」
「よくやった！」
拍手と歓声がわき、指笛が鳴る。

秋の気配も深まった十月下旬、第91回全国高校サッカー選手権大会県大会決勝トーナメント初戦。青嵐高校サッカー部は、試合会場の県営陸上競技場に集結していた。芝生のピッチでは、すでに両チームの選手によるウォーミングアップが始まっている。

午前中の練習後、会場に直行した遼介らBチームの選手は、芝生のスタンドに陣取っていた。「青嵐高校魂」のブルーの幟《のぼり》を結束バンドで柵《さく》に固定し、「文蹴両道」の横断幕をピンと張り、応援の準備を着々と進めていた。

「――あれ、どうしたんだろう」

ブルーの鉢巻きを額に巻いたコールリーダーの三宅が動きを止め、ピッチのほうに視線を向けた。さっきまでアップに参加していた上崎と遥翔が、ピッチを囲むタータントラックを越えて、こちらに向かってやってくるのが見えた。なにやらあわてている様子だ。

応援用のメガホンを手にした遼介は、一段高くなっている芝生席からのぞき込むようにした。隣で米谷が大太鼓を叩《たた》き始め、思わず耳を覆った。

スタンドの下まで来た上崎と遥翔が、なにやらわめいているが聞こえない。

「え？　どうしたって」

言い返した三宅が右手を挙げた。「ちょっと、太鼓ストップ！」

遼介は耳に当てた両手を離した。

すると、「リョウ！」という上崎の声が聞こえた。

遥翔が背のびして手招きをしている。

「なにかあったの？」

遼介がチームメイトを掻《か》き分《わ》け、前へ進み出た。

「呼ばれたぞ」

「呼ばれたって、だれに？」

「鶴見監督だよ、武井を呼んでこいって」

「え、どういうこと？」

遼介は小首をかしげた。

「奥田が、体調不良らしい。今さっき、登録メンバーから外された」

上崎はめずらしく厳しい表情をしている。

Ｂチームの二年生が前に集まってきた。

「ベンチ入りだって、リョウが」

「──マジか？」

太鼓のバチを握りしめた米谷が目を見開いた。

「遂《つい》に来たな、この日が」

三宅が唇を引き締め、胸の前で両手を握り祈るようにした。

「早く行けよ、キャプテン」

巧が遼介の背中を叩いた。

サッカーバッグを抱えた遼介は、状況がまだよく呑《の》み込めないまま、仲間の手を借り、一段高くなったスタンドから降ろしてもらった。すぐさま三人でベンチに向かって歩き出した。

「あ、ちょっと待って」

つぶやいた遼介は立ち止まった。

「どうした？」

「──マズイな」

「なにが？」

「もしかして、スネ当て忘れたとか？」

からかうように遥翔が口にした。

「小学生じゃあるまいし」

上崎が舌を打つ。

「いや、スネ当ては持ってるんだけど」

「じゃあ、なんだよ」

上崎が苛《いら》ついた。

「午前中の練習で、とうとうスパイク壊れちゃったんだ」

「壊れた？　マジで」

「――ほら」

遼介はバッグから取りだして見せた。

「あちゃー、これは」

遥翔が呆《あき》れ声を漏らした。

「どうしよう……」

遼介の手にしたスパイクは、爪先《つまさき》から土踏まずにかけて、ソールがパックリ剝《は》がれてしまっている。

「来いよっ！」

上崎がきびすを返し、スタンドに向かって走り出した。

わけもわからず、遼介も追いかけていく。

「おい、だれか、スパイク貸してやって！」

上崎がスタンドの応援団に向かって叫んだ。「リョウのスパイク、ぶっ壊れてる」

笑いが起きたあと、遼介が突っ立っている前の芝生に、何足ものスパイクが降ってきた。その数は、優に十足を超えている。

「――おっと」

遅れて投げ込まれた健二のでかいスパイクが、危うく上崎に当たりそうになる。

「こんなにあっても……」

「ていうか、そもそもリョウの足、何センチなの？」と遥翔が言った。

「26センチだけど」

「それを先に言わなきゃ」

今度は遥翔が叫んだ。「ねえ、だれか26センチの人いない？」

「おれのを使うか、26だ」

米谷が、手にしたスパイクを指さす。

「いや、こっちの26、まだ新しいぞ」

庄司が自分のスパイクを、投げ込んでくる。

足もとの芝生の上に、色とりどりのチームメイトのスパイクが散乱している。使い込んだくたびれたものも少なくない。遼介はその中から、自分に合う一足を選ばせてもらった。

「サンキュー、みんな」

遼介は笑顔でスタンドを見上げた。「出られないとは思うけど、とりあえず行ってくる」

「なに言ってんだ」

健二が怒鳴った。「絶対に出ろ！　遠慮せずアピールしろよ」

「リョウ！　出たらバッチリ撮るよ」

ビデオ片手の小野君が、親指を立てている。

「がんばって、リョウ君」

「応援するから」

瞳と葉子の声が聞こえた。

「あいつら、なに考えてんだよ。遼介の足はふたつしかないいっつーの」

「あんなにスパイク投げ込んでんの」

上崎と遥翔が笑いながら前をゆっくり走っていく。

そのとき、遼介の耳に、風が運んだ歌声が聞こえた。

インターハイの県予選、Aチームの応援にまわったとき、遼介もスタンドで歌った、あの曲だ。仲間たちと歌いながら、遼介は悔し涙をこぼした。自分はここではなく、いつか向こう側へ、ピッチの上に立つのだと、そのとき強く誓った。

戦士たちよ　われらのー

声が聞こえるだろー

われらはいつものようにー

今日もここにいるぜー

少しテンポの遅れた太鼓の音が、いわし雲を浮かべた青空に心地よくこだました。

遼介は立ち止まり、振り返る。ホリゾンブルーで埋まったスタンドが見えた。そこには、ピッチに立ちたくても立てない多くの者たちがいた。一緒にボールを追い、汗をかき、競い合い、時に衝突し、笑い、涙したサッカーの仲間たち。

遼介は胸に手をあて、彼らの姿を目に焼きつけた。

「おい、なにやってんだ、いこうぜ」

上崎のとんがった声がした。

唇の端に力を込め、スタンドに向かって一礼して背を向けた遼介は、一歩一歩、新しい自分の居場所へと近づいていった。土とはちがう、やわらかな感触の芝生のピッチを踏みしめながら。

本書は、二〇一七年一〇月に小社より刊行された単行本『風の声が聞こえるか
サッカーボーイズU-17』を改題し、加筆・修正のうえ文庫化したものです。

高《こう》校《こう》サッカーボーイズ U《アンダー》-17

はらだみずき

令和元年 6月25日　初版発行
令和7年 2月5日　5版発行

発行者●山下直久

発行●株式会社KADOKAWA
〒102-8177　東京都千代田区富士見2-13-3
電話　0570-002-301(ナビダイヤル)

角川文庫 21664

印刷所●株式会社KADOKAWA
製本所●株式会社KADOKAWA

表紙画●和田三造

●お問い合わせ
https://www.kadokawa.co.jp/（「お問い合わせ」へお進みください）
※内容によっては、お答えできない場合があります。
※サポートは日本国内のみとさせていただきます。
※Japanese text only

ISBN 978-4-04-107775-7　C0193

JASRAC 出 1901372-505

角川文庫発刊に際して

角川源義

第二次世界大戦の敗北は、軍事力の敗北であった以上に、私たちの若い文化力の敗退であった。私たちの文化が戦争に対して如何に無力であり、単なるあだ花に過ぎなかったかを、私たちは身を以て体験し痛感した。西洋近代文化の摂取にとって、明治以後八十年の歳月は決して短かすぎたとは言えない。にもかかわらず、近代文化の伝統を確立し、自由な批判と柔軟な良識に富む文化層として自らを形成することに私たちは失敗して来た。そしてこれは、各層への文化の普及滲透を任務とする出版人の責任でもあった。

一九四五年以来、私たちは再び振出しに戻り、第一歩から踏み出すことを余儀なくされた。これは大きな不幸ではあるが、反面、これまでの混沌・未熟・歪曲の中にあった我が国の文化に秩序と確たる基礎を齎らすためには絶好の機会でもある。角川書店は、このような祖国の文化的危機にあたり、微力をも顧みず再建の礎石たるべき抱負と決意とをもって出発したが、ここに創立以来の念願を果すべく角川文庫を発刊する。これまで刊行されたあらゆる全集叢書文庫類の長所と短所とを検討し、古今東西の不朽の典籍を、良心的編集のもとに、廉価に、そして書架にふさわしい美本として、多くのひとびとに提供しようとする。しかし私たちは徒らに百科全書的な知識のジレッタントを作ることを目的とせず、あくまで祖国の文化に秩序と再建への道を示し、この文庫を角川書店の栄ある事業として、今後永久に継続発展せしめ、学芸と教養との殿堂として大成せんことを期したい。多くの読書子の愛情ある忠言と支持とによって、この希望と抱負とを完遂せしめられんことを願う。

一九四九年五月三日

角川文庫ベストセラー

角川文庫ベストセラー

角川文庫ベストセラー

ラスト・イニング　あさのあつこ

大人気シリーズ「バッテリー」屈指の人気キャラクター・瑞垣の目を通して語られる、彼らのその後の物語。新田東中と横手二中。運命の試合が再開された！　ファン必携の一冊！

晩夏のプレイボール　あさのあつこ

「野球っておもしろいんだ」――甲子園常連の強豪高校でなくても、自分の夢を友に託すことになっても、女の子であっても、いくつになっても、関係ない……野球を愛する者、それぞれの夏の甲子園を描く短編集。

グラウンドの空　あさのあつこ

甲子園に魅せられ地元の小さな中学校で野球を始めたキャッチャーの瑞希。ある日、ピッチャーとしてずば抜けた才能をもつ透哉が転校してくる。だが彼は心に傷を負っていて――。少年達の鮮烈な青春野球小説！

グラウンドの詩《うた》　あさのあつこ

心を閉ざしていたピッチャー・透哉とバッテリーを組む瑞希。互いを信じて練習に励み、ついに全国大会への出場が決まるが、野球部で新たな問題が起き……中学球児たちの心震える青春野球小説、第2弾！

敗者たちの季節　あさのあつこ

甲子園の初出場をかけた地方大会決勝で敗れ、海藤高校野球部の夏は終わった。悔しさをかみしめる投手直登のもとに、優勝した東祥学園の甲子園出場辞退という、思わぬ報せが届く……胸を打つ青春野球小説。

角川文庫ベストセラー

サウスバウンド (上)(下)　奥田英朗

小学6年生の二郎にとって、悩みの種は父の一郎だ。自称作家というが、仕事もしないでいつも家にいる。ふとしたことから父が警察にマークされていることを知り、二郎は普通じゃない家族の秘密に気づく……。

オリンピックの身代金 (上)(下)　奥田英朗

昭和39年夏、オリンピック開催を目前に控えて沸きかえる東京で相次ぐ爆破事件。警察と国家の威信をかけた捜査が極秘のうちに進められる。圧倒的スケールで描く犯罪サスペンス大作！　吉川英治文学賞受賞作。

800　川島　誠

優等生の広瀬と、野生児の中沢。対照的な二人の高校生が走る格闘技、800メートル走でぶつかりあう。緊張感とエクスタシー。みずみずしい登場人物がおりなす、やみくもに面白くてとびきり上等の青春小説。

夏のこどもたち　川島　誠

朽木元。中学三年生。五教科オール10のちょっとした優等生。だけど僕には左目がない——。クールで強烈な青春を描いた日本版『キャッチャー・イン・ザ・ライ』ともいえる表題作に単行本未収録短編3編を収録。

ファイナル・ラップ　川島　誠

高校三年生の健は、陸上部の長距離ランナー。勉強も恋愛も上手くいかず、将来を描けずにいたある日、兄を事故で失ってしまう……。悩みながらも大人になってゆく少年を、柔らかな筆致で描いた傑作青春小説。

角川文庫ベストセラー

かっぽん屋　重松　清汗臭い高校生のほろ苦い青春を描きながら、えもいわれぬエロスがさわやかに立ち上る表題作ほか、摩訶不思議な奇天烈世界作品群を加えた、著者初のオリジナル文庫！

疾走（上）（下）　重松　清孤独、祈り、暴力、セックス、殺人。誰か一緒に生きてください――。人とつながりたいと、ただそれだけを胸に煉獄の道のりを懸命に走りつづけた十五歳の少年のあまりにも苛烈な運命と軌跡。衝撃的な黙示録。

哀愁的東京　重松　清破滅を目前にした起業家、人気のピークを過ぎたアイドル歌手、生の実感をなくしたエリート社員……東京を舞台に「今日」の哀しさから始まる「明日」の光を描く連作長編。

うちのパパが言うことには　重松　清かつては1970年代型少年であり、40歳を迎えて2000年代型おじさんになった著者。鉄腕アトムや万博に心動かされた少年時代の思い出や、現代の問題を通して、家族や友、街、絆を綴ったエッセイ集。

みぞれ　重松　清思春期の悩みを抱える十代。社会に出てはじめての挫折を味わう二十代。仕事や家族の悩みも複雑になってくる三十代。そして、生きる苦みを味わう四十代――。人生折々の機微を描いた短編小説集。

角川文庫ベストセラー

とんび　重松　清

昭和37年夏、瀬戸内海の小さな町の運送会社に勤めるヤスに息子アキラ誕生。家族に恵まれ幸せの絶頂にいたが、それも長くは続かず……高度経済成長に活気づく時代と町を舞台に描く、父と子の感涙の物語。

みんなのうた　重松　清

夢やぶれて実家に戻ったレイコさんを待っていたのは、いつの間にかカラオケボックスの店長になっていた弟のタカツグで……。家族やふるさとの絆に、しぼんだ心が息を吹き返していく感動長編！

ファミレス（上）（下）　重松　清

妻が隠し持っていた署名入りの離婚届を発見してしまった中学校教師の宮本陽平。料理を通じた友人である、一博と康文もそれぞれ家庭の事情があって……50歳前後のオヤジ3人を待っていた運命とは？

村田エフェンディ滞土録　梨木香歩

1899年、トルコに留学中の村田君は毎日議論したり、拾った鸚鵡に翻弄されたり神様の喧嘩に巻き込まれたり。それは、かけがえのない青春の日々だった……21世紀に問う、永遠の名作青春文学。

雪と珊瑚と　梨木香歩

珊瑚21歳、シングルマザー。追い詰められた状況で1人の女性と出会い、滋味ある言葉、温かいスープに生きる力が息をふきかえしてゆき、心にも体にもやさしい、総菜カフェをオープンさせることになるが……。

角川文庫ベストセラー

鳥人計画
東野圭吾

日本ジャンプ界期待のホープが殺された。ほどなく犯人は彼のコーチであることが判明。一体、彼がどうして？　一見単純に見えた殺人事件の背後に隠された、驚くべき「計画」とは!?

探偵倶楽部
東野圭吾

「我々は無駄なことはしない主義なのです」――冷静かつ迅速。そして捜査は完璧。セレブ御用達の調査機関〈探偵倶楽部〉が、不可解な難事件を鮮やかに解き明かす！　東野ミステリの隠れた傑作登場!!

さいえんす？
東野圭吾

「科学技術はミステリを変えたか？」「男と女の〝パーソナルゾーン〟の違い」「数学を勉強する理由」……元エンジニアの理系作家が語る科学に関するあれこれ。人気作家のエッセイ集が文庫オリジナルで登場！

殺人の門
東野圭吾

あいつを殺したい。奴のせいで、私の人生はいつも狂わされてきた。でも、私には殺すことができない。殺人者になるために、私には一体何が欠けているのだろうか。心の闇に潜む殺人願望を描く、衝撃の問題作！

ちゃれんじ？
東野圭吾

自らを「おっさんスノーボーダー」と称して、奮闘、転倒、歓喜など、その珍道中を自虐的に綴った爆笑エッセイ集。書き下ろし短編「おっさんスノーボーダー殺人事件」も収録。

角川文庫ベストセラー

角川文庫ベストセラー

ゴールド・フィッシュ　森　絵　都

みんな、どうしてそんな簡単に夢を捨てられるのだろう？　中学三年生になったさゆきは、ロックバンドの夢を追いかけていたはずの真ちゃんに会いに行くが……『リズム』の2年後を描いた、初期代表作。

宇宙のみなしご　森　絵　都

真夜中の屋根のぼりは、陽子・リン姉弟のとっておきの秘密の遊びだった。不登校の陽子と誰にでも優しいリン。やがて、仲良しグループから外された少女、パソコンオタクの少年が加わり……。

ラン　森　絵　都

9年前、13歳の時に家族を事故で亡くした環は、ある日、仲良くなった自転車屋さんからもらったロードバイクに乗ったまま、異世界に紛れ込んでしまう。そこには死んだはずの家族が暮らしていた……。

気分上々　森　絵　都

〝自分革命〟を起こすべく親友との縁を切った女子高生、一族に伝わる理不尽な〝掟〟に苦悩する有名女優、無銭飲食の罪を着せられた中2男子……森絵都の魅力をすべて凝縮した、多彩な9つの小説集。

クラスメイツ〈前期〉〈後期〉　森　絵　都

部活で自分を変えたい千鶴、ツッコミキャラを目指す蒼太、親友と恋敵になるかもしれないと焦る里緒……中学1年生の1年間を、クラスメイツ24人の視点でリレーのようにつなぐ連作短編集。